Eine Prise Angst

Rainer Dissars-Nygaard, Jahrgang 1949, studierte Betriebswirtschaft und war als Unternehmensberater tätig. Er lebt als freier Autor auf der Insel Nordstrand. Im Emons Verlag erschienen unter dem Pseudonym Hannes Nygaard die Hinterm Deich Krimis »Tod in der Marsch«, »Vom Himmel hoch«, »Mordlicht«, »Tod an der Förde«, »Todeshaus am Deich«, »Küstenfilz«, »Todesküste«, »Tod am Kanal«, »Der Inselkönig«, »Der Tote vom Kliff«, »Sturmtief«, »Schwelbrand«, »Tod im Koog« sowie die Niedersachsen Krimis »Mord an der Leine«, »Niedersachsen Mafia« und »Das Finale«. www.hannes-nygaard.de

HANNES NYGAARD

Eine Prise Angst

KURZKRIMIS

emons:

Bibliografische Information der Deutschen Nationalbibliothek
Die Deutsche Nationalbibliothek verzeichnet diese Publikation
in der Deutschen Nationalbibliografie; detaillierte bibliografische
Daten sind im Internet über http://dnb.d-nb.de abrufbar.

© Hermann-Josef Emons Verlag
Alle Rechte vorbehalten
Umschlagmotiv: Heribert Stragholz
Umschlaggestaltung: Tobias Doetsch
Druck und Bindung: CPI – Clausen & Bosse, Leck
Printed in Germany 2012
ISBN 978-3-89705-921-4
Kurzkrimis
Originalausgabe

Unser Newsletter informiert Sie
regelmäßig über Neues von emons:
Kostenlos bestellen unter
www.emons-verlag.de

Dieses Buch wurde vermittelt durch die Agentur EDITIO DIALOG,
Dr. Michael Wenzel, Lille, Frankreich (www.editio-dialog.com).

Für Christiane und Michael

Ich habe keine Angst vor dem Tod,
ich möchte nur nicht dabei sein, wenn's passiert.
Woody Allen

Inhalt

Der Wein der Pharisäer

»Tjä«, quetschte Helgo Dethleffsen zwischen den nikotingelben Zähnen hervor, die das durchgebissene Mundstück seiner Pfeife hielten. Dann schloss er die Lippen, zog an der Pfeife, dass die Glut hell aufglimmte, ließ den Rauch im Mund kreisen, als würde er einen guten Wein verkosten, bis er den blauen Qualm schließlich durch den Mundwinkel ins Freie entließ.

Das wettergegerbte Gesicht mit den buschigen grauen Brauen über den blauen Augen, die breite Knollennase, der Vollbart, der den Mund umschloss, und die kurzen grauen Haare ließen erahnen, dass Dethleffsen über die Erfahrung vieler Lebensjahre verfügte.

»Was meinen Sie damit?«, fragte sein Gegenüber. Der gedrungene Mann mit dem runden Gesicht und dem kahlen Kopf, der nur von einem Haarkranz umsäumt wurde, sah Dethleffsen an. Der nickte nur bedächtig, griff mit seiner schwieligen rechten Hand zur Pfeife, nahm sie aus dem Mund, während die andere Hand zum Bierglas griff. Mit zwei großen Schlucken leerte Dethleffsen das Trinkgefäß, ließ ein erleichtertes »Ahh« hören und hob sein Glas in Richtung des Wirts, der hinterm Tresen stand und die vier Männer am Stammtisch beobachtete.

»Helgo meint, dass man das nicht so eng sehen darf. Wenn wir alles machen würden, was die da drüben beschließen, dann wären wir schon lange abgesoffen.« Jens-Ove Nissen war ebenfalls braun gebrannt, aber gut zwanzig Jahre jünger als Dethleffsen. Seine kräftige Statur, die sich unter dem karierten Hemd abzeichnenden Muskeln und die blonden Haare zeugten davon, dass er im Freien arbeitete.

»Gesetze gelten überall, auch auf einer Insel«, beharrte der Fremde in seinem schwäbischen Dialekt. »Das Rauchen ist in Gaststätten nun einmal verboten.«

»Ich habe gehört, dass das auf dem Festland so ist«, mischte sich der Vierte ein. Fiete Horn hatte die langen Haare zu einem Pferdeschwanz zusammengebunden, der über dem offenen Hemdkragen hing und dessen Spitze zwischen den Schulterblättern baumelte. Er war unrasiert, wobei nicht zu erkennen war, ob die Stoppeln einen Dreitagbart darstellten oder nur eine Nachlässigkeit waren.

»Das ist gar keine *richtige* Insel«, wandte Traugott Beuerle ein. »Schließlich gibt es einen Damm zum Festland.«

Fiete Horn hob sein Schnapsglas bis in Kopfhöhe und sah die Männer in der Runde an. »Prost«, sagte er und stürzte den Aquavit mit einem Schluck hinunter. Die beiden Einheimischen folgten seinem Beispiel. Dann spülten sie mit Bier nach.

Beuerle schüttelte sich. »Wie kann man nur so viel von den scharfen Sachen trinken.« Er griff zu seinem Weinglas und nippte vorsichtig daran.

»Das war jetzt eine ganze Menge, was Sie erzählt haben«, sagte Horn, der während der Saison Touristen durchs Watt führte. »Also. Wenn das Rauchen in Gaststätten auf dem Festland verboten ist, so ist das hier im Krug auf Nordstrand was anderes. Und nur weil wir einen Damm haben, sind wir noch lange kein Festland. Sylt hat auch einen Damm. Und niemand wird behaupten, dass Sylt keine Insel ist.«

»Sie verstehen das nicht«, erwiderte Beuerle. »Das ist doch etwas ganz anderes.«

»Wollen Sie uns die Welt erklären?«, fragte Jens-Ove Nissen, der als Decksmann auf der Fähre arbeitete, die von hier aus die Halligen im Wattenmeer anlief.

»Sylt. Dorthin verkehrt die Eisenbahn. Außerdem können Sie Nordstrand nicht mit Sylt vergleichen.«

»Nee«, erwiderte Fiete Horn. »Hier fühlen wir uns wohler.« Dann zeigte er mit der Spitze seiner Zigarette auf Beuerle. »Und Sie auch. Sonst würden Sie hier nicht Urlaub machen.«

»Das ist doch etwas ganz anderes«, wiederholte der Schwabe seinen Lieblingssatz.

Jens-Ove Nissen sah zum Tresen hinüber. »Noch eine Runde«, rief er dem Wirt zu. »Ach, mach man gleich zwei. Und für unseren Freund hier«, dabei zeigte er auf Beuerle, »auch eine.«

»Um Gottes willen«, protestierte der Schwabe. »Das viele Bier … Da kann ich die ganze Nacht nicht schlafen, weil ich ständig auf die Toilette muss.«

10

»Das ist gesund«, lachte Fiete Horn. »Was meinen Sie, warum es hier keinen Nierenarzt gibt? Fragen Sie einen Urologen. Der wird Ihnen bestätigen, dass viel trinken fit hält.«

»Aber doch kein Bier.« Beuerle schüttelte missbilligend den Kopf. »Im Bier sind Purine. Davon bekommen Sie Gicht.«

»Ich weiß nicht, was Sie in Ihren Wein mischen, aber unser Bier wird nach dem Reinheitsgebot gebraut. Das steht auf jeder Flasche. Habt ihr schon einmal gelesen, dass da diese Pu-Dingsbums drin sind?« Nissen sah Dethleffsen und Horn an.

Der Wattführer schüttelte den Kopf, während es Dethleffsen bei einem »Tjä« beließ. »Und den Schnaps trinken wir zur Vorsicht. Damit wärmen wir uns den Magen an, damit er sich nicht erschrickt, wenn das kalte Bier folgt.«

Beuerle sah in sein Weinglas, bevor er erneut daran nippte. Dann hielt er es gegen das Licht, kniff die Augen zusammen und betrachtete nachdenklich das Rubinrot, das durch das Glas schimmerte. »Darin liegt die Wahrheit, meine Herren. Das ist Kultur. Schon im Altertum haben die Menschen Wein getrunken. Aber das, was Sie da in sich hineinschütten ... Brrrh!«

»Wer sagt denn, dass wir hier keinen Wein konsumieren?«, fragte Horn, nachdem er einen großen Schluck Bier getrunken und den Schaum von den Lippen im Hemdsärmel abgewischt hatte.

»Ich bin seit einer Woche hier«, erklärte Beuerle. »Und jeden Abend habe ich Sie gesehen. Alle drei. Sie sitzen hier, sprechen wenig, er da«, dabei zeigte er auf Dethleffsen, »sagt überhaupt nichts. Und dann trinken Sie. Bier und Schnaps. Bier und Schnaps.«

»Das stimmt nicht«, warf Horn ein. »Wenn es kalt ist, trinken wir Pharisäer.«

Beuerle wurde hellhörig. »Davon habe ich schon gehört.«

»Der ist auf Nordstrand erfunden worden. Nach der Taufe oder bei Beerdigungen saß der Pastor mit am Tisch. Solange der im Hause war, durfte kein Alkohol ausgeschenkt werden. Die Bauern haben deshalb Kaffee angeboten, stark und mit viel Zucker. In den Kaffee haben sie Rum geschüttet, nur nicht in den Becher des Pastors. Damit der Alkohol nicht riecht, gab es einen ordentlichen Klecks Sahne obendrauf. Nun wunderte sich der Pastor, dass seine Nachbarn immer fröhlicher wurden. Misstrauisch griff er sich die

Tasse seines Nebenmanns und schmeckte den Rum. ›Oh, ihr Pharisäer‹, hat er da ausgerufen.«

Beuerle winkte ab. »Das glaube ich nicht. Rum! Das klingt wieder rückständig. Ich kenne das als Rüdesheimer Kaffee mit Cognac.«

»Cognac?«, fragte Nissen. »Da ist doch Wein drin.«

»Der wird aus edlen Reben gebrannt«, korrigierte ihn Beuerle und spitzte die Lippen. »Das ist Kultur. Aber Rum …« Dann schüttelte er sich, während die drei Einheimischen erneut ihre Schnapsgläser leerten.

»Also Wein … Den trinken wir auch. Wenn es richtig kalt ist, der Wind aus Nordwest bläst und das Reet auf dem Dach knattert, dann trinken wir Wein.«

Beuerle musterte Fiete Horn aus zusammengekniffenen Augen. »Das habe ich noch nie erlebt. Sie trinken wirklich Wein?«

»Ja«, strahlte Fiete Horn. »Das tut richtig gut und beugt jeder Erkältung vor.«

Der Schwabe schüttelte nachdenklich den Kopf. Dann tippte er sich an die Stirn. »Der viele Schnaps scheint Ihren Verstand zu vernebeln.«

»Nein«, griente Horn. »Ein guter Rotwein, dazu Zimt, Gewürze, Nelken und Zucker. Das Ganze aufgekocht. Haben Sie eine Ahnung, wie das aufheizt. Und wenn das nicht reicht, kommt noch ein ordentlicher Schuss Rum hinein. Das trinken wir hier häufig im Winter.« Er nickte versonnen und schnalzte mit der Zunge. »Ja. So ein schöner Rotwein ist schon ein Genuss.«

»Das ist allerschlimmster Kulturfrevel«, schimpfte Traugott Beuerle. »Sie können doch keinen Wein kochen.«

»Doch«, lachte ihn Nissen an. »Im Herbst gibt es Weißwein.« Er leckte sich mit der Zungenspitze über die Lippen. »Ich muss Ihnen recht geben. Ohne einen guten Weißwein ist der Herbst nichts.«

»Sie sollten sich ein Beispiel an Ihrem Nachbarn nehmen«, fuhr Beuerle Fiete Horn an. »Der kocht keinen Rotwein.«

»Doch!«, lachte Horn. »Oder wollen Sie die Muscheln im kalten Weißwein essen? Wir kochen sie im Weißweinsud. Eine Delikatesse. Hmh!«

Beuerle war vor Zorn rot angelaufen. Er klopfte sich heftig mit der Faust gegen die Brust. »Das ist ja ekelhaft. Und ausgerechnet mir erzählen Sie so etwas.«

»Wieso, was ist denn mit Ihnen?«, fragte Fiete Horn und legte den Kopf ein wenig schief. Dann schob er sein Schnapsglas über den Tisch in Richtung Beuerle. »Das hilft bei verstimmtem Magen. Echt.«

»Wissen Sie nicht, wen Sie vor sich haben?« Beuerle schnappte nach Luft. »Ich bin der Chef der Buchhaltung einer Winzereigenossenschaft.«

»Donnerwetter«, staunte Horn und zeigte auf den schweigsamen Dethleffsen. »Dann sitzen ja lauter Experten am Tisch. Er da brennt Schnaps. Schwarz.«

»Tjä«, erwiderte Dethleffsen und zog an seiner Pfeife.

Sie wurden durch den Wirt unterbrochen, der die nächste Runde brachte.

»Haben Sie ein Alkoholproblem auf der Insel?«, fragte Beuerle. Die drei Einheimischen sahen sich an. Dann schüttelten sie einträchtig den Kopf. »Es gibt hier eine Gruppe der Anonymen Alkoholiker. Aber hier bleibt ja nichts geheim. Da ist nichts mit anonym.«

»Das muss bei Ihnen eine Art Gemeindeversammlung sein«, lästerte Beuerle. »Sie versaufen doch Ihren ganzen Verstand. Das kommt davon, wenn man am Ende der Welt lebt. Sie haben ja nichts anderes als die Trunksucht.«

»So ist das nicht«, sagte Fiete Horn nach einer Weile. »Es gibt hier eine Menge Kultur. Der Shantychor, der Spielmannszug der Freiwilligen Feuerwehr, und manchmal spricht auch unser Bürgermeister. Und zweimal im Jahr stellt Trine Feddersen ihre selbst gemalten Bilder in der Käseabteilung beim Kaufmann aus.«

Beuerle sah abfällig auf Horns schwielige Hände. »Mich wundert gar nichts mehr. Ich habe gelesen, dass es auf den kleinen Inseln Zwergschulen gibt: ein Lehrer und drei Kinder.«

»Was wollen Sie damit sagen?« In Nissens Stimme schwang deutlich Verärgerung mit.

»Leute wie Sie können es nicht besser wissen«, fuhr Beuerle im Zorn fort. Dann zeigte er auf Nissens Hände. »Was arbeiten Sie?«

»Ich bin Decksmann auf der Fähre. Wenn wir anlegen, springe ich mit dem Tau in der Hand an Land und lege es um den Poller. Das kostet viel Kraft, und wenn das Schiff ungünstig aufkommt, dann reißt der Tampen durch die Handfläche. Im Laufe der Jahre werden die Hände so rau wie das Wetter bei uns hinterm Deich. Ist aber immer noch besser als er da.« Nissen zeigte auf Dethleffsen, der an seiner Pfeife nuckelte und »tjä« sagte.

»Helgo Dethleffsen ist Fischer. Der hat den ganzen Tag über toten Fisch in der Hand. Den Gestank wirst du nie mehr los. Der ist ein armer Wicht.« Nissen schüttelte bedauernd den Kopf. »Der kann nicht mal eben mit der Nachbarin fremdgehen. Nee. Das riecht der Ehemann, wenn er nach Hause kommt.«

Beuerle rümpfte die Nase. Instinktiv rückte er ein wenig vom schweigsamen Dethleffsen ab. »Und Sie?«, fragte er Fiete Horn.

»Im Sommer bin ich Wattführer. Ich gehe mit den Touristen ins Wattenmeer, erkläre ihnen die wunderbare Natur des einzigartigen Wattenmeeres und genieße es, dort zu leben, wo Sie nur einmal im Jahr im Urlaub sein dürfen.«

»Sind Sie der, der mit dieser verrosteten Grabegabel herumläuft und Würmer aus dem Matsch gräbt?«

Horn nickte. »Das ist kein Matsch, sondern Mudd, in den viele Leute für teures Geld als Schlammpackung hineinschlüpfen. Ich habe mich schon oft gefragt, wie dumm manche Binnenländer sind, dass sie so viel dafür bezahlen, um im Dreck zu liegen.«

»Sie sind von uns abhängig. Sonst gibt es doch nichts in dieser Einöde.« Beuerles Stimme hatte einen belehrenden Tonfall angenommen. Dann tippte er sich gegen die Stirn. »Das ist doch kein Beruf, durch den Matsch zu laufen.«

»Neben dem Wissen um die Geheimnisse der Natur müssen Sie auch das Meer kennen. Das Wasser spaßt nicht. Es kann tückisch sein. Sie müssen wissen, wohin Sie laufen, wenn die Flut kommt.«

»Das ist doch kein Problem. Ich sehe doch den Strand.«

»Wenn Sie Pech haben, sind Sie auf einer Sandbank, und zwischen Ihnen und dem Strand verläuft ein Priel. Dann sind Sie abgeschnitten.« Horns Stimme war der erhebliche Alkoholkonsum inzwischen anzumerken. Er sprach schon lange nicht mehr so deutlich wie zu Anfang.

»Quatsch«, erwiderte Beuerle. »Und selbst wenn die Füße ein wenig nass werden – was macht das.«

»Das ist lebensgefährlich«, mischte sich Nissen ein und sah gemeinsam mit den anderen zu Dethleffsen, dessen Kopf auf die Brust gesunken war und der sich mit gleichmäßigen tiefen Schnarchtönen meldete.

»Maßlose Übertreibung. Sie wollen sich nur wichtigmachen.«

Nissen musterte Beuerle aus glasigen Augen. Dann schwenkte er den Zeigefinger hin und her. »Fiete hat recht. Das Wasser ist gefährlich. An der Küste ist schon mancher umgekommen, der sich zu weit vorgewagt hat.«

»Schauermärchen«, winkte Beuerle ab. »Sie sind nichts weiter als abergläubische Kulturbanausen. Sie werden sehen.« Er griff sein Weinglas und nippte daran. »Wenn ich im Alter einen guten Tropfen genießen werde, hat Sie alle schon lange der Teufel geholt.«

»Darauf würde ich nicht wetten«, lallte Nissen und hatte Mühe, die Augen aufzuhalten.

»Noch eine Runde«, rief Fiete Horn zum Wirt hinüber und schüttelte Dethleffsen, dessen Kopf auf die Tischplatte gesunken war und der inzwischen lauter schnarchte.

Beuerle erhob sich und sah verächtlich auf die drei Zechkumpane. »Was seid ihr nur für Pharisäer. Ich habe es nicht nötig, mit solchen Leuten meinen Urlaub zu verbringen. Nein! Das war mein letzter Tag auf dieser Insel.«

Am blauen Himmel hingen ein paar weiße Schäfchenwolken, die mit dem auffrischenden Wind rasch Richtung Festland trieben. Es roch nach Salz und Meer, nach Tang und Fisch. Helgo Dethleffsen stapelte Fischkisten aufeinander, die er mit aufs Boot nehmen wollte, um sie mit der Beute des neuen Tages zu füllen. Er sah auf und blinzelte unter dem Schirm seiner Prinz-Heinrich-Mütze gegen die Sonne, als Fiete Horn näher kam.

»Moin«, grüßte der Wattführer und stützte sich auf den Stiel seiner Grabegabel.

Dethleffsen nickte und zog an seiner Pfeife. »Hast du eine Führung?«, fragte er und presste jeden Buchstaben einzeln zwischen den geschlossenen Zähnen hervor.

»Ja. Süddeutsche.«

»Woher?«, erkundigte sich Dethleffsen.

»Aus der Gegend um Hannover.«

Dethleffsen angelte nach einer Sandscholle, die vom Vortag in einer der Fischkisten geblieben war. Gedankenverloren betrachtete er den Plattfisch in seiner Hand. »Hast du Jens-Ove schon gesehen?«

»Nee. Was ist mit dem?«

»Der hat Ärger mit seinem Käpt'n. Auf der Fähre fehlt ein Stück Tau«, erklärte Dethleffsen.

»Und?«, fragte Horn. »Hast du die andere Neuigkeit schon gehört?«

»Was?«

»Der von gestern – der Schwabe. Der ist tot geblieben.«

»Wirklich? Wie das? Wir haben ihn doch gewarnt, dass das Watt gefährlich ist.«

»Stimmt.« Fiete Horn nickte abwesend. »Die Sache hat nur einen Haken.«

»Und?«

»Man hat ihn auf der Binnenseite des Deiches gefunden.«

Dethleffsen überlegte eine Weile. »Wir hatten ja kein Hochwasser die Nacht, sodass er nicht rübergespült worden ist.«

»Nee. Er ist auch nicht ertrunken.«

»So. Der war doch gar nicht so alt. In diesen Jahren kommt man doch nur durch Ertrinken ums Leben.«

Horn kratzte sich am Kopf. »Man weiß es noch nicht genau. Vielleicht ist er erstickt. Man hat ihm eine Scholle in den Hals gedrückt, sodass er keine Luft mehr bekommen hat.«

Beide sahen auf die Sandscholle in Dethleffsens Hand. Der Fischer wiegte nachdenklich den Kopf. »Dabei sind die im Augenblick so teuer«, gab er zu bedenken. »Und an der Scholle ist er erstickt?«

»Vielleicht«, erwiderte Horn. »Kann aber auch sein, dass er erwürgt wurde. Mit dem Tau, das um sein Hals gelegt war. Da hat jemand kräftig dran gezogen.«

»Und eins von den beiden war die Todesursache?« Dethleffsen zog ungläubig die Augenbrauen in die Höhe. »Komisch.«

»Vielleicht auch nicht. Das muss der Rechtsmediziner feststellen.«

»Was gibt's denn sonst noch?«

Horn druckste ein wenig herum. »In seiner Brust steckte eine Grabegabel.«

Dethleffsen schüttelte nachdenklich den Kopf. »Na ja«, meinte er nach einer Weile. »Er hatte sowieso gesagt, er wollte nicht wiederkommen.«

Versonnen sahen beide den Wolken nach. Es schien eine Ewigkeit vergangen, bis sich Horn zu Wort meldete. »Du?«

»Tjä?«

»Vielleicht hat der Schwabe ja doch recht, und wir sollten ein bisschen weniger saufen.«

»Meinst du?«

»Ja.«

Dethleffsen seufzte. »Vielleicht sollten wir es statt mit Bier und Schnaps doch einmal mit Wein versuchen.«

Husumer Nachrichten vom 21. März 2009

Schleswig-Holstein wird Weinbauland. Schon im April will sich das Kieler Kabinett damit befassen. Werden dann die Reben gesetzt, gibt es in drei Jahren den ersten »Nordwein«.

Bereits im April will sich das Kieler Kabinett mit dem Entwurf einer Landesweinverordnung für Schleswig-Holstein befassen.

»Noch im Frühjahr könnten die ersten Reben gesetzt werden«, sagt Christian Seyfert, Sprecher des Landwirtschaftsministeriums in Kiel. »Mit dem ersten nennenswerten Ertrag wäre dann 2011 oder 2012 zu rechnen.«

Der Entwurf ist bereits sehr konkret: Der Weinkenner darf zu seiner Liste der Weinbaugebiete in Deutschland nun auch »Nordfriesland-Holstein« hinzufügen.

Auf eine Zigarette

»Mmh … nach Oldenburg willst du umziehen … da habe ich schon mal was von gehört …« Ahmet zog an seiner Zigarette mit dem schwarzen Tabak und entließ den Rauch langsam durch die gespitzten Lippen. Gedankenverloren sah er den blauen Schwaden nach, die zur Decke der Teestube waberten. Dann griff er zur kleinen Tasse und nahm schlürfend einen Schluck zu sich. »Da wohnt ein Freund von mir. ›Komische Leute‹, sagt er. ›Die essen so ein grünes Zeug, Grünkohl, dazu Undefinierbares mit dem merkwürdigen Namen Pinkel. Das erinnert mich immer an … na, du weißt schon. Und viel Schweinefleisch‹. Brrrh.« Ahmet schüttelte sich. »Das soll ein besonderes Volk sein, diese Ostfriesen.«

Ozman schüttelte den Kopf. »Das stimmt nicht. Oldenburg liegt nicht weit von der Ostsee entfernt. Ein kleines Städtchen. Sehr ländlich. Und lauter nette Leute.«

»Nee, das ist eine große Stadt. Die haben sogar eine Universität.«

»Kann ich mir nicht vorstellen. Vielleicht verwechselst du etwas«, antwortete Ozman nachdenklich.

»Bestimmt nicht. Ich kenne mich aus in Deutschland«, beharrte Ahmet. »Besser als die Deutschen.«

Es war viele Jahre her, dass Ozman und Ahmet sich in der Teestube gegenübergesessen hatten. Damals, als Ozman seine Arbeit als Schweißer in einem Metallbetrieb verloren hatte. Es war schwer gewesen, eine neue Beschäftigung zu finden. Er war nicht der Einzige, der in Lübeck auf Arbeitssuche gewesen war. Viele Angebote hatte er nicht erhalten. Wenn er ehrlich war, eigentlich gar keine. So war er notgedrungen nach Oldenburg in Holstein umgezogen und hatte die Tätigkeit als Gebäudereiniger angenommen. Ozman, der Putzteufel, der zunächst für die Toiletten zuständig war, später aber auch Klassenräume und Büros reinigen durfte. Ihn hatte es nicht gestört. Hauptsache, er hatte eine Beschäftigung, er war zufrieden.

Damals, als er hoffnungsvoll nach Deutschland aufgebrochen war, um ein paar Jahre lang gutes Geld zu verdienen, hatte er Elayna zurückgelassen. Nach der Sitte seines Landes waren die beiden einander versprochen gewesen. Leider hatte es mit dem Geldverdienen länger gedauert als erhofft. Ozman war nicht oft in die Heimat gefahren, um das mühsam Ersparte nicht für teure Fahrten aufzuwenden. Irgendwann war Elaynas Vater ungeduldig geworden, hatte das Versprechen gelöst und seine Tochter einem anderen Mann zur Frau gegeben.

Ozman war immer seltener in die Heimat gefahren und entfremdete sich immer mehr von der Familie und alten Freunden. Man glaubte ihm nicht, dass es im gelobten Deutschland schwierig war, durch die Arbeit als Schweißer viel Geld zurücklegen zu können. Unterschwellig hörte er immer den Vorwurf, er würde in Lübeck prassen und ein unangemessenes Leben führen. Nach der Insolvenz seines früheren Arbeitgebers war das Einkommen im Reinigungsunternehmen so karg, dass Ozman sich keine Heimfahrt mehr leisten konnte. Schließlich war der Kontakt zur Heimat gänzlich abgebrochen.

Er war dennoch nicht unzufrieden. Er hatte eine kleine Wohnung, die öffentlich gefördert wurde. Man akzeptierte den kleinen Mann mit dem krummen Rücken, dem schwarzen Schnurrbart und den dunklen Augen, der fleißig und klaglos seiner Arbeit nachging und in der Freizeit gern durch Oldenburg bummelte, mit Bekannten ein Schwätzchen hielt oder am Marktplatz auf einer Bank saß, den Leuten hinterhersah und seine geliebte Zigarette genoss. Ozman lebte bescheiden und hatte sich seine kleine Wohnung in einer Mischung aus türkischer Tradition und deutscher Gemütlichkeit eingerichtet. Das wichtigste Möbelstück war der große Fernsehapparat, auf dem er über Satellit sogar heimatliche Sender empfangen konnte. Aber was war Ozmans Heimat? Er war sich nicht sicher, verlor aber keine weiteren Gedanken darüber. Er fühlte sich wohl in Oldenburg. Die Leute waren nett, und mit den Nachbarn kam er gut zurecht.

Selbst mit Ortwin, der auf seiner Etage wohnte und schon lange arbeitslos war. Ortwin war irgendwann die Frau davongelaufen. Seitdem verbrachte der Nachbar die Tage in dumpfer Einsamkeit. Manchmal sah man ihn eine ganze Woche nicht. Nur zum Monatsanfang, wenn es neues Geld gab, erwachten Ortwins Lebensgeister. Dann war er zwei oder drei Abende unterwegs, lärmte, wenn er volltrunken nach Hause kam, und schlief anschließend tagsüber seinen Rausch aus. Es lag sicher an Oldenburgs Beschaulichkeit, dass Ortwin drei Abende benötigte, um seine Sozialhilfe zu vertrinken, da in der kleinen Stadt die Kneipen nicht unendlich lange geöffnet hatten.

Ozman ging seinem Nachbarn an diesen Tagen aus dem Weg. Er wusste, dass Ortwin im Rauschzustand andere Menschen, besonders die mit ausländischen Wurzeln, beschimpfte und für sein persönliches Schicksal verantwortlich machte. Dafür scheute er sich aber nicht, gegen Ende des Monats bei Ozman zu klingeln, um ein Stück Fladenbrot oder etwas Gemüse zu schnorren. Selbst Hamsi Kizartmasi, gebratene Sardellen, verschmähte Ortwin dann nicht. Und als Ozman seinem Nachbarn erklärte, dass Kadin Budu mit »Frauenschenkel« übersetzt werden könnte, hatte Ortwin sogar gelacht.

»Mensch, alter Türke, ich wusste gar nicht, dass du dich für Frauen interessierst.« Dann hatte er Ozman auf die Schulter geklopft, und sie hatten still vergnügt gemeinsam geraucht.

Ozman schätzte, dass Ortwin etwa so alt wie er selbst war, knapp über fünfzig Jahre. Das reichte, um keine neue Arbeit mehr zu finden. Er war froh, für seinen Lebensunterhalt selbst sorgen zu können, auch wenn es noch einmal einen Einschnitt gegeben hatte.

Sein Chef zeigte sich mit Ozmans Arbeitseinsatz zufrieden und hatte ihn zum Vorarbeiter gemacht, Objektleiter hieß das. Ozman bekam einen Gehaltsaufschlag von dreißig Cent in der Stunde. Dafür trug er die Verantwortung für die drei Frauen, die zu seiner Kolonne gehörten.

Irgendwann hatte der Chef Ozman zu sich ins Büro gerufen und ihm erklärt, wie mühsam in Deutschland das Unternehmerdasein sei.

»Ich gehe auf Mitte vierzig zu«, hatte der Chef erklärt. »Was habe ich bisher vom Leben gehabt? Freizeit und Gesundheit für den Erhalt der Arbeitsplätze aufgerieben. Das schmale Einkommen frisst die Steuer auf. Ihr alle wisst gar nicht, wie gut ihr es habt. Am Ende des Monats wird euer Gehalt überwiesen, während ich mir Sorgen mache, weil ich nicht weiß, wo ich das Geld für eure Gehälter hernehmen soll. Wenn ich so weitermache, ist meine Gesundheit in ein, zwei Jahren ruiniert. Ich muss die Notbremse ziehen, so leid es mir tut. Aber meine Frau und ich müssen den Betrieb verkaufen. Wir werden uns nach Spanien zurückziehen, um dort unseren Lebensabend zu verbringen. Spanien, Ozman! Dort ist das Leben billiger. Wir können es uns nicht leisten, im teuren Deutschland zu bleiben, so wie ihr …«

»Das ist schade, Chef. Aber dann werden wir für den neuen Chef arbeiten.«

Der Unternehmer hatte den Kopf gewiegt. »Tja«, hatte er schließlich gesagt. »Das ist eine große Firma. Die haben eine andere Kostenstruktur. Die sind nur konkurrenzfähig, wenn sie künftig nur noch mit Geringverdienern arbeiten.«

»Soll das heißen, Chef, dass man uns den Lohn kürzt?«, hatte Ozman angstvoll gefragt.

Sein Boss hatte sich verlegen den Kopf gekratzt. »Weißt du, Ozman … dich brauchen sie nicht mehr. Ist vielleicht auch ganz gut für dich. Du bist über fünfzig und hast dein Leben hart gearbeitet. Nun gönne dir noch ein paar ruhige Jahre.«

Das war ein bitterer Moment für Ozman gewesen. Vor seinem geistigen Auge tauchte Nachbar Ortwin auf. Was sollte Ozman mit der vielen freien Zeit anfangen? Vor dem Fernseher sitzen? Den Cafébesuch würde er sich nicht mehr leisten können. Und womöglich müsste er auch auf seine geliebten Zigaretten verzichten. Wenn er an einem beliebigen Wochentag auf der Bank vor dem Oldenburger Rathaus sitzen würde, müsste er damit rechnen, dass man hinter seinem Rücken vom faulen Türken spräche, der nur hier sei, um die Sozialsysteme auszunutzen. Ortwin würde ihm bestimmt erklären, dass er, Ortwin, für den Ausländer schuften müsse, damit dieser sich ein bequemes Leben einrichten könne.

Das wollte Ozman nicht. Ihm würde der Staubsauger fehlen, das Wasser, das am Boden perlte, der frische Geruch der Reinigungsmittel und das Strahlen des weißen Porzellans in den Sanitärbereichen, wenn er mit seiner Reinigungsarbeit fertig war.

Am vorletzten Tag hatte ihn der Chef zur Seite genommen.
»Ozman, du weißt, wie zufrieden ich mit dir war. Du warst immer zuverlässig und hast gute Arbeit geleistet. Zum Dank dafür habe ich mich bei einem Freund für dich eingesetzt. Er wird dich übernehmen.«

»Als Putzmann?«, fragte Ozman erfreut.

Der Chef hatte den Kopf geschüttelt. »Nein. Du wirst dort eine verantwortliche Aufgabe übernehmen.«

»Ich?«

»Ja. Ich habe mich für dich verbürgt.« Der Chef hatte eine Pause eingelegt. »Das Ganze ist hier in Oldenburg. Du kannst deine Wohnung behalten. Kennst du die Firma Schmidt?«

Ozman strahlte. Natürlich. Jeder in Oldenburg kannte »Eisen-Schmidt«, ein alteingesessenes Unternehmen. Metallbau. Manches Mal hatte Ozman den Fahrzeugen mit sehnsüchtigen Blicken hinterhergesehen, wenn sie durch die kleine Stadt fuhren, beladen mit Metallteilen und kunstvoll verzierten Zäunen voller Schnörkel und Ornamenten.

Er seufzte. Das hätte er sich nicht träumen lassen. Vielleicht würde er wieder ein Schweißgerät in Händen halten und – mit ein wenig Glück – durfte sogar bei der Fertigung mitwirken.

»Ja, Chef. Wer kennt die nicht, die berühmte Firma Schmidt.« Für Ozman war es der beste Arbeitgeber, den man sich vorstellen konnte. Eisen-Schmidt, die ein großes Schild am Ende der Göhler Straße aufgestellt hatten, im Gewerbegebiet, ganz am Rand der kleinen Stadt. Dahinter lagen Felder und Wiesen, bis nach wenigen Kilometern die Straße in das Nachbardorf Göhl führte.

Vor Ozmans Auge wurde die Göhler Straße, die nach diesem Ort benannt war, zur schönsten Straße der Welt. Er würde sich, ganz gleich wie das Wetter war, morgens auf das Fahrrad setzen und die ganze lange Göhler Straße, die im Stadtzentrum begann, bis zum Ende radeln. Zu seinem neuen Arbeitsplatz bei der Firma Schmidt. Gustav Schmidt. Eisen-Schmidt.

Der Chef schüttelte seinen Kopf und legte die Stirn in Falten.

»Bei aller Begeisterung, Ozman, so weltberühmt ist die Firma Schmidt nicht, auch wenn sie weltweit tätig ist.«

Das wollte Ozman nicht hören. Natürlich war Eisen-Schmidt

der Traum eines jeden Schweißers, besonders eines mit türkischen Wurzeln. Was hatte der Chef gesagt? Die sind weltweit tätig? Ozman holte tief Luft. Vielleicht würde man ihn sogar auf Montage ins Ausland schicken.

»Ja, ähm … also …«, begann der Chef und spielte verlegen mit seinem Kugelschreiber. »Die Firma Schmidt, die ich meine, ist ein Großhandel. Die haben ihren Firmensitz gleich am Anfang der Göhler Straße – die ist ja lang, die Göhler Straße …«, schob der Chef verlegen hinterher.

Großhandel? Ozman glaubte, sich verhört zu haben. Eisen-Schmidt. Das war ein großer Betrieb. Sicher, Handel würden die auch betreiben. Aber die hatten ihren Sitz am Ende der Göhler Straße, nicht am Anfang.

Der Chef hatte recht gehabt. Es gab in der Göhler Straße noch eine zweite Firma Schmidt, die in einem schäbigen Haus am Anfang der Straße residierte. Als Ozman dort vorbeigefahren war, hatte er gedacht, es wäre ein Abbruchhaus. Es sah noch baufälliger aus als die Ruine der ehemaligen städtischen Schwimmhalle. Und das verrostete Schild »Schmidt internationaler Großhandel« verriet auch nichts von den weltumspannenden geschäftlichen Aktivitäten des Unternehmens.

Arno Schmidt erwies sich als schwergewichtiger Mann mit einem ungesund roten Kopf, der den Hochdruckkranken verriet. Das Doppelkinn lag auf dem Kragen seines Hemdes auf, die schlaffen Wangen fielen links und rechts der fleischigen Nase herab. Schmidt betrachtete Ozman aus seinen kleinen wasserblauen Schweinsäuglein.

»Warum soll ich einen Ausländer beschäftigen?«, fragte er und zog an seiner dicken Zigarre, die er in der Pranke mit den stark behaarten Fingern hielt. Wuchtig glänzte der protzige Goldring am Finger, während der Ring mit dem Brillanten, den er am kleinen Finger trug, von der Größe her für einen Damenringfinger immer noch zu weit gewesen wäre.

Dann lachte er und erklärte, dass er kein Zutrauen zu Ozman habe. Sicher würde ein *Türke*, und er betonte Ozmans Herkunft so deutlich, dass dabei ein leichter Sprühregen von Speichel aus seinem Mund mit den wulstigen Lippen auf die Schreibtischplatte niederregnete, den Anforderungen eines modernen Unternehmens nicht gewachsen sein.

»Mit euch hat man nur Ärger«, stellte Schmidt fest. »Ich bin aber nicht einer von denen, die was gegen Ausländer haben.« Er stellte Ozman vor die Wahl, zu einem noch niedrigeren Lohn als bei der Reinigungsfirma anzufangen oder es sein zu lassen.

Resigniert nickte Ozman, ihm blieb keine Alternative.

So begann er im »internationalen Großhandel Arno Schmidt« als zweiter Mitarbeiter neben der blassen Hulda Rindfleisch, einem ältlichen Fräulein – ja, so hatte Schmidt sie vorgestellt –, das als Halbtagskraft die Buchhaltung und anfallende Büroarbeiten erledigte. Fräulein Rindfleisch saß in ihrem grauen Wollrock und der beigefarbenen Bluse an einem zerkratzten Schreibtisch und arbeitete von früh bis spät, auch wenn sie die Stunden ab Mittag nicht vergütet bekam. Nervös schob sie ihre Hornbrille auf der Nase hin und her, wenn Schmidt auftauchte und sie anschrie, weil er mit ihrer Arbeit nicht zufrieden war.

»Beefsteak«, so nannte er Fräulein Rindfleisch geringschätzig, »man müsste Mitleid mit Ihnen haben und sollte Sie ins Altersheim stecken. Wie lange dulde ich Sie schon als Kostgänger dieses Unternehmens, hä?« Solche Wutausbrüche kamen regelmäßig und bewirkten, dass Hulda Rindfleisch klaglos täglich mehr als neun Stunden an ihrem Schreibtisch hockte und versuchte, das Wirrwarr zu entknoten, das der chaotische Schmidt anrichtete.

Sie war in einer ähnlichen Situation wie Ozman, lebte allein und hatte weder Familie noch Freunde. Ihre ganze Freude waren die beiden Katzen, mit denen sie sich ihr bescheidenes Zuhause teilte.

Fräulein Rindfleisch lebte immer dann auf, wenn Schmidt auf Geschäftsreise war. Mehrfach im Jahr reiste er nach Asien, um in Thailand, Taiwan, Vietnam und China neue Produkte aufzuspüren. Diese Zeit genossen Ozman und die Buchhalterin. Fräulein Rindfleisch störte es nicht, wenn Ozman seine geliebten Zigaretten rauchte, was Schmidt während der Arbeitszeit streng untersagt hatte. Mit einem breiten Grinsen hatte er Ozman das strikte Rauchverbot vorgetragen und ihm dabei den Rauch der stinkenden Zigarre ins Gesicht geblasen. Überhaupt war der Gestank der dunklen

Brasil überall gegenwärtig: in den Räumen, den Gardinen, im Teppich. Die Wände waren dunkel vom Nikotin, und jedes Stück Papier roch nach Tabak.

Zunächst nur zögerlich, dann aber regelmäßig tauchte Maria auf, eine zartgliedrige Philippinin, die Schmidt aus ihrer Heimat mitgebracht und geheiratet hatte und die er jetzt in Oldenburg wie eine Sklavin hielt. Sie durfte das Haus nicht verlassen, bekam kein Taschengeld, und Ozman war sich nicht sicher, ob die Frau nicht auch Schläge erdulden musste.

Es dauerte mehr als zwei Jahre, bis Ozman Maria das erste Mal lächeln sah. Es war ein schönes, ein strahlendes Lächeln, das sich auf den feinen Gesichtszügen der schüchternen Frau abzeichnete.

Nach einem weiteren Jahr wagte Ozman es, Maria an einem Sommersonntag zu einem Spaziergang um den See am Oldenburger Wallmuseum einzuladen. Seitdem träumte er davon, einmal die Hand der jungen Frau halten zu dürfen, einmal mit ihr zu tanzen.

Ach, es gab so wunderbare Märchen in Deutschland, in denen ein Prinz die Prinzessin wachküsste ... Wie gern wäre Ozman einmal in seinem Leben ein Prinz gewesen.

Die schönen Augenblicke endeten regelmäßig, wenn Schmidt zurückkehrte und von seinen neuen Einkäufen erzählte. Ozman würde später damit konfrontiert werden, wenn die Ware containerweise in Oldenburg eintraf. Dann musste er die Ladung auspacken, zählen, ins Lager sortieren, Fehler reklamieren und die Transportschäden auflisten.

»Das passiert nicht unterwegs, Ali. Die Sachen gehen kaputt, weil du nicht sorgfältig genug bist«, fluchte Schmidt regelmäßig.

»Ich heiße Ozman und nicht Ali«, hatte Ozman früher protestiert. Aber Schmidt hatte seinen Einwand abgetan.

»Jeder Schwarzbärtige, der jenseits des Bosporus wohnt, ist ein Ali. Also, Ali! Den Mist hast du doch verursacht, weil du beim Auspacken nicht aufgepasst hast. Sei vorsichtig, klar? Das ist kein Kameldung, sondern kostbare Ware, die du in Händen hältst. Oder soll ich den Bruch von deinem Lohn abziehen?«

Schmidt wurde immer unausstehlicher. Er lief nur noch missgelaunt herum, rauchte, beschimpfte Fräulein Rindfleisch, trank schwarzen Kaffee und genehmigte sich dazu mehrere Gläser Cognac im Laufe des Tages. Nur mittags herrschte ein wenig Ruhe im Betrieb, wenn Schmidt zum Essen fuhr.

Endlich war es wieder so weit. Der Despot war zu einer neuen Reise nach Asien aufgebrochen. Zwei Wochen lebten Hulda Rindfleisch und Ozman auf, und Maria kam fast täglich ins Büro und begann, von ihrer Heimat zu erzählen. Sie war eine wunderbare Frau. Mit zarter Stimme berichtete sie von dem Dorf, in dem sie groß geworden war, von der Natur, den vielen Tieren, die Teil des Lebens gewesen waren, von der Fröhlichkeit der Menschen, aber auch von der Armut, in der sie leben mussten. Alle hatten sie beneidet, als der reiche Europäer auftauchte und sie mit ins gelobte Land nahm. Sie würde im Paradies leben, hatten die Freunde gemeint. Stand es nicht irgendwo im Koran, überlegte Ozman, dass man zuvor durch das Fegefeuer musste, um ins Paradies zu gelangen? Bei Maria war es augenscheinlich so.

Angstvoll sah Ozman auf den Kalender. Morgen sollte Schmidt zurückkehren. Dann würden sie wieder gepeinigt werden, alle drei. Und es gab keine Möglichkeit, dem zu entfliehen. Auf dem Weg zur Arbeit war er Ortwin, seinem Nachbarn, begegnet, der vor der Haustür auf ihn wartete. Es war Mitte des Monats, und Ortwin war pleite. Er schnorrte Ozman unfreundlich um Zigaretten an, zeigte sich enttäuscht darüber, dass er nur drei Stück bekam, und machte sich fluchend auf den Weg zum Bahnhof, um dort den Tag über herumzulungern. So wollte Ozman nicht enden. Deshalb schluckte er alle Schikanen.

Zu dritt saßen sie an Fräulein Rindfleischs Schreibtisch und tranken Kaffee, als das Taxi vorfuhr und kurz darauf Schmidt ins Büro hereingewalzt kam.

Er schnaufte und keuchte. Das puterrote Gesicht lief noch mehr an, soweit das möglich war. Die Adern an den Schläfen schwollen an. Deutlich war der Pulsschlag zu erkennen.

»Was soll das bedeuten?«, schrie er wutschnaubend. »Hab ich euch Gesindel erwischt. Wenn ich nicht da bin, hockt das faule Pack hier herum und faulenzt. Das ist wohl die Höhe. Ich arbeite wie ein Tier, um das Geld zu verdienen, das hier dann sinnlos verprasst wird.«

Schmidt keuchte wie ein Langstreckenläufer. Er fasste sich ans Herz. »Kaputt arbeite ich mich, ja. Und was ist der Dank?«

Er wankte auf Maria zu, und bevor jemand reagieren konnte, holte er aus und schlug zu. Wie vom Blitz getroffen fiel die zarte Frau vom Stuhl. Er trat noch einmal nach.

»Beefsteak«, brüllte er die verängstigte Buchhalterin mit sich überschlagender Stimme an. »Von Ihnen hätte ich mehr Dankbarkeit erwartet. Ohne mich wären Sie ein Nichts. Sie haben mein ganzes Vertrauen gehabt und es schamlos ausgenutzt.«

Dass Schmidt cholerisch war, wussten alle. Einen solchen Anfall hatten sie aber noch nie erlebt. Der Mann bebte vor Zorn. Dicke Schweißperlen rannen ihm von der Stirn.

Ozman hatte nur davon gehört, dass es einen Jetlag gab. Das war irgendetwas, das sich einstellte, wenn man lange im Flugzeug saß. Schmidt war über dreizehn Stunden geflogen. Er war übermüdet.

Sicher hatte er seinen Ausflug nach Asien auch genutzt, um die Nächte mit käuflichen Frauen zu verbringen. Ozman hätte nicht beschwören mögen, dass die alle volljährig waren.

Jetzt roch der Mann nach Schweiß und Alkohol. Mit Sicherheit hatte Schmidt sich die Flugzeit durch übermäßigen Alkoholgenuss zu verkürzen versucht.

Unsicher wankte der Mann auf den Schreibtisch zu. Mit einer einzigen Bewegung wischte er die gefüllten Kaffeetassen in Richtung der Buchhalterin. Fräulein Rindfleisch versuchte auszuweichen, stieß aber gegen die Wand des Aktenregals in ihrem Rücken. Sie schrie auf, als sich der heiße Kaffee über ihre Bluse und den Rock ergoss.

»Raus«, schrie Schmidt und zeigte unsicher auf die Bürotür. Er griff zum schweren Eisenlocher, der auf dem Schreibtisch stand, und deutete eine Bewegung an, als würde er das Gerät der Buchhalterin an den Kopf schleudern wollen.

Mit angstgeweiteten Augen sprang sie auf und hastete zur Tür. Dabei stolperte sie über Maria, die auf allen Vieren ebenfalls zum Ausgang robbte.

»Hurenpack«, schrie Schmidt wie von Sinnen, bevor er sich Ozman zuwandte. »Du bist gefeuert, du verdammter Kameltreiber.

Ich mach dich fertig. Dich wird jede Mülltonne verachten, die du nach Essbarem durchwühlen wirst.«

Das war der Dank, dachte Ozman. Er hatte sich um die Ware gekümmert, sich in die Lagerhaltung eingearbeitet, Eingangsrechnungen kontrolliert und die Pakete mit den Bestellungen fertig gemacht. Schmidt hatte schon lange den Überblick verloren. Und wenn der Boss auf Reisen war, hatte Ozman mit den Kunden telefoniert. Besonders stolz war er, als eines Tages ein freundlicher Brief eingetroffen war, der an »Herrn Ostmann« gerichtet war. Das war ein deutscher Name. Ozman sprach mittlerweile so gut Deutsch, dass man seinen türkischen Akzent kaum noch bemerkte.

Nur widerwillig fasste er die Ware an, die das »internationale Importunternehmen Schmidt« aus Asien bezog und an Geschenkartikelläden und Souvenirbuden weiterverkaufte. Aschenbecher, bei denen die Zigarette zwischen zwei weiblichen Brüsten abgelegt wurde, Kondome mit Comicfiguren, eine Spardose, bei der man an einem Plastikslip ziehen musste, um an den Einwurfschlitz zu gelangen, und die sich mit einem Stöhnen für den Einwurf bedankte, und die hässliche Figur, der man ein kleines Paket in den After schob und es anzündete. Daraus quoll eine widerliche braune Masse hervor. Ozman hatte sich immer wieder gewundert, dass es Leute gab, die für solche Artikel Geld ausgaben.

Jetzt stand ihm Schmidt gegenüber. Der Mann keuchte und japste nach Luft. Er griff zum unsichtbaren Hemdkragen und versuchte mit seinen Wurstfingern, ihn zu weiten.

»Das ist zu viel«, stöhnte Schmidt und wankte um den Schreibtisch, um sich krachend auf Fräulein Rindfleischs Bürostuhl zu werfen.

»Al... i...«, kam es keuchend über seine Lippen. Die kleinen Schweinsäuglein hatten sich geweitet. Zitternd tastete sich die fleischige Hand über das schweißnasse Hemd in Richtung der linken Brustseite.

»Ali ... Mein Herz ... Ich brauche den Notarzt.«

Ozman nickte. »Ja, ja«, sagte er. »Manchmal erweist sich erst in einer schweren Stunde, was ein gutes Herz wert ist.« Seelenruhig ließ sich Ozman auf der anderen Schreibtischseite nieder, fischte eine Zigarette aus der zerknitterten Packung und zündete sie sich an. Dann blies er den Rauch über das Büromöbel in Schmidts Gesicht.

Dem Mann rann der Schweiß in Bächen herab und tropfte über das Doppelkinn auf sein Hemd.

»Schnell … ein Arzt«, stöhnte Schmidt kaum vernehmbar.

»Gleich«, sagte Ozman. »Habe ich von Ihnen gelernt, Chef. Man muss erst in aller Ruhe aufrauchen und dann überlegen, wie es weitergeht.«

»Du … Hurensohn … mach … die Zigarette aus …«, keuchte Schmidt und hustete. Dabei bekam er noch weniger Luft.

Nachdem Ozman die Zigarette zu Ende geraucht und die Kippe sorgfältig im Aschenbecher ausgedrückt hatte, griff er zum Telefon und wählte die eins-eins-zwei.

»Notrufzentrale«, meldete sich eine ruhig klingende Männerstimme.

»Hier Ali. Mann Luft«, radebrechte Ozman.

»Können Sie deutlicher sprechen«, forderte ihn der Mann von der Leitstelle auf.

»Du schnell machen. Er krank.«

»Wer ist krank?«

»Mann.«

»Welcher Mann?«

»Dicker Mann.«

»Was hat er?«

»Nicht wissen.«

»Ein Unfall?«, fragte der Rettungsassistent.

»Nix umgefallen. Hat so hingesetzt.«

»Können Sie die Umstände etwas genauer beschreiben?«

»Was Umstände? Du kommen fix. Mann nicht gut.«

Der Rettungsassistent seufzte vernehmlich. »Daraus soll man klug werden«, sagte er resigniert. »Also. Wo ist das?«

»Hier.«

»Wo ist hier?«

»Arbeit.«

»Hören Sie, Herr …«.

»Ali. Ich sein Ali.«

»Gut, Ali. Wo ist der Kranke?«

»Bei Arbeit.«

Ozman hörte, wie der andere Teilnehmer tief Luft holte. »Okay, Ali. Wo arbeiten Sie?«

»In Oldenburg.«

»Geht es ein wenig genauer? Wir brauchen die exakte Anschrift.«

»Bekannte Weltfirma.«

»Hat die auch einen Namen?«, fragte der Rettungsassistent, dem anzuhören war, dass es ihm schwerfiel, weiterhin geduldig zu bleiben.

»Ja, Mann kriegt kein Luft mehr. Du kommen schnell zu Firma Schmidt in Göhler Straße in Oldenburg. Chef immer sagen, jeder kennt große Firma Schmidt.«

»In Ordnung«, stöhnte der Rettungsassistent. »Firma Schmidt in der Göhler Straße in Oldenburg.«

»Ja«, sagte Ozman. »Machen schnell. Mann sonst tot.« Dann legte er auf und grinste Schmidt an.

Das Gesicht des Kranken war jetzt weiß wie eine gekalkte Wand. Die Lippen waren blau angelaufen. Stoßweise kam der Atem. Dann ging er in ein leises Röcheln über.

Ozman stellte sich ans Fenster und zündete sich eine weitere Zigarette an. Es war erstaunlich, wie gut der Rettungsdienst in Deutschland funktionierte. Nur wenige Augenblicke, nachdem Ozman den Notruf beendet hatte, hörte er das auf- und abschwellende Martinshorn des Rettungswagens. Kurz darauf bog der rot-weiße Wagen um die Ecke in die Göhler Straße ein. Ozman beobachtete vom Fenster aus, wie die Autos auf der Straße an die Seite fuhren und dem Einsatzfahrzeug Platz machten. Das galt auch dem Notarzteinsatzfahrzeug, das nur wenig später folgte.

Man unternahm in diesem Land wirklich alles, um Menschenleben zu retten. Mit hoher Geschwindigkeit rasten die Rettungskräfte an Ozmans Fenster vorbei die lange Göhler Straße entlang zur Firma Eisen-Schmidt, die wirklich jeder in Oldenburg kannte.

Das Begräbnis

Die Sturmbö heulte um das Gebäude und ließ die Fenster vibrieren. Sie verfing sich in der Traufschalung, rüttelte am Turm und schlug gegen die Tür. Das wütende Tosen war noch deutlicher zu vernehmen, nachdem die letzten Töne der Orgel verklungen waren.

Nur wenige Besucher der St.-Vinzenz-Kirche schauderten bei diesem Geräusch. Sturm und widrige Witterungsverhältnisse waren den Bewohnern Nordstrands vertraut. Seit Menschengedenken trotzten die Nordfriesen Meer und Wind. Sie hatten gelernt, den Naturgewalten zu widerstehen, auch wenn sich das Wasser immer wieder seine Opfer holte, mal zu Tausenden wie bei der großen Manndränke, ein anderes Mal einzeln.

Momme Thießen war nicht auf See geblieben. Plötzlich und unerwartet war er verstorben, *dood bleeven*, wie man hier zu sagen pflegte. Er war in der Blüte seines Lebens gewesen, gesund, kräftig, lebenserfahren, ein Bild von einem Mann. Die große Trauergemeinde, die sich in der altehrwürdigen Kirche versammelt hatte, erinnerte sich an den hochgewachsenen Mann mit den blauen Augen, der tiefen Stimme und dem vollen blonden Haar, das in den letzten Jahren unmerklich einem Weiß gewichen war. Die Männer schätzten seine offene und zupackende Art, seine Hilfsbereitschaft und sein kameradschaftliches Wesen.

Die Frauen hingegen waren der stattlichen Erscheinung mit verklärtem Blick gefolgt, manche hatten ihm verstohlen nachgesehen, andere mehr oder minder offen bekundet, dass ihnen ein kleines Abenteuer mit Momme Thießen durchaus willkommen gewesen wäre.

Es war nicht sicher, ob die offen gezeigten Tränen der Anwesenden allein der Rührung geschuldet waren, welche Menschen beim Ableben eines Nachbarn befällt, oder dem Kummer, dass Erinnerungen an schöne und intime Momente für immer der Vergangenheit angehörten, oder ob nicht doch Freude die Augen gehörnter Ehemänner feucht werden ließ.

Auch Jens Friedrich Jensen wischte sich eine Träne aus den Augenwinkeln. Mit Momme hatte ihn eine lebenslange Freundschaft verbunden. Sie waren Nachbarskinder gewesen, hatten eine glückliche und unbeschwerte Kindheit im Koog verbracht, gemeinsam die Schulbank gedrückt und sich auch in den folgenden Jahrzehnten nicht aus den Augen verloren.

Nun hast du dich davongeschlichen, dachte Jens im Stillen. Wer begleitet mich nun in den Krug, wenn mir nach Unterhaltung ist? Mit wem kann ich über die Ereignisse auf unserer Insel sprechen? Über die großen und kleinen Missgeschicke der Nachbarn tratschen?

Jens war traurig, weniger, weil ein Mensch gestorben war, nein, weil Momme ihn schmählich zurückgelassen hatte. Andererseits ... Jens spitzte die Lippen. Er hatte immer in Mommes Schatten gestanden. Die Frauen hatten Momme angehimmelt, nicht ihn. Für Jens war stets nur der zweite Platz geblieben, wenn Momme anwesend war. Und sein Freund war immer präsent. Selbst jetzt, während der Trauerfeier. Der junge Pastor hatte so hingebungsvoll über den großartigen und von allen geliebten teuren Verblichenen gepredigt, dessen Tod einen großen Verlust bedeutete. Und alle Frauen in der Kirche hatten traurig genickt.

Jens seufzte. Ach, wie schön wäre es doch gewesen, wenn diese wunderbare Trauerfeier ihm gegolten hätte, wenn die Menschen um Jens geweint hätten.

Er wurde unsanft aus seinen Träumen gerissen, als sein Banknachbar ihn anstieß und ihm zuraunte: »Jens!« Dabei wies er mit dem Kopf Richtung Altarraum.

Es war still in der Kirche. Nur das Klack-Klack der Absätze der Frau mit dem betont taillierten Mantel war zu hören, als sie zum Altar schritt. Sie verbeugte sich vor dem blumengeschmückten Sarg und drehte sich zur Trauergemeinde um. Ihr schmales und ernstes Gesicht wurde von dunklen, anliegenden Haaren umrahmt.

Jens starrte auf das schöne und ebenmäßige Gesicht, die dunklen Augen und den dezent geschminkten roten Mund. Die Frau hatte ihre schlanken Hände, in denen sie dunkle Handschuhe hielt, vor dem Bauch gefaltet. Darüber zeichneten sich zwei Brüste ab, die Jens' Blick magisch anzogen. Er hatte alles um sich herum vergessen, so fasziniert war er vom Anblick der Bestatterin, die kaum merklich mit dem Kopf nickte.

»Jens!« Sein Nachbar stieß ihn erneut an. Er hatte den Namen jetzt lauter gerufen. Es klang wie das Zischen einer Schlange. »Du musst nach vorn.«

Jens schreckte hoch, als wäre er aus einem Trancezustand erwacht. Er stand auf, stolperte, dass das Poltern durch die ganze Kirche drang, und begab sich eilig nach vorn. Dort hatten bereits drei ernst dreinblickende Männer in dunklen Anzügen an den Ecken des Sargs Aufstellung genommen.

Es war eine besondere Ehre, als Sargträger benannt zu werden. Natürlich war Jens als gutem Freund des Verstorbenen die Aufgabe zugefallen. Er nahm den Platz vorn links ein. Dann öffnete der Pastor die Tür des Altarraums. Als hätte der Wind davor gelauert, fegte eine gewaltige Bö ins Kircheninnere und löschte eine der Kerzen, die vor dem Altar standen.

Siehst du, Momme, jetzt hat der Herrgott dein Lebenslicht ausgeblasen, dachte Jens und folgte der Bestatterin. Der Sarg lag auf einem fahrbaren Gestell, sodass die Aufgabe der Sargträger darin bestand, die Griffe am Sarg zu packen und Momme Thießen zur letzten Ruhestätte zu rollen.

Die Bestatterin ging voran, gefolgt vom Sarg. Der Pastor schritt wie ein Hirte vor der Trauergemeinde einher und führte die Prozession an, die Momme Thießen auf seinem letzten Weg das Geleit gab. Langsam umrundete der Trauerzug die Kirche.

Warum musstest du zu dieser Jahreszeit sterben?, dachte Jens und warf einen Blick auf den Sargdeckel zu seiner Rechten. Der Sturm blies mächtig und zerrte an der Kleidung und am Sarggestell. Der Pastor hatte Mühe, seinen wehenden Talar zu bändigen, während die Trauergäste ihre Kopfbedeckungen festhielten.

In früheren Jahrhunderten hatten die Menschen hinterm Deich dem Kirchenbau besondere Aufmerksamkeit geschenkt. Das Gotteshaus wurde stabil gebaut, um nicht nur den Seelen, sondern auch dem irdischen Dasein der Küstenbewohner Schutz zu bieten. War das Gottvertrauen auch stets vorhanden, so hatte man dennoch die Kirche sicherheitshalber auf einem künstlich errichteten Hügel, der Warft, erbaut.

Von dieser führte ein gepflasterter Weg hinab.

Jens musste sich anstrengen, um das Rollgestell mit Mommes sterblichen Überresten zu bremsen. Er verstand nicht, weshalb man außer ihm drei ältere und schwächliche Männer als Sargträger gewählt hatte. Die Gefährten konnten ihm nur wenig Unterstützung bieten. Wenn er nicht alle Kraft aufgewandt hätte, wäre Momme in seinem Sarg ins Rollen gekommen und hätte die würdig voranschreitende Bestatterin aufgespießt. Man hätte auf Nordstrand, wo ohnehin nichts verborgen blieb und es zu den größten Vergnügungen gehörte, über andere zu reden, noch jahrelang davon gesprochen, dass die Frau vom Beerdigungsinstitut, auf der Spitze des Sargs sitzend, in rasender Fahrt die Kirchwarft hinabgefahren sei.

Jens' Trauer hielt sich in Grenzen. Er hatte den Blick starr auf die wohlproportionierten Rundungen der Frau gerichtet, die sich unter dem taillierten Mantel abzeichneten und bei jedem Schritt sanft wiegten. Er bedauerte es, dass der Weg zum Friedhof nur so kurz war. Nur zu gern wäre er der Bestatterin über einen längeren Zeitraum gefolgt.

Zur Tradition einer ländlichen Beerdigung gehörte das anschließende Beisammensein. Bei Kaffee und Butterkuchen herrschte noch eine bedrückte Stimmung, bis die ersten Trauergäste begannen, von lustigen Begebenheiten zu berichten, die sie mit dem Verstorbenen erlebt hatten. Und spätestens nach der zweiten Runde Schnaps war die Heiterkeit zurückgekehrt, die Freude darüber, dass der Sensenmann diesmal an eine andere Tür geklopft hatte.

Bei den dänischen Nachbarn gab es die Sitte, dass man bei Beerdigungen im Dorf den Danebrog im eigenen Garten auf Halbmast herabließ und, war der Verstorbene beigesetzt, als Zeichen dafür, dass das Leben weiterging, die Fahne wieder aufzog. Auch Jens hatte die Flagge wieder gehisst. Momme war tot. Nun galt es, sein Erbe anzutreten und die Frauen der Insel mit dem zu versorgen, was zu Mommes Lebzeiten dessen Passion gewesen war.

Jens fand keine Ruhe. Bei Tag und Nacht träumte er von der Bestatterin. Er konnte das Bild nicht vergessen. Immer wieder tauchte dieser grazile Po auf, die Rundungen, die ihm auf dem Weg von der Kirche zum Friedhof so wunderbar vorausgewackelt waren. Jens versuchte, diese Gedanken zu verdrängen. Es half nichts. Es war ein innerer Zwang. Er musste die Frau wiedersehen, hinter ihr stehen und ihr Hinterteil betrachten. Das Verlangen wurde so übermächtig, dass er es nicht mehr aushielt und sich in die Nähe des Bestattungsinstituts schlich, um auf einer Beobachterposition so lange zu warten, bis sie vor die Tür trat. Seine Geduld wurde auf eine harte Probe gestellt, doch endlich erblickte er sie. Ein Glücksgefühl durchströmte ihn. Er hätte bis in alle Ewigkeit an diesem Platz verweilen mögen. Mit einem Lächeln kehrte er heim.

Der Zustand der Zufriedenheit hielt allerdings nicht lange vor. Schon am nächsten Tag legte er sich wieder auf die Lauer. Er durchforstete die Traueranzeigen seiner Heimatzeitung und ging fortan von Beerdigung zu Beerdigung, sofern die durch ihr Institut ausgeführt wurden. An guten Tagen waren es manchmal auch zwei Begräbnisse. Wenn die Frau ihn erkannt hatte, so ließ sie sich nichts anmerken. Zwischen dem Glück, ihr täglich zu begegnen, und der Tatsache, dass sie ihm nicht den Hauch von Aufmerksamkeit widmete, schieden sich Jens Welten. Darüber half ihm auch nicht hinweg, dass er sich angewöhnte, an den Kaffeetafeln nach der Beerdigung teilzunehmen und auf diese Weise einen Teil seines Lebensunterhalts einzusparen.

Voller Bitternis wurde ihm bewusst, dass ihm das gewisse Etwas fehlte, das den verblichenen Momme ausgezeichnet hatte. Auf den waren die Frauen geflogen. Momme hatte auswählen können, welchem weiblichen Wesen er seine Gunst schenkte. Aber Jens schien unsichtbar. Die Frauen nahmen ihn nicht wahr, schon gar nicht diese wunderbare Beerdigungsunternehmerin mit dem runden Sexypo, den er bisher immer nur unter dem Stoff des engen Mantels hatte betrachten können.

Die Bestatterin raubte ihm den Schlaf. Er wachte nachts auf und träumte von ihr, von ihrem Gesicht, den glutvollen dunklen Augen, der traumhaften Figur und … ihrem Gesäß. Er stellte sich vor, wie er sie in den Armen hielt, sie an sich presste, wie seine Lippen die ihren suchten, seine Hände an ihrem Körper abwärtsglitten und ... auf den Rundungen der beiden Pobacken verweilten. Jens seufzte. Wie gern hätte er ihre Hände gespürt, die ihn sanft liebkosten.

Ihre Hände?

Jens saß kerzengrade im Bett.

Ihre Hände? Diese herrlich duftenden, zarten Hände?

Jens schüttelte sich.

Nein!

Die hatte sie am Tage zur Erledigung ihrer Arbeit gebraucht, damit Leichen eingesargt, Tote an- und ausgekleidet, gewaschen, umgebettet. Wie gut, dass er daran gedacht hatte. Damit war der Traum abgeschlossen. Gott sei Dank.

Doch diese Einsicht hielt nicht lange vor. Schon am nächsten Morgen ließ sich der Gedanke an die Bestatterin nicht wieder verdrängen. Ich muss mich nicht von ihr streicheln lassen, dachte Jens. Aber sie ansehen ... dagegen war nichts einzuwenden. So machte er sich wieder auf den Weg nach Husum, parkte sein Fahrzeug in den engen kopfsteingepflasterten Gassen der Altstadt und beobachtete das Haus, in dem die Frau nicht nur ihrem Geschäft nachging, sondern auch wohnte.

Seine Geduld wurde ziemlich strapaziert. Er wartete den ganzen Tag vergeblich, hatte mehrfach an seinem Tun gezweifelt, wollte aufgeben, aber ein innerer Zwang ließ ihn ausharren. Die Dunkelheit war hereingebrochen, in den umliegenden Häusern waren die Fenster hell erleuchtet, und Jens kämpfte gegen die aufkommende Müdigkeit an, als der schwarze Leichenwagen auf den Hof rollte. Die Bestatterin schälte sich aus dem Fahrzeug. Sie sah müde aus nach einem sicher langen Arbeitstag. Sie öffnete die hintere Wagentür und zog einen Sarg hervor, schüttelte den Kopf und kehrte um. Dann verschwand sie ins Haus. Nach wenigen Minuten kehrte sie zurück. In Jens brach eine Welt zusammen. Sie kam in Begleitung eines großen kräftigen Mannes, der sie zärtlich umarmte, ihr einen sanften Kuss auf den Mund hauchte und dann ... Jens wollte aus seinem Auto springen und den Mann auf der Stelle ermorden. Was erlaubte sich dieser Widerling? Er hatte der Bestatterin den Po getätschelt. Und dann verweilte seine große Pranke auf dem Körperteil. Das war unerhört. Diese Rundungen gehörten Jens.

Er musste diese Bestie töten. Wenn er es genau überlegte, hielt ihn nur die Tatsache zurück, dass der Unhold schon tot war. Jens schrak zusammen. Für einen Moment wurde ihm schwarz vor Augen. Ein eiskalter Schauder lief ihm über den Rücken, eine eiserne Hand umklammerte sein Herz und drückte es zusammen. In seinen Schläfen pochte es wild.

Der Mann, der die Frau noch einmal in den Arm nahm und auf unanständige Weise küsste, dass es schien, als würde er nie von ihr ablassen wollen, war … der tote Momme Thießen.

Jens schloss die Augen, atmete tief durch und zählte bis zehn. Das war die Strafe dafür, dass ihm die Bestatterin nicht aus dem Sinn ging, er sich nach der Frau verzehrte, sie begehrte. Ganz langsam öffnete er die Augen und plierte durch die schmalen Schlitze. Der Spuk musste vorüber sein. Doch erneut erfasste ihn Panik. Es war tatsächlich der tote Momme Thießen, dessen große Pranken auf dem Po der Bestatterin lagen und diesen mit sanft kreisenden Bewegungen liebkosten.

Es schien eine Ewigkeit vergangen zu sein, bis der lebendige Leichnam und die Frau seiner Begierde wieder ins Haus verschwanden. Jens gab ihnen noch eine halbe Stunde, dann hielt er es nicht mehr aus. Auf leisen Sohlen schlich er um das Beerdigungsinstitut, erspähte ein paar Mülltonnen, schwang sich auf das Dach eines Schuppens und gelangte so an ein erleuchtetes Fenster im Obergeschoss. Die Gardinen waren zugezogen. Nur ein schmaler Spalt gewährte Einblick in das Innere. Jens stockte der Atem. Er sah direkt in ein Schlafzimmer. Und dort, im Ehebett, lagen die Bestatterin und der tote Momme Thießen und gaben sich einem höchst lebendigen Vergnügen hin. Das war so unglaublich, dass Jens darüber sogar vergaß, sich am wunderbaren Anblick des auf- und abwiegenden Pos der Frau zu erfreuen, der sich ihm ohne jede schützende Hülle eines taillierten Mantels bot.

Er wusste nicht, wie er an diesem Abend nach Hause gekommen war. Nur schemenhaft konnte er sich erinnern, dass er im Krug gelandet war. Dort musste es sehr feucht hergegangen sein, jedenfalls war ihm speiübel, und er hatte einen mächtigen Brummschädel. Sein Atem war so schlecht, dass ihm selbst davon übel wurde. Vielleicht ging der Geruch auch von seinem Norwegerpullover aus, den er schon seit Tagen trug. Jens verzichtete auf die Körperpflege und das Frühstück. Er begab sich auf direktem Weg zur Polizei nach Husum, um dort Anzeige zu erstatten und von der Ungeheuerlichkeit zu berichten, dass ein Toter im Ehebett der Bestatterin den Platz eingenommen hatte, den Jens für sich selbst beanspruchte.

Neuigkeiten haben schnelle Beine. Sie verbreiten sich wie ein Lauffeuer. Das gilt für den dörflichen Bereich, noch mehr aber für Inseln. So hatte es sich auf Nordstrand herumgesprochen, dass die Husumer Polizei Ermittlungen anstellte, ob Momme Thießen wirklich verstorben sei. Die Insel kannte kein anderes Thema, seit Jens Jensen im wirren Zustand im Krug erschienen war, sich in kürzester Zeit betrunken hatte und immer wieder stammelte, er sei einer Leiche begegnet. Man hatte ihn ausgelacht, einen Narren gescholten, und mancher Insulaner erinnerte sich daran, dass Jens schon immer ein wenig sonderbar gewesen war. Wie hatte er stets die Frauen angestiert, auf seine plumpe Art versucht, sich ihnen zu nähern? Dabei hätte er nur auf seinen Freund Momme sehen müssen. Der verstand es, das weibliche Geschlecht glücklich zu machen. Ach, die Welt war ungerecht. Momme Thießen, der den Frauen noch viele erfüllte Stunden hätte schenken sollen, war tot, und Jens Friedrich Jensen lief herum und behauptete, Mommes Geist würde zur Strafe für all das Sündhafte, was er und die Frauen der Insel sich zuschulden hatten kommen lassen, über das Eiland wandeln.

Immerhin hatte Jens seinen Verdacht so intensiv bei der Polizei vorgetragen, dass die Beamten beim Bestattungsinstitut vorgesprochen und mit Zustimmung der Besitzerin das Anwesen in Augenschein genommen hatten. Die Durchsuchung hatte nichts ergeben. Lediglich der in Süddeutschland lebende Bruder hatte bestätigt, der Bestatterin einen Besuch abgestattet zu haben.

Jens war wegen seiner Marotte, von der er sich nicht hatte abbringen lassen, zum Gespött der Nachbarn geworden. Man hatte ihn ausgelacht, sodass er sich zurückgezogen hatte und die Begegnung mit Menschen mied, so weit es ihm möglich war.

So fand er sich auch nicht unter den zahlreichen Neugierigen, die sich selbst durch den andauernden Regen nicht davon abhalten ließen, zum Friedhof zu kommen. Der Inselpolizist hatte Verstärkung vom Festland erhalten und bemühte sich, die Zuschauer am rot-weißen Flatterband aufzuhalten. Die Menschen murrten, weil sie von diesem Standort keinen Blick auf die Geschehnisse werfen konnten, die sich im hinteren Bereich des Grabfeldes abspielten.

Zwei Friedhofsarbeiter hatten die Grabstelle Momme Thießens freigelegt. Der Jüngere von ihnen fluchte unentwegt, weil ihm der Regen in den Kragen lief, während sein Kollege mit dem zerfurchten Gesicht stumm und gleichmäßig schaufelte. Ihn berührte die Arbeit ebenso wenig wie das unwirtliche Wetter, nachdem er seinen Frühstückstee nach Inselart mit Rum aromatisiert hatte.

Der Staatsanwalt hatte den Kragen seines Burberry-Mantels hochgeschlagen und den Hut tief ins Gesicht gezogen. Die Hände waren in den Taschen des Mantels vergraben. Mit zusammengekniffenem Mund verfolgte er die Arbeiten. Der jüngere Mann an seiner Seite war Beamter der Kriminalpolizei. Er trat von einem Bein auf das andere, als sei er dringend auf der Suche nach dem stillen Örtchen. Mit beiden Händen versuchte er, den Regenschirm zu halten.

Sein Kollege, Hauptkommissar Thierkopf, stand am Kopfende der Grabstelle. Trotz des Windes nahm er den zarten Duft des Parfüms wahr, das von der neben ihm stehenden Bestatterin herüberwehte. Thierkopf warf einen Seitenblick auf die attraktive Frau im taillierten Mantel, unter dem sich weibliche Rundungen abzeichneten.

Der Hauptkommissar hatte sich zunächst gesträubt, eine Öffnung der Grabstelle durchführen zu lassen. Sein Kollege Dethleffsen hatte dem Mann, dem die durchzechte Nacht deutlich anzusehen war und dessen Norwegerpullover nach Tabakqualm und Kneipe roch, keinen Glauben schenken wollen. Nur das Pflichtbewusstsein hatte Thierkopf veranlasst, Erkundigungen einzuziehen, nachdem Dethleffsen ihm den Fall übergeben hatte und in den Urlaub gefahren war. Der Hauptkommissar hatte sich auf Nordstrand umgehört und in Erfahrung gebracht, dass der Verstorbene ein Frauenheld gewesen war. Sein Tod war für alle überraschend eingetreten. Anzeichen für ein Fremdverschulden lagen nicht vor. Die Lebensversicherung hatte Momme Thießen schon zu Lebzeiten dem Bestattungsinstitut überschrieben, da er keine weiteren Angehörigen hatte und sein Begräbnis sichergestellt wissen wollte.

Hinter vorgehaltener Hand hatte Thierkopf erfahren, dass es Männer auf der Insel gab, die nicht traurig über Mommes Ableben waren, weil der Tote in ihrem Revier gewildert hatte. Darum war das Interesse an der Sargöffnung sehr groß. Welcher Mann mochte schon zugeben, dass er Mommes Geist als Nebenbuhler fürchtete. Da wollte man sich schon selbst davon überzeugen, dass der Frauenschwarm tot war.

Gleichmäßig schaufelten die beiden Arbeiter den feuchten Boden zur Seite, bis der ältere mit seinem Spaten auf Holz stieß. Es klang hohl.

Thierkopf sah, wie die Bestatterin die Augen zusammenkniff, als die Spaten über das Holz des Sargdeckels kratzten und tiefe Rillen hinterließen. Das sorgsam getischlerte Erdmöbel glich mehr einer unschönen Holzkiste. Nachdem die beiden Friedhofsarbeiter in die Grube gesprungen waren, sahen sie noch einmal nach oben, dabei verriet der Blick des jüngeren, dass er sich gewünscht hätte, man möge die Aktion an dieser Stelle abbrechen.

»Bitte, meine Herren«, sagte der Staatsanwalt leise.

Das Splittern des Holzes war bis zu den entfernten Zuschauern zu hören. Ein Raunen ging durch die Menge. Hauptkommissar Thierkopf fing einen fast flehentlichen Blick des jungen Arbeiters auf.

»Würden Sie den Sarg bitte öffnen«, bat er. Den jungen Mann schienen die Kräfte verlassen zu haben. Gemeinsam mit seinem Kollegen packte er den Sargdeckel. Die beiden Männer schoben ihn zur Seite. Ein markdurchdringendes Knirschen begleitete die Arbeit.

Belustigt registrierte Thierkopf, wie der Staatsanwalt seinen Blick auf einen entfernt stehenden Grabstein richtete.

Der Hauptkommissar sah nachdenklich in den geöffneten Sarg, der mit einem blauen Seidentuch ausgekleidet war. Am Kopfende lag ein Kissen. Auf dem ruhte friedlich das Antlitz eines Mannes, der sanft entschlummert war. Die Leute vom Beerdigungsinstitut hatten den Toten zurechtgemacht, gewaschen, ein wenig geschminkt, sodass er nicht einmal fahl aussah. Von Leichenblässe keine Spur, stellte Thierkopf für sich fest. Dieses Bestattungsinstitut konnte man weiterempfehlen. Man verrichtete dort gute und saubere Arbeit. Sogar die Hände waren auf dem Norwegerpullover gefaltet.

»Ist das der Mann, den Sie beerdigt haben?«, fragte Thierkopf die Bestatterin.

Die Frau sah lange in den geöffneten Sarg. Dann nickte sie. »Ja. Das kann ich bestätigen.«

Thierkopf irritierte es ein wenig, als die Schöne sich versonnen mit ihrer schlanken Hand über den wohlgeformten Po strich. Es war eine fast sinnliche Geste.

»Wir können wieder zumachen«, wies Thierkopf an, nachdem auch der Staatsanwalt genickt hatte. Die Gesichtsfarbe des Mannes war jetzt bleicher als die der Leiche.

Thierkopf hatte es gleich vermutet, dass ein wirrer Suffkopf ein solches Gerücht in Umlauf gebracht hatte. Selbst auf Nordstrand mochte niemand glauben, dass der tote Momme Thießen als Geist herumspukte oder gar mit der attraktiven Bestatterin schlief. Es war schändlich, dass Jens Friedrich Jensen solch ein Gerücht über seinen alten Freund in Umlauf gebracht hatte. Daher wunderte es auch niemanden, dass Momme Thießens Freund nach der Sargöffnung nie wieder gesehen wurde.

Harry

Es war wie immer.

Tagsüber hatte eine herbstliche Sonne noch einmal all ihre Kraft zusammengenommen und einen wunderschönen Herbsttag gezaubert. Die Bäume in ihrem herbstlichen Kleid boten dem Beobachter ein wahres Feuerwerk an bunt gefärbtem Laub, sodass man sich an dem letzten Aufbäumen der Natur vor der Tristesse des bevorstehenden Winters nicht sattsehen konnte.

Der Tag hatte mich wie üblich über Land geführt, mich von einer Stadt zur nächsten getragen. Im Laufe der vielen Jahre, die ich nun schon als Vertreter für Sanitärkeramik tätig war, hatte ich gelernt, auch an diesem Teil meines Berufs Freude zu empfinden und während der Fahrtzeiten zwischen zwei Kundenbesuchen die Landschaft zu genießen.

Natürlich ist diese Tätigkeit manchmal anstrengend, gar nervenaufreibend. Auch wenn langjährige Erfahrung einem die nötige Gelassenheit vermittelt, ist man doch stets von seinem Gegenüber abhängig. Schließlich lebe ich von der Provision, die ich mit erfolgreichen Geschäftsabschlüssen verdiene. Da können einem Tage, an denen man nur Reklamationen zu bearbeiten hat, Kritik an der neuen Kollektion entgegennehmen muss oder gar ohne jede Vorankündigung vor einem leeren Gebäude steht, in dem im vergangenen Monat noch ein sehr guter Kunde sein Geschäft betrieb, von dem ein neugieriger Nachbar dann berichtet, er sei letzte Woche in Konkurs gegangen, schon an die Substanz gehen.

Aber heute war ich von Überraschungen verschont geblieben. Ich hatte gute Geschäfte getätigt, war bei meinen Kunden überall freundlich aufgenommen worden und hatte sogar Zeit gefunden, in einem kleinen ländlichen Gasthof gut zu Mittag zu essen.

Das Leben hatte auch seine schönen Seiten.

Ich bog in die kleine, ruhige Wohnstraße mit den in freundlichen Farben gestrichenen Reihenhäusern und den sauber gepflegten Vorgärten ein und hielt vor einem Haus, das sich rein äußerlich nur wenig von seinen Nachbarn links und rechts unterschied.

Die Fenster waren frisch gestrichen und geputzt, blitzweiße Gardinen gaben den Einblick in das Innere frei.

An der Vorderfront waren Blumenkästen angebracht, in denen Geranien in einer überwältigenden Blütenpracht einen rot-grünen Farbenzauber veranstalteten. Der winzige Vorgarten war mustergültig gepflegt, der Rosenstrauch sauber gestutzt und die kleine Buchsbaumhecke akkurat geschnitten.

Der Besitzer dieses Hauses konnte stolz auf sein blitzsauberes kleines Anwesen sein. Und das war er auch. Der Eigentümer war ich selbst!

Ich stieg aus meinem Wagen und verschloss ihn sorgfältig. In dieser Gegend wohnten nur redliche Mitmenschen, jeder achtete die Rechte und das Eigentum des anderen. Aber leider blieb auch unsere Wohngegend nicht vom gelegentlichen Besuch unerwünschter Gäste verschont, sodass ich aus purem Eigennutz und nicht etwa aus Misstrauen den Nachbarn gegenüber das Auto versorgte.

Es war mein ganzer Stolz. Eigentlich war es eine Nummer zu groß für mich und meine Einkommensverhältnisse, das in dunkelblauer Metalliclackierung vor sich hin glitzernde automobile Edelprodukt deutscher Fertigung. Gepaart mit der bulligen Kraft seines hochmotorisierten Antriebsaggregats wirkte die gediegene Eleganz seines Äußeren auf jeden Autonarren faszinierend. Wie gesagt, das Fahrzeug war wirtschaftlich nicht meine Kragenweite, aber da ich einen großen Teil meiner Arbeitszeit im Auto zubringen musste, betrachtete ich es als Arbeitsmittel. Und jeder professionelle Handwerker weiß, dass gutes Werkzeug den halben Erfolg bedeutet. So bereitete mir das Bewegen des großen Wagens mit dem Stern auf der Motorhaube schieres Vergnügen und beflügelte mich zweifelsohne bei der Bewältigung meiner beruflichen Aufgaben.

Nachdem ich das Haus betreten hatte, nahm ich die wenige Post auf, die durch den Briefkastenschlitz Zugang ins Innere meines Domizils gefunden hatte, griff nach der Zeitung und zog mich mit einer Flasche kühlen Biers in die Essecke des kleinen kombinierten Wohnbereichs zurück.

Behaglich nahm ich auf einem der Stühle Platz, öffnete die Flasche und ließ das kühle Nass ins Glas laufen.

Die Post hatte nichts Wichtiges gebracht, und die Schlagzeilen der Tageszeitung verhießen wenig Aufregendes.

In die behagliche Stille meines Heimes hinein war nur das schwache Ticken der Pendeluhr zu hören.

Es war wie immer! Es ging mir gut!

Das war nicht immer so gewesen.

Einen großen Teil meines Lebens hatte ich in diesem Hause verbracht. Wir hatten es damals erworben, Ingrid und ich, kurz nach unserer Heirat. Es war weit außerhalb unserer wirtschaftlichen Möglichkeiten gewesen, allein der Gedanke an die mit unseren seinerzeitigen Einkommen zu finanzierende Hypothekenbelastung hatte mir viele schlaflose Nächte bereitet. Irgendwie haben wir es aber doch geschafft, Ingrid und ich. Und die schlaflosen Nächte hatten auch ihr Gutes. In den ersten Jahren unserer jungen Ehe wussten wir mit diesen wachen Stunden bis zum Morgengrauen durchaus etwas anzufangen.

Wir waren verliebt gewesen. Damals! Und wenn unser Geld zum Ende des Monats auch sehr knapp wurde, es bereitete uns keine Mühe, dann eben von der Liebe zu leben. So vergingen einige Monate, aber der Stapel der unerledigten Rechnungen wurde immer größer, und der Strom- und Wasserlieferant sowie die Müllabfuhr bestanden auf Ausgleich der offenen Posten. Auch die Handwerkerrechnungen ließen sich nicht durch die gegenseitige Zuneigung zweier Menschen begleichen.

So war ich gezwungen, noch mehr zu arbeiten, zusätzliche Vertreterbezirke in entfernteren Gegenden zu übernehmen und auch tagelang von daheim fortzubleiben. Dieser zusätzliche Arbeitseinsatz fand seine Honorierung in steigenden Umsätzen, aus denen mehr Provisionen für mich flossen, und so schafften wir es, dem drohenden Würgegriff der zahlreichen Gläubiger zu entkommen.

Nachdem wir diesen Engpass überwunden hatten, fingen wir an, uns über die Grundbedürfnisse des Lebens hinaus kleine Annehmlichkeiten zu leisten. Schön, zu größerem Reichtum haben wir es in all den Jahren nicht gebracht. Es reichte aber für ein angenehmes Leben in einem gesicherten, gutbürgerlichen Umfeld. Man gewöhnt sich an diese kleinen Dinge, deren Besitz oder Konsum die Lebensfreude steigern, und da es mir nie schwergefallen ist, auf Menschen zuzugehen, konnte ich das Vergnügen, das mir meine Tätigkeit als Vertreter bereitete, mit dem Angenehmen eines auskömmlichen Gehalts verbinden. So veränderte sich unmerklich unser Lebensstandard, die Anforderungen wuchsen langsam, aber stetig, ohne dass wir beide es richtig gewahr wurden.

Und mit dieser Veränderung der Ansprüche an das Leben unterzogen auch wir uns in unserer Beziehung einem Änderungsprozess, ebenso schleichend wie anfänglich unbemerkt. Die innige Verbundenheit, die den Beginn unserer Ehe ausmachte, die große Liebe in unserer schweren Anfangszeit, bekam unmerklich Lücken und Risse, bedingt durch die steigenden beruflichen Anforderungen. Und diese Lücken wurden ausgefüllt durch die zusätzlichen Dinge, die wir uns nun leisten konnten, aber im Nachhinein betrachtet war es alles nur Tand und Talmi.

Während ich Kraft und Zeit in den Ausbau meiner beruflichen Verbindungen investierte, fing Ingrid an, sich zu langweilen. Die Abende daheim füllten sie nicht länger aus. Die wenigen Aufgaben in unserem behaglichen Heim hatte sie mit der sich inzwischen angeeigneten Routine der erfahrenen Hausfrau schnell erledigt, Kinder, um die sie sich hätte kümmern können, waren uns nicht vergönnt.

Nun leben wir nicht in Amerika, wo unterbeschäftigte Ehefrauen ihren Ausgleich in der ehrenamtlichen Betätigung in sozialen oder öffentlichen Einrichtungen suchen oder Wohltätigkeitsveranstaltungen organisieren. Und das kulturelle Angebot unseres Heimatortes war auch irgendwann erschöpft, sodass sich die Frage nach einer sinnvollen Freizeitbeschäftigung stellte.

Meine Reisetätigkeit fern des Wohnortes ließ mir nur wenige Ausgleichsmöglichkeiten, insbesondere im sportlichen Bereich. Da Ingrid auf diesem Gebiet für gemeinsame Aktivitäten nicht empfänglich war, suchte ich einmal wöchentlich ein Squashcenter auf, um dort in einer Gruppe den körperlichen Ausgleich für mein berufliches Engagement zu finden. Natürlich musste ich dieses auch

45

in die freie Zeit am Wochenende schieben, sodass uns noch mehr von dem verbleibenden Rest verloren ging und sich die Gemeinsamkeiten weiter reduzierten.

So etwas erfolgt langsam, unbemerkt, und fällt einem nicht auf, da man sich ohnehin nichts mehr zu erzählen hat. Nach vielen Jahren Ehe, wir waren inzwischen über zehn Jahre verheiratet, gibt es am anderen nichts Unentdecktes mehr. Jeder kennt die Vorlieben und persönlichen Neigungen des Partners, ist mit den Einzelheiten seines Hobbys vertraut und weiß aus früheren Berichten fast alles über seinen Beruf, kennt sogar die Menschen und deren Geschichten, denen der andere täglich in der Arbeitswelt begegnet. Kurzum, man langweilt sich auch im Miteinander.

Ingrid sah es als zu aufwendig an, sich am Wochenende etwas herzurichten, wenn wir keine Einladungen bei Freunden hatten. Sie lief in alten Kleidern herum, die Haare blieben ungewaschen, um Make-up schien sie einen großen Bogen zu machen. Stattdessen lag sie tagsüber im Bett oder, wenn das Wetter es zuließ, auf unserer kleinen Terrasse. Selbst die gemeinsamen Mahlzeiten reduzierten sich auf ein mehr oder weniger zufälliges Aufeinandertreffen in der Küche.

Mann und Frau waren wir inzwischen auch nicht mehr, zumindest nicht in dem Punkt, der uns zu Beginn unserer gemeinsamen Zeit unbändig aneinander gefesselt hatte.

Jedes Mal, wenn ich Ingrid sah, fiel mir die Sinnfälligkeit des uralten Chansons von Gilbert Bécaud ein: Du lässt dich geh'n. Nun wäre es ungerecht, hätte ich die Schuld nur bei meiner Frau gesucht. Sicher traf es mich im gleichen Maße, wenn man über die Gründe der in unsere Beziehung eingezogenen Gleichgültigkeit nachdenkt. So, wie mir diese Entwicklung nach langer Zeit wieder ins Gedächtnis zurückkehrt, würde sicher auch Ingrid davon zu berichten wissen, wie ich mit meinem Verhalten bewirkt habe, dass unsere auf so wundervolle Träume gebaute Zukunft im Nichts zerrann.

Obwohl wir uns in unserem gemeinsamen Heim begegneten und trotz aller Widrigkeiten noch immer die Wochenenden miteinander teilten, sah ich durch sie hindurch und nahm sie gar nicht mehr wahr.

Deshalb kann ich auch nicht mehr zuverlässig sagen, wie lange es schon her ist, dass mir erste Veränderungen auffielen. Sie widmete ihrem äußeren Erscheinungsbild wieder mehr Aufmerksamkeit. Die Frisur war anders geschnitten, moderner, eine Spur frecher. Die Fingernägel gewannen an Länge und Format, waren sorgfältig bearbeitet, und sogar die Fußnägel waren lackiert.

Langsam wandelte sich auch der Inhalt ihres Kleiderschranks von der früher bestimmenden angepassten Zweckmäßigkeit zur Moderne, ohne dabei übertrieben aufreizend zu sein, vielmehr einen wohlausgewogenen Chic repräsentierend.

Meine Frau hatte eine unmerkliche Wandlung vollzogen. Sie fand wieder Gefallen daran, sich unter Menschen zu bewegen, nahm in der Woche während meiner Abwesenheit das Abendessen auswärts ein, interessierte sich für das überschaubare kulturelle Angebot unserer Heimatstadt und fand Zugang zu interessanten Gesprächskreisen.

Ich hätte dieses gern als Impuls für eine Wiederbelebung unserer Beziehung aufgenommen, versucht, an frühere Zeiten anzuknüpfen, aber Ingrids Wandlung hatte sich ohne mich vollzogen. Ich schien dabei keine Rolle mehr zu spielen, war wie ein nicht mehr benötigter Anhänger auf dem letzten Bahnhof vor der Grenze abgekoppelt und abgestellt worden. Urplötzlich stellte ich fest, dass in meinem Leben die Lokomotive fehlte, die mich über mehr als ein Jahrzehnt aus der Gewohnheit heraus gezogen hatte.

Mich erfasste eine Depression, als ich feststellte, dass ich allein auf dem Abstellgleis stand. Bewegungsunfähig.

Ich versuchte, meine ganze Kraft auf meine Arbeit zu konzentrieren, konnte aber Ingrids Verlust und die verlorene Zeit damit in keiner Weise kompensieren.

Die folgenden Ereignisse kommen eigentlich nur in Komödien vor. Für mich hingegen war es das Drama meines Lebens. Zuerst registrierte ich nur im Unterbewusstsein, dass Toilettendeckel und Brille hochstanden, wenn ich heimkam. Dieses Phänomen kann bei einer während meiner Geschäftsreisen allein im Haushalt lebenden

Frau eigentlich nicht auftreten. Dann bemerkte ich zwei Champagnergläser in der Geschirrspülmaschine. Auch hierüber machte ich mir noch keine Gedanken, bis ich registrierte, dass während meiner Abwesenheit mein Rasierwasser weniger wurde. Dieses nutzte Ingrid mit Sicherheit nicht.

Ich war aufmerksam geworden. Wenn ich heimkam, durchstöberte ich klammheimlich unser Haus auf der Suche nach verräterischen Spuren, kramte im Müll herum, versuchte anhand der Wahlwiederholungstaste am Telefon etwas über Ingrids Kommunikationsverhalten herauszufinden und scheute mich nicht, sogar ihre Kleidung und den Inhalt ihrer Handtasche zu inspizieren.

Ingrid war zweifelsohne geschickt, trotzdem gelang es ihr nicht, alle Hinweise auf einen anderen Mann in ihrem Leben zu verbergen.

Ich war erschüttert. Die quälende Gleichgültigkeit in unserer Ehe hatte durch das Auftreten eines anderen ein neues Gesicht bekommen, im wahrsten Sinne des Wortes.

Eines Abends saßen wir gemeinsam in unserem gemütlich eingerichteten Wohnzimmer und sahen mangels Alternativen schweigend fern. Während Ingrid, die Füße untergeschlagen, auf dem Sofa saß und an ihrem Weinglas nippte, hatte ich mir die Flasche edlen Whisky, die ich vor geraumer Zeit für teures Geld erstanden hatte, hervorgeholt und bereits zwei gut gefüllte Gläser getrunken.

Mein Zorn über die Situation in unserer Ehe erfuhr noch eine zusätzliche Steigerung dadurch, dass ich feststellen musste, dass der fremde Kerl sich nicht nur meiner Frau bemächtigt hatte, sondern auch noch die Dreistigkeit besaß, von meinem teuren Whisky zu trinken, während er sich mit Ingrid vergnügte. Das ging entschieden zu weit.

Ich schenkte mir ein weiteres Glas ein, gurgelte laut und vernehmlich damit, was mir eine missbilligende Anmerkung meiner Frau einbrachte, und nahm dann meinen ganzen Mut zusammen, um ihr Vorhaltungen über ihr ehebrecherisches Verhalten zu machen. Da ich mich aber beim ersten Ansatz noch einmal am scharfen Nachgeschmack des Alkohols verschluckte, wirkte mein Anwurf eher komisch und unbeholfen als zu einer direkten Antwort auffordernd.

Die Reaktion meiner Frau war verblüffend. Sie sah mir in die Augen, lachte nur und merkte mit einem vor Vergnügen heiteren Glucksen in der Stimme an: »Deine Vorwürfe sind absurd. Du spinnst.«

Das war alles. Sie leugnete alles ab und hielt es nicht für notwendig, weiter mit mir über dieses Thema zu sprechen.

Ich war hilflos, am Boden zerstört. Was sollte ich jetzt unternehmen? Ich bemühte mich vergeblich, meine beruflichen Verpflichtungen zu erfüllen. Ich schlich wie ein geprügelter Hund von einem Kunden zum nächsten. Entsprechend enttäuschend war das Ergebnis am Ende dieser Woche. Meine Provisionsausbeute tendierte nahezu gegen null.

Das folgende Wochenende war grausam. Ich war aus dem gemeinsamen Schlafzimmer ausgezogen und hatte mir ein behelfsmäßiges Nachtlager im Wohnzimmer eingerichtet. Natürlich nahmen wir auch die Mahlzeiten nicht gemeinsam ein. Wir schwiegen einander an, keiner traute sich, dem anderen in die Augen zu sehen. Auf leisen Sohlen schlichen wir wie Diebe durch unser eigenes Heim, jeder in der stillen Hoffnung, dem anderen nicht zu begegnen.

Es war die Hölle.

In der folgenden Woche hielt ich es nicht mehr länger aus. Meine Konzentration, die für ein erfolgreiches Wirken in meinem Kundenkreis eine unabdingbare Voraussetzung war, wich einer nervösen Labilität. Es machte keinen Sinn mehr, weitere Kunden zu besuchen und womöglich gar langjährige und mühsam aufgebaute geschäftliche Kontakte durch mein zerfahrenes Auftreten nachhaltig zu schädigen.

So fuhr ich unschlüssig zurück in Richtung meiner Heimatstadt. Ich war mir nicht sicher, ob meine Verhaltensweise richtig war. Nach Einbruch der Dunkelheit, die Jahreszeit kam mir hier entgegen, stand ich in der ruhigen Wohnstraße und beobachtete mein eigenes Haus. Ich schämte mich, als ich zusammengesunken im Wageninneren hinter dem Lenkrad kauerte, in der Hoffnung, dass mich nicht zufällig einer unserer Nachbarn in dieser Situation entdecken würde.

Ich weiß nicht, ob man es als Glück bezeichnen sollte, dass mir keine übermäßig lange Wartezeit beschieden war. Nach etwa einer Stunde stillen Harrens, Hoffens und Bangens, dass sich all meine Befürchtungen in Luft auflösen würden, als Überreaktion eines genervten Ehemannes abgetan werden konnten, bog ein schmutziger Kleinwagen älterer Bauart um die Ecke und steuerte zielsicher unser Haus an.

Ihm entstieg ein zu leichter Fülle neigender Mann meines Alters, der mit keckem Schwung die Tür seines Autos ins Schloss warf und mit federndem Schritt durch meinen Vorgarten der Haustür entgegenstrebte.

Offensichtlich wurde er bereits erwartet, denn Ingrid erschien unaufgefordert in der durch die Flurbeleuchtung erhellten Türöffnung und gewährte ihm Einlass.

Ähnliche Empfindungen wie das, was ich dann durchlebte, müssen Infarktpatienten bei Eintritt dieses lebenszerstörenden Ereignisses durchgemacht haben. Ein Stich durchfuhr mich, mein Kreislauf sackte ab, der Schweiß brach aus allen Poren. Ich zitterte wie Espenlaub.

Ingrid hatte mich kalt lächelnd angelogen. Sie hatte ein Verhältnis. Und das Schlimmste war, dass ich diesen Mann kannte.

Es war mein Squashpartner Harry, der Mann, mit dem ich nahezu jedes Wochenende im Court stand, mit dem ich manches Bier am Tresen getrunken, viele gute Gespräche unter Männern geführt hatte. Harry, von dem ich glaubte, uns würde eine Art Freundschaft miteinander verbinden. Der Mensch, dem ich sicher auch einmal zu fortgeschrittener Stunde etwas von meinen ehelichen Nöten und der voranschreitenden Entfremdung zwischen Ingrid und mir berichtet hatte.

Und nun nutzte er schamlos meine berufliche wie meine private Situation aus, um mich mit meiner Frau zu hintergehen, sich in meinem Haus zu bewegen, als wäre es das seine, meinen Whisky zu trinken, kurzum, er hatte skrupellos meine Position in jeder Hinsicht eingenommen.

Wie versteinert saß ich eine ganze Weile in meinem Wagen und starrte ins Leere. Tausend nicht greifbare Gedanken kreisten in meinem Hirn, sie waren wie Nebelschwaden, einfach nicht fassbar.

Schließlich gab ich mir einen Ruck, stieg aus und steuerte mein Haus an. Obwohl ich mir keine besondere Mühe gab, leise zu sein, mich ganz normal bewegte, schien niemand von meinem Erscheinen Notiz zu nehmen. Dafür vernahm ich sehr eindeutige Geräusche aus dem Obergeschoss, dort, wo unser Schlafzimmer war.

Mein erster Versuch, einen Laut von mir zu geben, scheiterte an der versagenden Stimme. Erst im zweiten Anlauf gelang mir ein klägliches »Hallo«. Abrupt herrschte Ruhe im Obergeschoss. In die friedliche Stille des Hauses hinein hörte ich ein vorsichtiges Wispern, dann ein Rascheln. Nach einem kurzen Augenblick erschien Ingrid, in ihren Morgenmantel gehüllt, an der Treppe.

»Du?«, war alles, was sie sagte.

Ich antwortete nicht, sondern ging ins Wohnzimmer, nahm die Whiskyflasche und goss mir ein großes Glas voll ein.

Es dauerte eine Weile, bis ich die Haustür hörte. Harry musste fluchtartig das Haus verlassen haben, während Ingrid im Obergeschoss verharrte.

Ich betrank mich, ohne Ingrid an diesem Abend noch einmal zu Gesicht zu bekommen. Wir haben weder in dieser Unglücksnacht noch zu einem späteren Zeitpunkt auch nur ein Wort über die Ereignisse verloren. Wir haben ohnehin kaum noch miteinander gesprochen.

Ingrid und Harry! Ingrid und Harry!

Immer wieder hämmerten diese beiden Namen in meinem Hirn, rasten schmerzend den Hals hinab, bohrten sich in mein Herz, wühlten Magen und Darm auf und sackten durch bis zu den Knien, die dadurch eine unendliche Schwere erfuhren und mich in meinen Bewegungen zu hindern schienen.

Ingrid und Harry!

Nie würde ich diese Namenskombination wieder vergessen können. Für mich umfasste die deutsche Sprache eine neue Metapher. Sie schloss die Begriffe Hass, Ekel, Schmerz und Enttäuschung ein. Ingrid und Harry!

Wie sollte es jetzt weitergehen? Mein Leben war zerstört. Meine Frau hatte mich auf das Schändlichste hintergangen, ausgerechnet mit Harry. Und dieser, dem ich mein Vertrauen entgegenbrachte, hatte an der größten Katastrophe in meinem bisherigen Leben mitgewirkt. Die beiden waren schuld daran, dass ich keine Perspektive mehr sah. Wofür sollte ich mich jetzt noch engagieren?

Und trotzdem ging es weiter.

Ich schleppte mich von Kunde zu Kunde. Mehrfach wurde ich gefragt, ob ich krank sei. Das hatte seine Ursache in den tief liegenden, unterlaufenen Augen, der grauen Gesichtsfarbe und den Spuren, die die Ereignisse in mein Antlitz gezeichnet hatten.

Natürlich konnte ich nachts nur wenig schlafen. Ich wälzte mich unruhig hin und her, gedrängt von finsteren Gedanken, zermarterte mir das Hirn, wie es weitergehen sollte mit Ingrid und mir. Und mit Harry.

Auch das Essen bekam mir nicht. Nur mit viel Überwindung nahm ich kleine, einfache Mahlzeiten zu mir, wobei der überwiegende Teil der Speisen auf dem Teller zurückblieb.

Es war genau eine Woche nach der Entdeckung des Ungeheuerlichen. Ich hatte wieder einmal eine schlaflose Nacht hinter mir, lag unruhig in meinem Hotelbett und starrte an die Zimmerdecke, als mein Handy klingelte. Aus alter Gewohnheit schalte ich es nie ab. Früher war es eine Verabredung zwischen Ingrid und mir gewesen, damit wir jederzeit füreinander erreichbar waren. Es hatte ihr auch während der Nächte, in denen ich beruflich bedingt abwesend war, ein zusätzliches Gefühl der Sicherheit vermittelt, wenn sie allein in unserem Haus war. Bitter durchfuhr es mich, dass dieser Grund nun entfiel. Ingrid war in der letzten Zeit nur noch selten allein gewesen. Meinen Platz hatte Harry eingenommen.

Ich nahm das Gespräch an.

»Krämer«, meldete sich eine mir unbekannte Männerstimme.

Ungehalten wies ich ihn darauf hin, dass es eine ungünstige Zeit für ein Telefongespräch sei, außerdem hätte er sich möglicherweise in der Rufnummer geirrt, denn ich würde ihn nicht kennen.

»Ich bin Polizeihauptkommissar«, ließ sich die Stimme nicht beirren. Vorsichtig fragte er mich, ob ich der Ehemann von Ingrid sei. Nachdem ich das bestätigt hatte, hörte ich ihn einmal tief Luft holen.

»Es wäre gut, wenn Sie schnell zu sich nach Hause kommen könnten.«

Natürlich wollte ich wissen, warum er eine solche für mich merkwürdig erscheinende Bitte äußerte.

»Ich möchte am Telefon nicht darüber reden. Wir benötigen Sie hier dringend.«

Ich packte in Windeseile meine Sachen, verzichtete auf Dusche und Rasur, hinterließ an der zu dieser frühen Stunde nicht besetzten Rezeption eine Nachricht mit Namen und Anschrift und dem Hinweis, dass ich mich um die Begleichung der Rechnung später kümmern würde, und fuhr heim.

Die Autobahn war leer. Nur wenige Lastkraftwagen und einige Pkws waren unterwegs und ließen mich gut vorankommen, sodass ich die etwas über dreihundert Kilometer in zweieinhalb Stunden schaffte.

Vor meinem Haus standen mehrere Fahrzeuge, darunter zwei Streifenwagen. Leute liefen aufgeregt hin und her, gingen durch die offene Tür in unser Anwesen hinein oder kamen heraus. Ich sah einige unserer Nachbarn aus dem Fenster schauen. Als sie mich erblickten, zogen sie sich schnell ins Hausinnere zurück.

Ich wollte das Haus betreten, als mich ein in einen Parka gekleideter Mann am Ärmel festhielt und mich beschied, ich könne da nicht hinein. Außerdem habe ich dort nichts zu suchen. Auf meine Erwiderung, ich würde dort wohnen, versteinerte seine Miene.

»Moment, ich hole Herrn Krämer. Warten Sie bitte einen Augenblick.«

Ich stand in unserem engen Hausflur und gewahrte eine Gruppe von Männern, die in hektischem Treiben unser Wohnzimmer bevölkerten.

Aus dieser Ansammlung löste sich ein rundlicher Mann mit ausgeprägten Geheimratsecken und eher gemütlichem Aussehen. Er kam auf mich zu und streckte mir die Hand entgegen.

»Krämer, Hauptkommissar«, stellte er sich vor.

Er sah mich eine Weile nachdenklich an.

»Sie wissen von nichts?«

Ich versicherte, sehr erstaunt über den Auflauf in unserem Hause zu sein, und begehrte eine Erklärung.

»Ich fürchte, ich habe eine sehr schlechte Nachricht für Sie.«

Dabei musterte er mich durchdringend. Ich merkte ihm an, dass er jede Bewegung meiner Augenlider, das Zucken von Mund und Nasenflügeln, jede Regung des Gesichts aufmerksam registrierte.

Als ich weiter schwieg, fuhr er fort: »Ihre Frau ist tot. Ermordet.«

Ich muss sehr blass geworden sein. Er ergriff jedenfalls meinen Ärmel, schob mich in die kleine Küche und bugsierte mich auf einen der Schemel, auf denen Ingrid und ich früher zu frühstücken gepflegt hatten.

Er öffnete mehrere der Hängeschränke, bis er ein Glas fand, ließ kaltes Wasser einlaufen und reichte es mir.

»Da, trinken Sie.« Er hatte einen angenehmen Bariton, der bei seiner Leibesfülle einen guten Resonanzboden fand. Trotzdem ließ seine Art zu sprechen keinen Zweifel daran aufkommen, dass er Herr der Situation war.

Ich nahm ein, zwei kurze Schlucke. Dann fragte ich nach den näheren Umständen.

Krämer zog den zweiten Schemel heran und setzte sich mir gegenüber. »Eine Nachbarin aus dem Haus auf der anderen Straßenseite alarmierte die Polizei als sie vor«, er sah dabei auf seine Armbanduhr, »etwa sechs Stunden die Tür Ihres Hauses offen sah. Im Flur brannte Licht, aber es rührte sich nichts. Das erschien ihr sehr ungewöhnlich. Sie wollte erst herüberkommen und nach dem Rechten sehen, hat davon aber nach Rücksprache mit ihrem Mann Abstand genommen.«

Ich kannte die Nachbarn. Es war ein ruhiges älteres Ehepaar, eine sehr füllige Frau und ein mittlerweile eher gebrechlicher, schmächtiger Gatte. Deshalb nickte ich stumm.

»Die uniformierten Kollegen sind, nachdem sich niemand auf das Klingeln hin meldete, ins Haus hineingegangen und fanden Ihre Frau im Wohnzimmer. Tot. Erstochen.«

Ich sprang auf und wollte ins Wohnzimmer, doch Krämer hielt mich zurück.

»Das lassen Sie lieber. Das ist jetzt nichts für Sie. Warten Sie noch ein wenig. Dann müssen Sie Ihre Frau ohnehin identifizieren.«

Er erklärte mir, dass man die Tatwaffe nicht gefunden hatte.

»Der Täter wird sie mitgenommen haben«, sagte Krämer.

Es folgte ein bürokratisches Prozedere, in dem ich mich ausweisen musste. Zu Kontrollzwecken, so erklärte er mir, wurden mir die Fingerabdrücke abgenommen. Dann fragte er mich, ob ich in der Lage wäre, ihm einige Fragen zu beantworten. Er sah auf die Uhr. Mittlerweile war es fast fünf.

»Sie waren gegen vier Uhr hier«, stellte er fest. »Wir haben um kurz nach ein Uhr telefoniert.«

Ich nickte.

»Der Arzt hat die voraussichtliche Tatzeit auf den Zeitraum zwischen acht und neun Uhr abends festgelegt. Eine kurze und knappe Frage: Wo waren Sie um diese Zeit?«

Ihn traf mein verdutzter Blick. Ich muss sehr irritiert ausgesehen haben. Entrüstung baute sich in mir auf.

»Haben Sie vergessen, dass es meine Frau ist, die ermordet wurde?«, empörte ich mich. »Sie wollen doch nicht im Ernst unterstellen, dass ich dazu fähig wäre?«

Er sah mich ohne jede Gemütsregung an. Ungeachtet meines Einwands fuhr er ruhig und sachlich fort: »Wir haben alle Möglichkeiten in Betracht zu ziehen. Würden Sie also bitte meine Frage beantworten.«

Ich erklärte ihm, dass ich noch am späteren Abend einen Kunden in der Nähe des Hotels, wo er mich erreicht hatte, besucht hatte. Ich könne mich nicht mehr genau an die Uhrzeit erinnern, wann ich den Kunden wieder verlassen hätte, aber da ich erst um achtzehn Uhr dort war, sei das sicher zwei Stunden später gewesen. Ich hätte auf dem Weg zum Hotel eine Kleinigkeit am Autoschalter eines Fast-Food-Restaurants erstanden und diese zum Abendessen in meinem Hotelzimmer zu mir genommen.

Natürlich konnte ich die Frage, ob mich weitere Leute gesehen hätten, nicht beantworten. Ich verwies lediglich auf den Angestellten im Schnellrestaurant. Die Hotelrezeption war um diese Zeit nicht mehr besetzt gewesen, da es sich um ein typisches von Vertretern besuchtes Haus handelte, das als Hotel garni eingerichtet war.

Er brummte etwas wie »Das werden wir überprüfen« zwischen

den Zähnen hervor. »Gibt es sonst noch etwas, das für unsere Ermittlungsarbeit von Bedeutung wäre?«, wollte er wissen.

Ich druckste herum. Krämer schien erfahren genug, um meine zögerliche Reaktion sofort zum Anlass zu nehmen, weitere Fragen zu stellen.

So begann ich stockend, ihm von meinem ehelichen Zerwürfnis zu berichten und vom Verhältnis zwischen Ingrid und Harry. Ich berichtete detailliert von jenem Abend, als ich die beiden in flagranti erwischte, vermied auch nicht, von meiner inneren Seelenpein zu sprechen, und gewährte ihm Einblick in mein angespanntes Gefühlsleben.

Krämer pfiff leise durch die Zähne.

Meine Ausführungen schloss ich damit, dass ich nach diesem schleichenden Prozess der Entfremdung und dem tiefen menschlichen Sturz nach Aufdeckung des außerehelichen Verhältnisses zwischen Ingrid und ausgerechnet meinem Freund Harry keine gemeinsame Zukunft für unsere Ehe mehr gesehen hatte. Ich informierte ihn auch darüber, dass Ingrid mir danach eröffnet hatte, sie würde ihren persönlichen Lebensentwurf in Zukunft an Harrys Seite sehen und dass sie die feste Absicht hätte, ihn zu heiraten.

»Natürlich spricht das gegen mich.« Es war selbst mir als kriminalistischem Laien klar, dass der betrogene Ehemann, der sogar zugab, eine tiefe Verletzung erlitten zu haben, der Frau und Liebhaber gegenüber nicht wohlgesonnen war und der außerdem auch noch verlassen werden sollte, als Hauptverdächtiger galt.

Krämer formulierte es etwas zurückhaltender, aber der Tenor war der gleiche.

Man führte mich dann ins Wohnzimmer. Ingrid lag auf dem Teppich. Man hatte sie mit einer Plane zugedeckt. Nur ihr Kopf war zu sehen. Wäre da nicht die bleiche, fast schneeweiße Gesichtsfarbe gewesen, hätte man meinen können, sie schliefe.

Bevor Krämer etwas sagen konnte, flüsterte ich leise: »Ja, es ist meine Frau.« Dann konnte ich die Tränen nicht länger zurückhalten.

Am folgenden Nachmittag war ich in das Polizeipräsidium bestellt worden.

Krämer bot mir einen Stuhl gegenüber seinem Schreibtisch an. »Sofern man es in Anbetracht des gewaltsamen Todes Ihrer Frau sagen darf, kann ich Ihnen versichern, dass wir ein paar gute Nachrichten für Sie haben.«

Er zeigte das erste Mal, seit ich ihm begegnet war, die Andeutung eines Lächelns.

»Zum einen haben wir den Kunden, den Sie als Zeugen nannten, durch unsere dortigen Kollegen befragen lassen. Er hat uns bestätigt, dass Sie ihn besucht und erst gegen zwanzig Uhr wieder verlassen haben. Bei einer unter günstigsten Umständen angenommenen Fahrtzeit von etwas mehr als zwei Stunden wären Sie somit frühestens um zweiundzwanzig Uhr hier gewesen. Ein zweiter glücklicher Umstand ist, dass Sie einen auffälligen Wagen fahren. Daran konnten sich Nachbarn Ihres Kunden erinnern, die Sie abfahren sahen. Auch im Fast-Food-Restaurant erinnerte sich der junge Mann am Autoschalter an Ihren Wagen, weil dieses Modell nicht allzu häufig von Kunden dieser Gastronomiekette genutzt wird. Der Arzt hat uns mittlerweile die Tatzeit zwischen zwanzig und einundzwanzig Uhr bestätigt, sodass Sie kaum zur gleichen Zeit an zwei dreihundert Kilometer auseinander liegenden Orten haben sein können. Und noch etwas«, dabei tippte er mit der Spitze seines Kugelschreibers einen gleichmäßigen Takt auf seine Schreibtischplatte, »Sie haben auch noch zusätzliches Glück gehabt. Der Hotelbesitzer ist in der fraglichen Nacht etwa gegen zwei Uhr von einem Besuch heimgekommen und hat im Vorbeigehen noch einmal routinemäßig nach dem Rechten gesehen. Dabei hat er Ihre Notiz vorgefunden, dass Sie die Rechnung später begleichen werden. Damit sind Ihre gesamten Aussagen bestätigt worden.«

»Und wie geht es jetzt weiter?«, wollte ich wissen.

Er zuckte vielsagend die Schultern. »Wir ermitteln weiter.«

Die folgenden Tage waren turbulent. Ich musste mich um die Beerdigung kümmern und hatte außerdem vielfältige bürokratische Angelegenheiten zu erledigen. Von der Polizei hörte ich in dieser Zeit nichts. Dafür besuchten mich Nachbarn und Freunde und sprachen mir Trost zu.

Es war einige Tage später – ich hatte mir in dieser Zeit Urlaub genommen –, als es stürmisch an meiner Haustür klingelte. Ein Nachbar stand im Türrahmen, wedelte aufgeregt mit einer Ausgabe unserer Lokalzeitung und fragte mich atemlos: »Haben Sie schon gehört? Man hat den mutmaßlichen Mörder Ihrer Frau gefasst.«

Nein, ich hatte es noch nicht mitbekommen. Beide stürzten wir uns auf den Artikel, der in sachlicher Form wiedergab, dass die Polizei einen dringend der Tat Verdächtigen festgenommen hätte. Noch leugnete er, aber die Indizien würden gegen ihn sprechen.

Es war Harry, der im Polizeipräsidium einsaß.

Im Laufe des Vormittags rief mich Krämer an. Er setzte mich ins Bild, dass es dingliche Hinweise auf eine mögliche Täterschaft des Geliebten meiner Frau gäbe. Einzelheiten könne er mir noch nicht mitteilen, da die Ermittlungen noch laufen würden.

Diese erfuhren wir während des Prozesses gegen Harry, der ein halbes Jahr später unter großer Beachtung durch Öffentlichkeit und Medien stattfand.

Nein, leid tat er mir nicht, als ich ihn, in sich zusammengesunken, auf der Anklagebank sah. Seit seiner Verhaftung bestritt er die Tat. Er blieb bei der Behauptung, am fraglichen Tag in seiner Wohnung gewesen zu sein und auf mich, ausgerechnet auf mich, gewartet zu haben. Angeblich sollte es um eine Aussprache zwischen Männern gegangen sein. Deshalb hatte er auch keine Zeugen.

Diese widersinnigen Behauptungen wurden schnell durch die Aussage unseres Verkaufsleiters entkräftet, der meinen Tourenplan und den schon seit geraumer Zeit zuvor vereinbarten Termin bei dem fraglichen Kunden – dreihundert Kilometer entfernt – bestätigte. Außerdem wurden die Zeugenaussagen des Kunden, seines Nachbarn, des Fast-Food-Mitarbeiters und auch des Hotelbesitzers mit herangezogen, die die Widersinnigkeit von Harrys boshafter Schutzbehauptung unter Beweis stellten.

Als ich in den Zeugenstand musste, schlug mir eine Welle des Mitgefühls und der Sympathie entgegen. Ich wiederholte freimütig, dass ich menschlich tief getroffen gewesen sei von der Entwicklung, die sich zwischen meiner Frau und Harry aufgetan hatte. Ja, ich hatte auch keine Scheu, von Hassgefühlen beiden gegenüber zu sprechen.

Harry funkelte mich böse von seinem Platz aus an. Ich glaube, er wäre liebend gern durch den Gerichtssaal herübergekommen, um handgreiflich zu werden.

Zur Gänze verließ ihn die Beherrschung, als ich von meinem Gespräch mit Ingrid berichtete, in dem sie mir von der gemeinsamen Zukunft mit Harry erzählt hatte.

Er schrie und tobte auf der Anklagebank und schimpfte mich einen gottverdammten Lügner. Nie hätte es Überlegungen bezüglich einer Heirat zwischen den beiden gegeben. Aus seiner Sicht sei sie ausschließlich ein kurzfristiges erotisches Abenteuer gewesen, das er einmal so mitgenommen hätte. Bei diesen Worten ging ein Raunen durch den Saal. Harry merkte zu spät, dass er sich mit dieser Aussage auch den letzten Rest von Verständnis verscherzt hatte.

Es half ihm alles nichts. Niemand glaubte ihm.

Und die Tatwaffe wurde auch nie gefunden. Der Sachverständige untermauerte die Indizienkette gegen Harry, indem er die Vermutung äußerte, dass die Stichwunde von einem Messer herrühren könnte, dass gut zu Harrys Küchenmesserserie passen würde.

Aus der Tatsache, dass Harry die Tatwaffe von daheim mitgebracht und hinterher unauffindbar hatte verschwinden lassen, zog das Gericht den Schluss, dass hier ein vorsätzlich geplanter Mord vorlag, und erkannte die besondere Schwere der Schuld an.

Harry, so hieß es, hatte bei der Ermordeten falsche Vorstellungen von einer gemeinsamen Zukunft geweckt, und als diese auf die Einlösung seiner Versprechen drängte, hatte er sich der künftigen Verpflichtungen durch den feigen Mord an Ingrid entzogen.

So konnte das Urteil folgerichtig nur lebenslänglich lauten. Harry tobte und schrie immer noch etwas von Justizirrtum, als man ihn abführte.

Seit dem Prozess ist mittlerweile fast ein Jahr vergangen.

Nun saß ich also in meinem Wohnzimmer. Der Teppich, auf dem Ingrid gelegen hatte, war von mir durch einen neuen ersetzt worden. Trotzdem atmete noch vieles ihren Duft. Dreizehn gemeinsame Jahre hinterlassen Spuren. Dazu stehe ich, obwohl Ingrid mich aufs Schändlichste betrogen hatte.

Ich stand auf, schenkte mir einen Whisky ein und las noch einmal den Endbetrag unter dem Depotauszug, der heute mit der Post gekommen war. Es war zwar noch weit von der Größenordnung entfernt, die Millionäre ausmacht, aber für meine Verhältnisse schon ganz ordentlich.

Aus der gegenseitigen Lebensversicherung, die Ingrid und ich seinerzeit zur Absicherung der Hypotheken abgeschlossen hatten, hatte ich alle Belastungen für das Haus ablösen können. Es war sogar noch ein Überschuss geblieben.

Ich führte meinen persönlichen Lebensstil weiter wie bisher, keine Extravaganzen, nur die bescheidenen Freuden meines ruhigen Lebens. So komme ich mit meinem Einkommen mehr als zurecht. Die Geschäfte laufen ordentlich, ich habe die persönlichen Einschnitte in mein Leben relativ gut verarbeitet. Es gibt sicher viele Menschen, denen es schlechter geht.

Harry zum Beispiel. Ich denke nicht oft an ihn. Aber der Aufenthalt in einem Gefängnis, bestimmt von Perspektivlosigkeit und ohne Chance auf eine vorzeitige Entlassung, ist sicher nicht einfach zu verkraften. Hinzu kommt, dass Frauenmörder auch hinter Gittern auf der sozialen Skala ganz unten rangieren.

Währenddessen sitze ich hier in meinem kleinen friedlichen Reich.

Es war alles wie immer.

Ingrid hatte ihren ewigen Frieden gefunden.

Krämer würde weiter seine Verbrecher jagen.

Nur um Kurt tat es mir leid. Er ist vor einem guten halben Jahr gestorben. Friedlich. An Krebs. Auf Mallorca. Das war sein Wunsch. Er war ein lieber, netter Kollege von mir. Bei seinem letzten Aufenthalt in der alten Heimat – das war ein Vierteljahr, nachdem er krankheitsbedingt aus dem Betrieb ausgeschieden war – hatte er mir noch einmal einen großen Gefallen erwiesen.

Er hatte für mich einen neuen Kunden besucht, den bis dahin

noch niemand aus meiner Firma kannte. Dafür hatte ich ihm meinen großen Wagen zur Verfügung gestellt. Kurt fand es ein wenig aberwitzig, als ich ihn bat, nach dem Kundenbesuch am Autoschalter des Schnellrestaurants etwas zu besorgen. Er hat mir versichert, dass er es ungegessen auf dem nächsten Parkplatz in den Müll geworfen hat.

Trotz mehrfacher Anforderung ist dieser Kunde nie wieder von mir besucht worden, bis er seine Anfragen endlich eingestellt hat.

Und Harry? Der grämte sich hinter Gittern und würde nie erfahren, in welch tiefem See ich das Messer habe verschwinden lassen.

Graf von Ehrensteins Erbe

Ich legte den Telefonhörer vorsichtig zurück auf die Gabel. Nachdenklich starrte ich auf die leere Schreibtischplatte aus dunkel poliertem Palisander. Nicht ein einziges Staubkörnchen verunzierte das Möbel. Die Schreibtischunterlage aus Leder gab einen feinen, angenehmen Geruch ab, die schwere Leuchte aus Messing stand am gegenüberliegenden Rand des Tisches. Bis auf das Telefon, das jetzt schwieg, war die Schreibtischplatte leer.

Ich stand auf, durchmaß den Raum, wobei der tiefe Teppich jeden Laut erstickte, und trat an das große Fenster, das bis zum Boden reichte.

Die Vertäfelung aus hellem freundlichem Holz bildete einen angenehmen Kontrast zu den bis zur Zimmerdecke reichenden Einbauschränken, die aus dem gleichen dunklen Material wie der Schreibtisch waren.

Mein Blick ging aus dem Fenster hinaus auf die Türme der Frankfurter City. Keine zweite Stadt in Europa weist eine solch mächtige Skyline auf. Es ist ein geschlossenes Kunstwerk, die Apotheose der Herrschaft des Geldes manifestiert in den Wolkenkratzern aus Glas und Stahl, die sich zum Himmel emporstrecken. Obwohl ich diesen Anblick mittlerweile gewohnt war, faszinierte er mich jedes Mal erneut, diese kühn aufwärts weisenden Monumente menschlichen Strebens nach Macht und Ruhm.

Für einen kurzen Augenblick beschlich mich ein Gefühl des Neides auf jene Männer – Frauen sind in diesen Positionen immer noch unterrepräsentiert –, die an der Spitze der großen Banken sitzen oder in deren Aufsichtsräten wesentlichen Einfluss auf das Geschehen in unserem Lande ausüben. Sie verfügen über scheinbar unbegrenzte Macht, gehören zu den angesehenen Bürgern dieser Stadt und sind mehr als begütert.

Doch ist ihnen, den Vorständen, Geschäftsführern und Aufsichtsräten, das Mandat immer nur für eine überschaubare Zeitspanne verliehen, im Unterschied zur Geldaristokratie, die eher im Hintergrund wirkt, diskret aus dem Verborgenen heraus die Fäden zieht, an denen die Puppen auf den Bühnen der Öffentlichkeit agieren.

Zu diesen reichen Familien gehörten die von Ehrensteins. »Privatbankiers« stand auf dem polierten Messingschild des repräsentativen Gebäudes im vornehmen Frankfurter Westend. Die von Ehrensteins gehörten als Inhaber des alteingesessenen gleichnamigen Geldinstitutes aber nicht nur zur Finanzaristokratie, sondern waren auch von echtem blauen Blut.

Bereits zu Zeiten der Kurfürsten zu Mainz waren sie als geschickte Finanziers der stets klammen Herrscher aufgetreten und hatten damals die Grundlage ihres Reichtums geschaffen. Als Dank wurde einer ihrer Vorfahren in den Adelsstand erhoben. Und das unterschied sie von den Männern, die in den oberen Etagen der Wolkenkratzer die ihnen nur auf Zeit verliehene Macht ausübten. Die Grafen von Ehrenstein waren dauerhaft in diese gesellschaftlichen Zirkel eingebunden. Zweifelsohne gehörte der jeweilige Chef des Hauses zu den einflussreichsten Persönlichkeiten dieser Stadt.

Und der letzte Graf von Ehrenstein war vor mehr als zwei Jahren im gesegneten Alter von weit über achtzig Jahren verstorben, hoch geachtet und dekoriert. Bis in die letzten Tage seines Daseins hatte er die Geschäfte des Familienunternehmens geführt und somit sein Lebenswerk erfolgreich vollendet. Gleich seinen Vorgängern hatte er mit Geschick das ihm in die Wiege gelegte Erbe verwaltet und zu mehren gewusst.

Nicht nur die Privatbank – sie war das Aushängeschild der Familie – gehörte zum Interessenbereich derer von Ehrenstein, sondern auch noch die zahlreichen Beteiligungen an namhaften großen Industrieunternehmen und Versicherungen des Landes.

Viele Menschen hätten ihre Seele dafür gegeben, ein Mitglied der Familie von Ehrenstein zu sein. Mir, Nikolaus von Ehrenstein, mir gebührte dieses Privileg von Geburt an. Der Familienpatriarch war mein Onkel gewesen. Er war der ältere Bruder meines sehr früh verstorbenen Vaters und hatte sich nach dem Hinscheiden meines Erzeugers meiner angenommen. So war ich bei ihm im Hause groß geworden.

Zur Erhaltung des Vermögens war in den Statuten der Familie

festgeschrieben, dass es grundsätzlich nicht unter den Erben auf-
geteilt werden durfte, sondern der jeweils älteste Sohn sollte bei
entsprechender Eignung als Alleinherrscher das Vermächtnis derer
von Ehrenstein fortführen. Allen anderen Abkömmlingen wurde
eine fundierte Ausbildung zuteil, und eine großzügig bemessene
Abfindung sicherte einen guten Start ins Leben.

Viele nutzten die durch die Gnade der hochwohlgeborenen
Herkunft besseren Startchancen zum Aufbau einer eigenen Kar-
riere und den Reichtum als Grundstock für selbst erarbeiteten
Wohlstand. So war im Laufe der Jahrhunderte ein solides Famili-
ennetzwerk entstanden, das nicht ohne Einfluss auf Wirtschaft und
Kultur des gesamten Landes war.

Leider hatte mein Vater die ihm dank seiner Herkunft zugefal-
lenen Möglichkeiten nicht genutzt, sodass ich als Angehöriger einer Nebenlinie auf die Brosamen angewiesen war, die mir durch
meinen Onkel zugewiesen wurden.

Ich muss allerdings gestehen, dass mein Onkel es mir gegenüber
weder an Zuneigung noch an finanzieller Zuwendung hatte mis-
sen lassen. Er hat mich zu keiner Zeit schlecht behandelt noch spüren lassen, dass ich nur der Sohn seines erfolglosen jüngeren Bru-
ders war.

Seine eigenen Kinder hatten ihm nicht viel Freude bereitet.
Die jüngste Tochter war bei einem Fallschirmabsprung auf tragi-
sche Weise ums Leben gekommen, der älteste Sohn war auf einer
Safari im südlichen Afrika aus Versehen von einem anderen Mitglied seiner Jagdgesellschaft erschossen worden. Und der zweite
Sohn, der letzte direkte Nachkomme, hatte wohl etwas zu viel
Alkohol im Blut, als er vor einigen Jahren mit überhöhter Geschwindigkeit direkt den Brückenpfeiler einer Autobahnunterfüh-
rung ansteuerte.

So war für mich als einzig noch lebendem Nachkommen der
Weg als Erbe des Familienimperiums vorgezeichnet.

Im Vertrauen auf das mir bevorstehende angenehme Leben hatte
ich großzügig auf ein Studium verzichtet und mich den gesellschaftlichen Verpflichtungen zugewandt, die für einen Träger meines Namens unerlässlich schienen. Dank meiner groß gewachse-
nen, sportlichen Gestalt, den leicht gewellten dunkelbraunen Haa-

ren und den rehbraunen Augen im markant geschnitten Gesicht war es mir nie schwergefallen, Zugang zum weiblichen Geschlecht zu finden. Neben den angenehmen Umgangsformen, zu denen mich die Erziehung im Hause meines Onkels geführt hatte, verfügte ich über ein angeborenes Talent, freundlich auf Menschen zugehen zu können, sie mit einem sympathischen Wesen zu gewinnen und mit dem – so sagte man mir nach – besonderen Charme eines jungenhaften Partylieblings überzeugen zu können. Und ich habe es ohne jede Reue genossen, gern gesehener Gast auf den Partys derjenigen zu sein, die das gesellschaftliche Leben bestimmten.

So genoss ich das Leben in vollen Zügen, ohne Sorgen um das Heute, schon gar nicht um das Morgen. Für beides war hervorragend gesorgt.

Leider hatte mein Onkel im relativ fortgeschrittenen Alter auch noch einmal Gefallen am Leben gefunden und erneut geheiratet. Ich habe den alten Herrn gern gehabt, ihm alle Freuden dieser Welt gegönnt, aber warum musste er noch einmal in den heiligen Stand der Ehe treten? Auch bei dem großen Altersunterschied von fast vierzig Jahren zwischen ihm und Elisabeth, seiner zweiten Frau, hätte man die Liaison anders regeln können. Eine Eheschließung war nicht unbedingt notwendig. Sicher war Elisabeth eine phantastische Erscheinung. Mit ihrer Schönheit und Eleganz war sie der strahlende Mittelpunkt eines jeden Festes. Hinzu kamen ihre Intelligenz und die Lebenserfahrung ihrer vierzig Lebensjahre. Sie war ein Stern am Himmel, dem auch ich nicht widerstehen konnte. Obwohl ich als Endzwanziger auch über hinreichend Lebenserfahrung im Umgang mit dem schönen Geschlecht verfügte, habe ich mich doch ihren Reizen nicht entziehen können.

Trotz aller Heimlichkeit, die unsere intime Beziehung bestimmte, war es eine unbeschreiblich schöne Zeit mit ihr. Auch die mehr als ein Dutzend Lebensjahre, die ich jünger war, bedeuteten keinen Hinderungsgrund, diese Zeit mit meiner Tante zu genießen. Ich hätte diese leidenschaftliche Affäre auch gern fortgesetzt, aber, mit Rücksicht auf meinen strengen Onkel, so gab Elisabeth vor, brach sie die Beziehung mit mir ab.

Ihr Verhältnis zum alten Grafen war sicher nicht die grenzenlose Liebe eines unerfahrenen jungen Mädchens zu einem reifen älteren Herrn. Es war bestimmt auch nicht die kühle Berechnung, die in unseren Kreisen hinter hervorgehobener Hand unterstellt wurde, sondern zu Anfang sicher ehrliche respektvolle Zuneigung zu dem vornehmen, mit Witz und Charme mehr als reichlich gesegneten Adeligen. Später, im Laufe der kurzen Ehe, ist sicher auch noch Anerkennung und eine nicht näher zu bestimmende Vertrautheit entstanden, die zumindest meinen Onkel in seinem letzten Lebensabschnitt nicht unglücklich erscheinen ließ.

Erst nach einer ganzen Weile kam ich dahinter, dass sie sich einen neuen Liebhaber zugelegt hatte. Ernst von Waldow, angeblich Golflehrer und in meinen Augen ein absoluter Nichtsnutz, der von der Profession her, außer Schönling zu sein, nichts weiter hergab. Er hatte etwa ihr Alter, sah blendend aus, wenn ein Mann so etwas über einen anderen sagen darf, und strotzte vor Arroganz und Überheblichkeit. Kurzum, ich mochte ihn vom ersten Augenblick nicht. Das habe ich ihn auch unmissverständlich wissen lassen, als er das erste Mal im Hause meines Onkels auftauchte.

Kurz nach dem Tode des alten Grafen zog der Playboy auf Verlangen meiner Tante bei uns ein und begehrte, das Regiment zu übernehmen. Da ich als legitimer Erbe des Ehrenstein'schen Nachlasses das nicht akzeptieren konnte, kam es sehr schnell zum Zerwürfnis zwischen ihm und mir. Zuerst versuchte Tante Elisabeth noch zu vermitteln, als sie aber die Ausweglosigkeit ihrer Bemühungen erkannte, stellte auch sie sich gegen mich.

Für mich war klar, wenn ich den Frieden im Hause wieder herstellen wollte, mussten die beiden das Haus und die Bank, auf die sie selbstverständlich auch ein begehrliches Auge geworfen hatten, verlassen. Ich würde Elisabeth ein angemessenes Auskommen sichern, das ihr die angestammte gesellschaftliche Position erhalten würde. Leider ließ es sich nicht umgehen, dass auch der Nichtsnutz davon profitieren würde, indem er sich schmarotzend an den Rockzipfel meiner Tante hängte.

Dann kam die Ernüchterung. Wir, Elisabeth und ich, hatten in der großen Bibliothek des Notars Platz genommen, der schon zu Lebzeiten meines Onkels ein halbes Jahrhundert lang dessen Vertrauen genossen hatte. Sofern der alte Graf jemals persönliche Freundschaften zugelassen hatte, gehörte der Notar sicher zum engsten Kreis.

Der weißhaarige hagere Mann war nach einer kurzen Einführung auf die näheren Umstände der nun folgenden Testamentseröffnung eingegangen und versicherte, dass die folgende Erklärung vom Erblasser in Gegenwart zweier Zeugen abgegeben worden war und somit aus rechtlicher Sicht, sogar ohne dass es der beiden zusätzlichen Personen bedurft hätte, verbindlich sei.

Neben einigen kleineren Wohltaten, die der Onkel langjährigen Bediensteten und Vertrauten ausgesetzt hatte, wurde mir ein lebenslängliches Wohnrecht auf dem Familiensitz zugesprochen. Außerdem wurde mir eine je Quartal zu zahlende großzügige Apanage gewährt, solange ich meine Schaffenskraft der Bank widmete.

Die meisten Menschen müssen sich mit weniger bescheiden, als mir vom Onkel zugedacht wurde. Gemessen am Vermögen der Familie von Ehrenstein aber war es ein Almosen, mit dem ich abgespeist werden sollte. Noch vor dem Notar ließ ich meiner Empörung freien Raum. Und nur die Erfahrung des Juristen verhinderte schließlich eine Eskalation der Situation, die ich möglicherweise zu einem späteren Zeitpunkt bereut hätte.

Alleinerbin war Elisabeth.

Natürlich konnte ich dieses nicht akzeptieren. Formell war das Testament nicht anfechtbar, es erfüllte alle rechtlichen Anforderungen. So nahm ich mir teure Anwälte, um die Gesetze der Familie prüfen zu lassen, die besagten, dass jeweils der würdige älteste Sohn den Familienvorsitz und auch das Vermögen übernimmt.

Meine Rechtsberater versicherten mir gute Erfolgsaussichten in der Auseinandersetzung mit einer Frau, die nur kurze Zeit an der Seite meines Onkels verbracht hatte. Ich schenkte ihnen Glauben und ließ mich auf ein juristisches Scharmützel mit Tante Elisabeth ein. Erschwerend kam hinzu, dass wir während des langwierigen Rechtsstreites im gleichen Hause lebten, uns täglich begegneten, gezwungen waren, den Alltag miteinander zu teilen. Ebenso litt das Tagesgeschäft in der Bank unter unserem Zwist. Elisabeth hatte wie selbstverständlich die Geschäftsführung übernommen und bei den irritierten Führungskräften des Hauses für Unruhe gesorgt, als sie erklärte, dass meine Anweisungen nicht zu beachten seien. Umgekehrt war ich bemüht gewesen, sie in ein ungünstiges Licht zu stellen und darauf hinzuwirken, dass man mich als den allein maßgebenden Vorsitzenden der Geschäftsleitung anerkannte.

Es war ein zermürbender, erbitterter Kampf. Ich glaubte, alle Rechte auf meiner Seite zu haben. Schließlich war ich ein geborener von Ehrenstein, jemand, der sein ganzes Leben im Hause meines Onkels zugebracht hatte, der ihm nach dem Tod seiner eigenen Kinder die Nachkommen ersetzt hatte. Meine Tante hingegen gehörte nicht zur Familie, atmete nicht die Luft, die ich einsog. Ihr fehlte das Blut, das unsrige.

Elisabeth erwies sich als ausdauernde, zähe Gegnerin, die freiwillig nicht einen Fußbreit zurückwich. Längst war die Auseinandersetzung so weit gediehen, dass Normalsterbliche den Argumenten und Gegenreden der Anwälte nicht mehr folgen konnten. Die Sache hatte eine Eigendynamik entwickelt, die auch durch mich, der ich der Initiator war, nicht mehr beeinflusst werden konnte.

Doch es half alles nichts. Die Richter fanden kein Verständnis für das jahrhundertealte Vermächtnis der Familie, das auf das Erbe des Blutes setzte, die verwandtschaftliche Linie voraussetzte. Die überlieferten Gesetzmäßigkeiten, mochten sie aus historischer Sicht auch noch so fundiert untermauert werden können, mussten zurücktreten gegenüber der heutigen Rechtsauffassung, hieß es im abschließenden Urteil. Ausschließlich maßgebend sei der unzweifelhaft geäußerte Letzte Wille meines Onkels, und nur diesem hatten die Erben zu folgen.

So hatte ich den Rechtsstreit um das Erbe verloren, musste mich mit dem zufriedengeben, was der alte Graf in seinem Testament verfügt hatte.

Auch für Elisabeth war das Testament mit einem letzten Stachel im Fleisch versehen. Es gab keine Möglichkeit, mich aus dem Haus oder der Bank zu vertreiben. Trotz großzügig anmutender Abfindungsangebote, die sie mir durch ihre Anwälte unterbreiten ließ, lehnte ich ab und bestand auf Erfüllung des Letzten Willens.

In stillen Momenten fragte ich mich manchmal, welcher diabolische Gedanke meinem Onkel beim Abfassen des Testamentes durch den Kopf gegangen sein musste. Oder hatte er sich diese Konstellation nicht vorstellen können? Das vermochte ich nicht zu glauben.

Bis zu seinem letzten Atemzug war er ein brillanter Kopf gewesen, ein hervorragender Stratege, stets aufmerksam und hellwach, auch zwischen den Zeilen lesend, jemand, der Unausgesprochenes aufnahm, Verborgenes sah und gleich einem guten Schachspieler seinem Kontrahenten immer einige Züge voraus war.

Ich kam schließlich zu der Erkenntnis, dass dieses Testament keine zufällige Eingebung des Greises war, sondern Absicht. Der Onkel musste etwas vom damaligen Verhältnis zwischen seiner Frau und mir mitbekommen haben. Er hatte zwar nie etwas verlauten lassen, aber gestört hatte es ihn offensichtlich doch.

Dieses war jetzt seine Rache. Durch die Abfassung des Letzten Willens hatte er eine Situation geschaffen, die Elisabeth und mich für immer entzweite, uns zu erbitterten Feinden machte. Und wir waren so aneinander gebunden, dass keiner freiwillig auf seinen Erbanteil verzichten wollte.

Wahrscheinlich saß der Onkel jetzt irgendwo auf einer weißen Wolke und war außer sich vor Freude darüber, welchen Unfrieden er mit seiner genialen Idee gestiftet hatte. Vielleicht war er sich auch nicht sicher, wer von uns beiden, Elisabeth oder ich, über die gleiche Genialität verfügte, die ihm eigen war, um das Imperium künftig in seinem Sinne zu leiten und das in Jahrhunderten angesammelte Vermögen weiter zu mehren. Nicht vorhergesehen hatte der Onkel allerdings, dass es bei dieser erbitterten Auseinandersetzung eine dritte Seite gab, die von diesem Erbschaftsstreit erheblich profitierte. Das waren die Anwälte.

Mir, als Unterlegenem, waren die Verfahrenskosten aufgebürdet worden. Und da es sich um einen sehr hohen Streitwert handelte, überstiegen die plötzlich auf mich einstürmenden Belastungen meine finanziellen Möglichkeiten um ein Vielfaches.

Aufgrund des stetigen, auch für die Zukunft zu erwartenden Mittelzuflusses verfügte ich über keinerlei Ersparnisse. Ich hatte das

Geld, das mir zur Verfügung stand, immer mit vollen Händen ausgegeben und das Leben genossen.

Nun hatte ich ein Problem. Einen verlorenen Prozess, uneinsichtige Gläubiger, die ich nicht auf die Zukunft vertrösten konnte, da sich auch dort keine Besserung meiner desolaten wirtschaftlichen Situation abzeichnete, und keine Aussicht, von irgendeiner Seite Unterstützung zu erwarten. Wer sollte mir auch Kredit gewähren? Ich wäre ja nicht in der Lage gewesen, diesen vertragsgemäß zurückzuzahlen. Wovon auch?

Die Einzige, die mir hätte helfen können, wäre Elisabeth gewesen. Aber von dort konnte ich keine Unterstützung erwarten. Natürlich hatte auch sie von meinem Problem erfahren und daraufhin ihr Abfindungsangebot dafür, dass ich auf das lebenslange Wohnrecht und die Tätigkeit in der Bank verzichten würde, gegenüber ihrem ersten Vorschlag erheblich gekürzt.

Obwohl ich mich in einer absoluten Notsituation befand, konnte ich es nicht akzeptieren. Wenn der Onkel wirklich dieses alles vorausgesehen hatte, so stieg insgeheim meine Bewunderung für seine Weitsicht, seine Fähigkeit, immer mehrere Schachzüge im Voraus zu planen. Obwohl er tot war, hielt er noch immer das Ruder unseres Familienschiffes fest in seinen Händen.

In dem großzügigen Anwesen unserer Familie, dem prächtigen Herrenhaus aus dem vorigen Jahrhundert, herrschte eine angespannte Atmosphäre. Ernst von Waldow hatte sich im Hause breitgemacht und bewegte sich mit der Selbstverständlichkeit eines Besitzers in den altehrwürdigen Mauern, auf dem parkähnlichen Areal, das inmitten des Hochwaldes an ruhiger exponierter Lage im Taunus angesiedelt war, und nutzte die Ressourcen der Anlage, wie Tennisplatz und Schwimmhalle. Er sorgte sogar dafür, dass hinter dem Haus ein gepflegtes Putting-Green für Übungszwecke angelegt wurde, nicht zu vergessen die Anlage für Golfabschläge mit einem großen gespannten Netz zum Auffangen der Golfbälle.

Sein Fahrzeug stand wie selbstverständlich in der großen Garage des Hauses, seine Golftaschen versperrten überall den Weg, und die in Angriff genommenen Umbauten zur vorgeblichen Modernisierung des Hauses entsprangen im Wesentlichen auch seinen Wünschen und Vorstellungen.

Die anfängliche Abneigung, die ich ihm gegenüber empfunden hatte, war tiefem Hass gewichen. In seiner überheblichen Art ließ er mich bei jeder Begegnung, in jeder seiner Äußerungen und in allem Tun wissen, dass ich der Verlierer war. Auch in der Bank hatte man mich auf das Abstellgleis geschoben. Ich war aus dem aktuellen Geschehen hinausgedrängt worden und durfte nicht mehr an den Sitzungen der Geschäftsleitung teilnehmen. Der Informationsfluss lief an mir vorbei, und mit ihrem Spürsinn für die Realitäten hatten die verantwortlichen Mitarbeiter des Hauses erkannt, dass sich Loyalität mir gegenüber nicht gerade positiv auf ihre eigene Karriere auswirken würde.

Ich war kaltgestellt. Ich hatte ein komfortables Büro, aber keine Aufgaben. Nichts, absolut nichts störte die Stille des Tages, den ich aus Trotz in der Bank verbrachte. Wäre ich nicht anwesend gewesen, hätte es auch niemand bemerkt.

Und es zeichnete sich am Horizont keine Besserung ab. Elisabeth und ihr Liebhaber hatten vollständig vom Ehrenstein'schen Erbe Besitz ergriffen, als wäre es die natürlichste Sache von der Welt.

So konnte es nicht weitergehen.

Ich hatte alle Rechtsmöglichkeiten ausgeschöpft und verloren. Eine Verständigung war mit Elisabeth nicht möglich. Sie hatte keine Veranlassung, freiwillig auf etwas zu verzichten, das ihr durch glückliche Umstände zugefallen war. Wohltaten zu verteilen war ihre Sache nicht.

Durch die Schulden, die sich mittlerweile vor mir auftürmten, war mir auch jede Möglichkeit genommen, mein Schicksal in die eigene Hand zu nehmen, meinen weiteren Lebensweg durch eigene Ideen und Tatkraft selbst zu bestimmen. Die Startpflöcke für einen unabhängigen Lebensentwurf waren verpfändet, wie mein ganzes weiteres Leben an den in Worte gefassten letzten Wunsch meines Onkels gekettet war, dass ich unweigerlich zusammengeschweißt war mit Elisabeth und ihrer Art, das Leben zu führen.

Ernst von Waldow, der Kuckuck, der sich in das gemachte Nest gesetzt hatte, schien nur auf den Augenblick fixiert. Zu keinem

Zeitpunkt nahm ich wahr, dass ihn Gedanken über die Zukunft plagten. Er stand ebenfalls in direkter Abhängigkeit von der Frau, die sich meine Tante nannte. Im Unterschied zu mir, der ich immer noch auf die letzte Verfügung meines Onkels pochen konnte, war von Waldow aber vogelfrei. Jederzeit konnte Elisabeth ihn vor die Tür setzen, von einer Sekunde zur nächsten vermochte sie ihn in den Abgrund zu stürzen, aus dem es auch für ihn kein Zurück mehr geben würde. Dieses ließ sie ihn sehr deutlich spüren. So bemerkte ich mit einer klammheimlichen Freude, dass die anfängliche Überheblichkeit des Golflehrers zunehmend einer kleinlauten, devoten Haltung wich, zumindest immer dann, wenn Elisabeth in der Nähe war. Mir gegenüber hatte er sich das großspurige Auftreten bewahrt, ja, es sogar noch zu steigern gewusst.

Leider enden nur Märchen mit der Formel, dass die Liebenden friedlich bis an das Ende ihrer Tage miteinander lebten. Das war bei uns nicht zu erwarten. Deshalb musste etwas geschehen. Und da weder Elisabeth noch ihr Liebhaber Anlass hatten, die Situation zu ändern, musste ich die Initiative ergreifen.

Immer öfter stellte ich mir die Frage, welche alternativen Möglichkeiten sich mir bieten würden. Ein neues Leben konnte ich aufgrund der bekannten Tatsachen nicht starten, zumindest nicht in der mir vertrauten Welt. Natürlich war mir daran gelegen, die Annehmlichkeiten, die ich in meinen bisherigen wohlbehüteten Jahren kennen- und schätzen gelernt hatte, auch weiterhin zu erhalten und zu genießen. Deshalb war ein Neubeginn bei null auszuschließen, zumal es mir bei den widrigen Startbedingungen kaum gelungen wäre, über eben diese Null hinauszukommen. Auch wäre dieser von vornherein zum Scheitern verurteilte Versuch mit einem gänzlichen Verlust meiner gesellschaftlichen Stellung einhergegangen.

Natürlich gab es auch die Überlegung, ins Ausland zu gehen, in ein Land, in dem die Gläubiger keinen Zugriff auf mich hätten. Doch verwarf ich diesen Gedanken sehr schnell, da mich der Weg dann in ein mir wenig vertrautes Umfeld geführt hätte. Bar jeder Erfahrung, sich auf dieser Basis herumzuschlagen und sich mit den widrigsten Kleinigkeiten des Lebens herumzuplagen, wäre auch dieser Weg wenig erfolgversprechend gewesen.

So spielte ich sehr viele Ideen und Möglichkeiten durch, verwarf sie aber letztlich alle wieder als zu aufwendig und wenig zielführend. Ich musste mich damit abfinden, als Kröte in diesem Haus weiter dahinzuvegetieren und froh darüber zu sein, dass mir wenigstens das Notwendigste für das Überleben verblieb. Es sei denn … mir fiel noch etwas ein.

Ich versuchte, meine Gedanken zu sortieren, und begann, wahllos die verrücktesten Ideen auf einem einzelnen Blatt Papier niederzuschreiben, darunter waren Gedanken wie die Wiederaufnahme des Rechtsstreits, auswandern in ein Land der Dritten Welt, sich der Sozialfürsorge anheimzugeben und ähnliche abstruse Möglichkeiten.

So kam ich nicht weiter, es war zum Verzweifeln. In einem Anflug von Sarkasmus schrieb ich unter meine Liste als letzte Variante: Banküberfall.

Ja, ich müsste eine Reihe von Banken überfallen, dann hätte ich die Mittel, um die Anwälte und die weiteren inzwischen aufgelaufenen Kosten bezahlen zu können, unter günstigen Umständen wäre auch noch etwas übrig, um ein neues Leben zu beginnen. Aber als was? Doch darüber würde ich mir später Gedanken machen.

Ich versuchte mir vorzustellen, wie ich einen Bankraub inszenieren würde. Natürlich sollte es sicher ablaufen, das Risiko, dabei gefasst zu werden, musste gering bleiben. Aufgrund mangelnder Kenntnisse war es mir auch nur möglich, eine Bank zu überfallen. Der Versuch, irgendwo einzubrechen, scheiterte allein schon an meinen nicht vorhandenen technischen und handwerklichen Fähigkeiten.

Aber wie überfällt man eine Bank? Da galt es zunächst, ein lohnendes Objekt zu finden. Dann musste die Ausrüstung beschafft werden, Kleidung, Fluchtfahrzeug, Waffe …

Waffe? Wäre ich in der Lage, diese im schlimmsten aller Fälle zur Selbstverteidigung zu nutzen? Könnte ich die vorhandenen Skrupel überwinden? Nein, Gewalt war nicht meine Sache. Und außerdem hatte ich überhaupt keine Idee, wie ich die Vorbereitung hätte treffen sollen, zum Beispiel die Beschaffung eines Fluchtfahrzeugs.

Ich kam zu der Überzeugung, dass ein Bankraub doch nicht der ideale Weg war. Und außerdem wäre ich in einen Erklärungsnotstand geraten, wenn ich hätte darlegen sollen, aus welcher Quelle plötzlich die Barmittel stammten, mit denen ich die Anwaltskosten sowie die anderen Verbindlichkeiten beglich.

Es gab keinen Ausweg. Ich saß in der Falle. Und das alles nur, weil eines Tages dieses weibliche Wesen aufgetaucht war, den Lebensweg meines Onkels kreuzte, und weil eine eigenartige Fügung des Schicksals sie seine Frau werden ließ.

Hätte es Elisabeth nicht gegeben, wäre ich jetzt ein gemachter Mann.

Moment einmal. Wie war das? Hätte es sie nicht gegeben! Irrealis – der Konjunktiv der Vergangenheit.

Gäbe es sie nicht, überlegte ich weiter, würde ich jetzt, in diesem Augenblick, der alleinige Herr im Ehrenstein'schen Imperium sein.

Und wie setzt sich diese grammatikalische Kette fort?

Würde es Elisabeth nicht geben, wäre ich der Chef des Hauses.

Das wäre die Zukunft.

Mich durchfuhr es wie ein Blitz. Ich sah auf die Spitze des Bleistiftes, mit dem ich meine widersinnigen Notizen zu Papier gebracht hatte. Eine heftige Erregung hatte mich erfasst.

Was wäre, wenn? Wenn es Elisabeth nicht mehr gäbe, dann …!

Das war die Lösung. Meine Tante musste weg! Das war die Zukunft!

Doch im nächsten Moment ließ ich entmutigt den Bleistift auf das Papier fallen. Wie sollte das geschehen? Freiwillig würde sie nie gehen.

Ein finsterer Gedanke umfasste mich, sicher auch genährt von der Erinnerung an all das, was diese Frau mir allein durch ihre Existenz angetan hatte.

Sie musste verschwinden. Und da sie es nicht freiwillig tat, bedurfte es der Nachhilfe.

Aber, so tauchte die nächste Frage auf, wie lässt man eine Tante für immer verschwinden?

Mord! Ich musste sie um die Ecke bringen.

Unbewusst notierte ich auf meinem Blatt Papier: Tante Elisabeth, dann machte ich einen Pfeil und schrieb dahinter: Mord.

Es dauerte eine ganze Weile, bis sich die innere Erregung, die mich jetzt erfasst hatte, so weit legte, dass ich wieder einigermaßen klar denken konnte.

Jetzt stellte sich die nächste Frage. Auf welche Art und Weise sollte meine Tante die Reise in die ewigen Jagdgründe antreten? Es musste schnell und unblutig geschehen, diskret, und natürlich durfte kein Verdacht auf mich fallen. Aber am Versuch des perfekten Mordes waren schon ganz andere gescheitert, Menschen, die viel kaltblütiger waren als ich, die über wesentlich mehr kriminelle Energie verfügten. Wie es meine Art war, notierte ich erst einmal alle meine krausen Gedankenansätze, schrieb sie wahllos nieder.

Erschießen? Erdolchen? Erschlagen?

Nein, das kam nicht in Frage. Das war rau, ungehobelt, blutig. Einfach zu profan. Das hatte nicht den Stil, den ich dem Ruf unserer Familie ja schließlich schuldig war.

Gift – das war doch ein guter Ansatz. Es tötete schnell, sicher, schmerzfrei, wenn man das richtige Präparat wählte. Ich verwarf auch diesen Gedanken sehr schnell. Gift wäre sofort nachweisbar, und selbstverständlich würde nach dem Tod meiner Tante der Verdacht als Erstes auf mich fallen, da ich als Alleinerbe der einzige Nutznießer wäre.

Ertränken, Brandstiftung – nein, beides traute ich mir nicht zu. Das war eine Methode für grobschlächtige, ungehobelte Menschen. So können zivilisierte Menschen nicht miteinander umgehen.

Langsam füllte sich mein Merkzettel, aber eine gescheite Idee war mir nicht gekommen. Jede Todesart, die mir einfiel, war mit irgendeinem Nachteil behaftet.

Elisabeth übte keinen gefährlichen Sport aus, tauchte nicht, war keine Fallschirmspringerin und verfügte auch nicht über ein kleines Privatflugzeug, das wegen eines technischen Defekts vom Himmel fallen könnte.

Die anfängliche Euphorie wich langsam, der Mut schien mich verlassen zu wollen. Vor dem geistigen Horizont zogen wieder die grauen Wolken auf, die das Symbol meiner Zukunft waren. Immerzu sah ich diese grauen Wolken.

Warum war es nicht möglich, dass aus diesen Wolken ein greller Blitz niederfuhr, einzig mit dem Ziel, Elisabeth dorthin zu bringen, wo eine liebende Ehefrau ihren Platz hat: an die Seite ihres Gatten. Es musste doch eine Möglichkeit geben, meine Tante auf elegante und stilvolle Weise auf die letzte Reise zu schicken.

Meine Gedanken zogen weiter, bis es mich urplötzlich durchfuhr. Es war, als würde mein Verstand den Rückwärtsgang einlegen, um zu einem der vorherigen Punkte zurückzukehren, um den Faden an einer Stelle wieder aufzunehmen, die ich längst passiert hatte. Wie die Roulettekugel drehten sich meine Gedanken, bis die Rotation nachließ und sich einzelne Stichworte abzeichneten. Die Kugel hatte jetzt merklich an Geschwindigkeit verloren, rollte bedächtig an einigen Ideen vorbei und fiel schließlich in die Vertiefung, nach der ich so krampfhaft gesucht hatte.

Reise war das Stichwort.

Ich notierte es.

Eine Reise konnte man mit den unterschiedlichsten Verkehrsmitteln antreten. Und auf einer solchen Reise konnte viel geschehen, auch heutzutage waren Reisen nicht ganz ungefährlich. Und so beschloss ich, dass Elisabeth einen Unfall haben würde.

Nun war ich in technischen Fragen wenig versiert. Und da ich mir keine fremde Unterstützung besorgen konnte, schieden Überlegungen, etwas am Auto meiner Tante zu manipulieren, aus. Außerdem wäre hierbei nicht sichergestellt gewesen, dass nicht durch einen unglücklichen Umstand unschuldige Dritte mit hineingezogen worden wären, wenn ich beispielsweise an der Lenkung oder an der Bremsanlage etwas verändert hätte. Auch sind solche Dinge beim heutigen Stand der Technik nachweisbar. Damit wäre ich wiederum einer der Hauptverdächtigen.

Ein ganzes Flugzeug in die Luft zu sprengen war ebenfalls ein abwegiger Gedanke. Natürlich kann auch eine Fahrt im Fesselballon gefährlich sein. Es soll schon vorgekommen sein, dass jemand aus dem Korb gestürzt ist. Andererseits stellte sich dort das Problem, dass ich nicht mit ihr allein in der Luft wäre und es mir kaum gelingen würde, eine sich mit Gewissheit gegen den freien Abflug heftig wehrende Elisabeth unbemerkt von den anderen Mitreisenden über den Rand des Korbes zu stürzen.

Tante Elisabeth fuhr auch selten Eisenbahn. Vorbei sind ohnehin die Zeiten, in denen jemand aus Versehen aus einem fahrenden Zug stürzt. Dank der Klimatisierung in den modernen Schienenfahrzeugen ließen sich die Fenster nicht mehr öffnen, und die Türen waren im fahrenden Zug durch moderne Sicherheitssysteme fest verschlossen.

Meine Tante hatte Angst vor dem Wasser, sodass sie es vermied, Schiff oder Boot zu fahren. Natürlich, beim Segeln, so hört man, kann viel geschehen, aber nichts auf der Welt hätte sie veranlassen können, ein solches Fortbewegungsmittel zu besteigen.

Könnte sie beim morgendlichen Ausritt vielleicht vom Pferd fallen? So etwas kommt immer wieder vor, verspricht aber keine Garantie dafür, dass der Unfall einen tödlichen Ausgang nimmt.

Und sie einfach mit einem Auto zu überfahren war mit einer zu großen Gewaltanwendung verbunden, sodass mir auch diese Idee nicht weiter verfolgenswert erschien.

Ich musste zu meiner Verzweiflung feststellen, dass es gar nicht so einfach ist, einen Menschen in die ewigen Jagdgründe zu schicken. Theoretisch gibt es viele Möglichkeiten, sie in angemessener Weise umzusetzen, schien mir das wahre Hindernis zu sein. Ich ging noch einmal die Notizen auf dem vor mir liegenden Papier durch, wog zu jedem niedergeschriebenen Stichwort Vor- und Nachteile ab, prüfte die Realisierungsmöglichkeiten und versuchte, das Risiko des Entdecktwerdens einzuschätzen.

Ich kam zu keinem positiven Ergebnis, wobei mir ein Schauder über den Rücken lief, als mir in den Sinn kam, dass ich Elisabeths Ableben als positives Ergebnis bewertete.

Dann aber gewann doch die Überlegung die Oberhand, dass sie es sich schließlich selbst zuzuschreiben hätte. Warum hatte sie auch unbedingt meinen Onkel heiraten müssen. Der Altersunterschied war viel zu groß. Jeder vermochte doch zu erkennen, dass es ihr nur auf das Erschleichen des Erbes ankam. Und dieses, das war seit Jahrhunderten festgeschrieben, stand nur einem echten Blutsverwandten zu. Und ich war der letzte lebende legitime Vertreter der Familie von Ehrenstein. Folglich hatte Elisabeth auch für die Konsequenzen ihres Handelns selbst einzustehen.

Also überlegte ich weiter, begann erneut mit der ersten Position meiner Liste. So vergingen Stunden, der Abend brach heran. Ergebnislos schloss ich meine Gedanken ab. Es war einer der trostlosen Tagesabschlüsse, die so oft in letzter Zeit meinen Alltag bestimmten.

Die Spontaneität, die früher meine Freizeit bestimmt hatte, war notgedrungen der Zurückgezogenheit gewichen. Ich verbrachte die freie Zeit in meinen Räumen in unserem herrschaftlichen Anwesen, da die Umstände es mir nicht mehr gestatteten, mich mit meinen ehemaligen Freunden zu treffen und sich ungezwungen den manchmal auch etwas aufwendigeren Vergnügungen hinzugeben, die unsere Kreise zu schätzen wissen. Von innerer Unruhe gepackt, lief ich in meinen großzügig angelegten Zimmern auf und ab gleich einem Raubtier im Käfig, wohl wissend, dass es nur wenige Möglichkeiten des Ausbruchs gab.

Ebenso waren die Nächte. Ich fand keinen ruhigen, durchgängigen Schlaf. Es waren immer nur kurze Intervalle der Erschöpfung, bis mich dieses unbestimmte innere Vibrieren wieder in das Wachsein zurückholte. Ich muss mich wohl selbst in einer dieser Phasen des Dahindämmerns im Unterbewusstsein mit dem Thema beschäftigt haben, denn als ich wieder einmal hochschreckte, hatte ich plötzlich die Lösung vor Augen.

Alles schien ganz einfach. Schnell sprang ich aus dem Bett, warf mir den seidenen Morgenmantel über die Schulter, entnahm meinem persönlichen Kalender, den ich stets bei mir trug, das sorgfältig zusammengefaltete Blatt mit meinen Notizen und schrieb hastig meine Gedanken nieder. Und weil diese urplötzlich so klar und logisch waren, fertigte ich sogar noch eine kleine Zeichnung dazu an und beschriftete diese sorgfältig.

So würde es gehen.

Elisabeth würde von einem Zug überfahren werden. Nicht direkt, sondern in ihrem Auto sitzend. Und das würde auf den Gleisen stehen, wenn der Express sich bei Nacht dem unbeschrankten Bahnübergang nähern würde, auf dem Elisabeth mit ihrem Wagen zum Stehen gekommen war. Ein großes Rätselraten würde darüber entstehen, warum sie ausgerechnet auf einem Eisenbahngleis parkte. Es würde viele Spekulationen geben, aber keine schlüssige Antwort. Die einzig richtige Antwort kannte nur ich. Der Grund war einfach. Sie würde dort parken, weil sie meinen Onkel geheiratet hatte.

Natürlich würde sich kein vernunftbegabter Mensch nach Einbruch der Dunkelheit freiwillig mit seinem Fahrzeug auf ein paar Eisenbahnschienen stellen und auf den Expresszug warten. Da würde ich nachhelfen müssen.

Ich würde ihr mit einem harten Gegenstand, einem Holzknüppel zum Beispiel, einen betäubenden Schlag versetzen. Um keine mikroskopischen Spuren wie kleine Holzsplitter zu hinterlassen, die mich verraten könnten, wollte ich das Schlagwerkzeug in ein Tuch wickeln. Noch besser, ging es mir durch den Kopf, wäre es, einen Veloursstoff zu wählen, der die gleiche Konsistenz wie die Innenverkleidung des Wagens aufwies. Dann konnte man später nicht mehr feststellen, dass die Einwirkungen von außen erfolgten und nicht eine Folge des Zusammenstoßes waren. Weiterhin hoffte ich, dass die Heftigkeit des Aufpralls so intensiv war, dass sich die Rekonstruktion des Unfalls unmöglich oder sehr schwierig gestalten ließ.

Eine sonderbare Leichtigkeit hatte mich erfasst. Seit Langem kamen wieder einmal ein paar Takte einer fröhlichen Melodie über meine Lippen. Dass ich jetzt vor innerer Aufgewühltheit nicht mehr einschlafen konnte, störte mich überhaupt nicht.

Gleich am nächsten Morgen besorgte ich mir eine größere Auswahl an Karten aus der näheren Umgebung und begann mit dem Studium der Gegebenheiten. Ich suchte nach Orten, die einsam genug waren, dass ich vor unliebsamen Überraschungen durch Fremde sicher sein durfte. Die Abgeschiedenheit hatte auch den Vorteil, dass es sich dort in der Einöde um weniger aufwendig gesicherte Bahnübergänge handeln dürfte. Andererseits musste der Ort so gelegen sein, dass er mir eine schnelle Abreise und somit gute Fluchtmöglichkeiten bot.

Es war schwieriger, als ich zuerst angenommen hatte. Wenn ich glaubte, einen Platz für mein Vorhaben gefunden zu haben, entdeckte ich Dinge, die ihn mir doch als weniger geeignet erscheinen ließen. Entweder führte eine viel befahrene Straße in der Nähe vorbei, oder die Karte zeigte eine zu lange gerade Strecke des Eisenbahngleises an, sodass der Lokomotivführer eine große Distanz überblicken konnte und sich ihm eventuell die Gelegenheit bot, den Zug vor dem Hindernis auf den Gleisen zum Stehen zu bringen. Trotz aller Widrigkeiten fand ich nach langem Suchen drei Stellen, die mir eine nähere Betrachtung vor Ort sinnvoll erscheinen ließen. Ich notierte mir die Angaben über Lage und Anreise auf meinem Notizblatt.

Voller Unruhe fuhr ich an diesem Abend heim und verbrachte eine Nacht, die mich dem nächsten Tag und meiner geplanten Expedition entgegenfiebern ließ.

Gleich nach dem Frühstück, das mir aus verständlichen Gründen nicht so recht munden wollte, brach ich auf.

Schon von Weitem sah ich bei meinem ersten ausgewählten Platz, dass die Realität komplexer war, als ich gedacht hatte. Wo auf der Karte noch ein einsam gelegener Bahnübergang eingezeichnet war, standen Baugeräte herum. Die Gleisanlage wurde links und rechts von Spundwänden gesäumt, aus denen die Betonfundamente hervorlugten.

Der Übergang war gesperrt. Stattdessen waren eifrige Bauarbeiter damit beschäftigt, hier eine Brücke zu errichten.

Enttäuscht fuhr ich weiter.

Das zweite Objekt war immer noch der unbeschrankte Übergang. Auf der Karte war jedoch nicht das ehemalige Bahnwärterhäuschen eingezeichnet gewesen, auf dessen Grund munter eine Unmenge von Wäsche zum Trocknen zwischen mehreren Pfählen herumflatterte. Unter diesem bunten Fahnenmeer aus Bekleidungsgegenständen tummelte sich eine wild durcheinander gackernde Hühnerfamilie, dazwischen liefen aufgeregt bellend mehrere Hunde unbestimmter Rasse und Abstammung umher. Inmitten dieser Tierscharen tollte eine fröhliche Meute von kleinen Kindern mit schwarzen lockigen Haaren und großen dunklen Augen.

Ohne anzuhalten setzte ich meine Fahrt fort.

Meine bisherigen Entdeckungen waren nicht dazu angetan, mich zu ermutigen.

Ich hatte eine längere Distanz bis zum dritten ausgewählten Ort zurückzulegen. Unterwegs jagten mir tausend Gedanken durch den Kopf, ich schwankte in meinen Gefühlen zwischen Euphorie und Skrupel, zwischen der zu erwartenden Erlösung aus dieser Situation, an deren Entstehung ich mich selbst schuldlos fühlte, und dem Zweifel, ob nicht in späterer Zeit aufkommende Schuldgefühle am dann wohl bestallten Haus meiner Existenz nagen würden.

Meine wirren Überlegungen fanden Ablenkung durch die Konzentration, die ich nun dem Ort widmen musste, der mein letztes potenzielles Zielgebiet darstellte.

Ich bog von der Hauptstraße ab, folgte einem befestigten Feldweg, der so schmal war, dass ein Begegnungsverkehr unmöglich schien, erreichte nach einer Biegung ein kleines Waldgebiet, durch das sich der Weg hindurchschlängelte, um dann über die Kuppe eines kleinen Hügels sanft in gerader Linie zu den Gleisen hin abzufallen. Der Bahnübergang war unbeschrankt. Nicht einmal ein Lichtzeichen kündigte das Herannahen eines Zuges an. Lediglich ein angerostetes Andreaskreuz war als Warnung vor dem Schienenverkehr angebracht.

Ich stoppte mein Fahrzeug auf der Anhöhe und sah mich fasziniert um. Mein Rundblick galt weniger dem zweifelsohne landschaftlichen Reiz dieses Platzes, sondern vielmehr der idealen Ausgestaltung für mein Vorhaben.

Der Weg führte von eben dieser Hügelkuppe sanft auf geradem Weg zu den Gleisen hinab, um sich gleich hinter dem Bahndamm in einem scharfen Knick nach links zu verzweigen. Dann ging er in einer sanften Steigung auf der gegenüberliegenden Seite wieder hinauf, um sich in einem kleinen Gehölz meinem weiteren Blick zu entziehen.

Es war wirklich ein besonders idyllisches Fleckchen Erde, an dem Tante Elisabeth ihre letzte Reise antreten sollte.

Ich holte meinen ledergebundenen Terminkalender hervor, in dem ich das sorgfältig gefaltete Blatt mit meinen bisherigen Notizen hinterlegt hatte, und fertigte eine grobe Lageskizze an. Dann schrieb ich in wenigen Worten den geplanten Tathergang nieder.

Ich würde Elisabeth unter einem Vorwand – unter welchem, würde mir noch einfallen – zu einer Autofahrt bitten und dann an diesen Ort locken. Dann müsste ich sie betäuben, am besten durch einen kurzen Schlag mit einem nicht zu harten Gegenstand. Ich ließ vor meinem geistigen Auge zahlreiche gebräuchliche und ungewöhnliche Gegenstände Revue passieren, konnte aber keinem meine innere Zustimmung geben. Es musste ein dumpfer Schlag sein, der keine allzu heftigen Spuren hinterließ.

Schließlich fiel mir wieder ein, dass ich zu diesem Problem bereits Überlegungen angestellt hatte, die mich zu dem veloursummantelten Holzstab geführt hatten. Dieser Gegenstand, so erhoffte ich, würde den gewünschten Effekt erzielen. Natürlich müsste Elisabeth am Steuer sitzen. Dann würde es bei der polizeilichen Untersuchung so aussehen, als wären die vom Schlag herrührenden Verletzungen eine Folge der weiteren Geschehnisse. Das Ganze würde auf dem Hügel passieren, jenem Platz, an dem ich zurzeit parkte.

Nachdem Elisabeth nicht mehr handlungsfähig sein würde, würde ich vom Beifahrersitz das Fahrzeug starten, den Leerlauf einlegen und dann das Auto verlassen. Da meine Tante von all diesen Ereignissen dank ihrer Bewusstlosigkeit nichts mitbekommen würde, hielt ich meinen Plan für ein humanes Vorgehen.

Mit nur wenig Kraftaufwand würde ich Elisabeths Wagen anschieben, sodass er aus eigener Kraft den kleinen Hang hinunterrollen würde, um dann, dank des scharfen Knicks der kleinen Straße, gleich hinter den Schienen wieder anzuhalten. Das Auto müsste, so meine Berechnungen, aufgrund des leichten Anstiegs der Straße nach dem Bahnübergang wieder zurückrollen und mitten auf den Gleisen zum Stehen kommen. Jetzt galt es nur noch, einen Zeitpunkt zu wählen, an dem ein Schnellzug den kleinen unbeschrankten Bahnübergang passieren würde.

Ich blätterte in dem Fahrplanbuch, das ich mit mir führte, und notierte mir auf meinem Merkzettel die Zugnummer und die Zeit eines Schnellzuges, der für meine Zwecke gut geeignet schien.

Das war es! Auf diese Art würde ich das Kapitel Elisabeth abschließen und mir Zugang zu meinem berechtigten Erbe verschaffen.

Ich war zufrieden mit meiner Arbeit. Der Plan war in groben Zügen entworfen. Erwartungsfroh fuhr ich heim.

Ich nahm mein Abendessen wie gewohnt allein ein und hatte dabei das erste Mal seit langer Zeit wieder guten Appetit. Später, in meinen Räumen, wurde ich allerdings von einer eigentümlichen inneren Unruhe gepackt. Plötzlich war ich mir meiner Sache nicht mehr sicher.

»Mord! Du wirst ein Mörder werden!«, hämmerte es in meinem Kopf. »Kannst du das? Wirst du damit umgehen können, mit dem Gedanken an eine solch grausame Tat?«

Etwas löste sich von mir und nahm neben mir Aufstellung.

»Aber sicher, es geht schließlich um das Familienerbe. Mein Plan dient ausschließlich der Gerechtigkeit!«, gab ich dem Schatten zur Antwort.

Der schien seine Bedenken nicht überwunden zu haben.

»Was nützt dir das Erbe, wenn du nie wieder lachen kannst? Was willst du mit dem Vermögen, wenn es nichts mehr geben wird, an dem du Freude empfindest? Bist du wirklich ohne jeden Zweifel?«

Ich wollte mit einem klaren »Ja« antworten, aber im gleichen Moment, als der Schatten etwas näher rückte, spürte ich, wie die Festigkeit, mit der ich mein Vorhaben zu erledigen suchte, doch zu bröckeln begann.

Das mir gegenüberstehende Gewissen verringerte die Distanz.

»Du bist einfach nicht stark genug, die Konsequenzen aus einem solch verwerflichen Tun ein Leben lang zu tragen. Du wirst daran zerbrechen. Du wirst nächtens wach liegen, es wird dich zerreißen. Deine Gesundheit wird Schaden nehmen. Auch wenn dir die Erbschaft als ein erstrebenswertes Ziel erscheint, gibt es auf dieser Welt nichts, absolut nichts, was den Tod eines Menschen rechtfertigen könnte.«

Hilflos zuckte ich mit den Schultern.

Das Gewissen nahm urplötzlich einen Anlauf und sprang mit einem kühnen Satz wieder dorthin zurück, wo es herkam. Es hatte sich wieder mit meinem Körper vereinigt.

Tief aus meinem Innersten erklang es jetzt: »Mord ist nicht deine Sache. Lass es sein!«

Resignierend ließ ich die Schultern fallen und klappte mein Notizbuch zu. Urplötzlich war mir bewusst geworden, dass ich für eine solche Tat nicht der richtige Mann war. Ich konnte keinen noch so intelligent geplanten Mord ausführen. Ich würde also nach anderen Möglichkeiten suchen müssen, den mir zustehenden Anteil zu erzielen. Vielleicht, so redete ich mir ein, ließe sich mit Tante Elisabeth ein Arrangement treffen, das mir etwas mehr bot als jenes, was mir mein Onkel in seinem Testament vermacht hatte. Ich nahm mir vor, später, wenn sich die Wogen etwas geglättet hatten, das Gespräch mit Elisabeth zu suchen.

Jawohl, so sollte es sein.

Es vergingen einige relativ ereignislose Wochen. Elisabeth und Ernst von Waldow hatten das Tagesgeschäft übernommen und versuchten, sich in die Leitung der Bank einzuarbeiten. Ich verbrachte unterdessen die Tage beschäftigungslos in meinem komfortablen Büro.

Meine Freizeit nach Dienstschluss beschränkte sich auf das Ehrenstein'sche Anwesen, da ich inzwischen von meinem ehemaligen Freundeskreis gemieden wurde. Mit hoch verschuldeten Verlierern wollte sich keiner einlassen. Ich hatte ein warmes Zuhause, für mein leibliches Wohl war gesorgt, aber sonst war es ein Leben in absoluter Monotonie und Isolation. Umso überraschter war ich, als mich eines Abends Elisabeth auf ein Glas Rotwein zu sich bat.

Ich suchte sie nach dem Abendessen in der großen Bibliothek auf, die ich schon als Kind so sehr geliebt hatte und in der mein Onkel, der Graf, nahezu großherrschaftlich residiert hatte.

Meine Tante sah hinreißend aus. Das locker fallende Kleid betonte ihre phantastische Figur, das tief ausgeschnittene Dekolleté zeigte gerade so viel, dass die Phantasie genau in der richtigen Weise angeregt wurde, Gedanken über das zu verschwenden, was verborgen war. Ihre Haare schwebten um ihr schönes Gesicht. Der dezente Duft ihres Parfüms setzte den Schlussakkord unter die Erkenntnis, dass Elisabeth eine unbeschreiblich schöne und begehrenswerte Frau war. In ihrer gepflegten Hand hielt sie lässig ein Burgunderglas. Mit der anderen Hand wies sie auf einen kleinen Beistelltisch mit einer Karaffe und einem zweiten, leeren Kristallglas.

Sie lächelte und zeigte dabei eine Reihe perlweißer Zähne.

»Bedien dich.«

Erst jetzt bemerkte ich Ernst von Waldow, der, an den Kaminsims gelehnt, im halbdunklen Hintergrund lauerte und ein Whiskyglas in seinen Händen drehte.

In Sekundenbruchteilen schoss mir eine neue Idee durch den Kopf. Die Lösung meiner Probleme war viel einfacher. Es war gar kein Mord erforderlich. Ich musste mich nur darum bemühen, Elisabeths Gunst zurückzugewinnen, die einmal vorhandenen Gefühle zwischen uns neu beleben.

Mein Blick streifte kurz den leger im Hintergrund stehenden von Waldow. Es sollte doch möglich sein, diesen Widerling, den Schmarotzer und Trittbrettfahrer, auszustechen. Ich stellte mir vor, dass meine Person viel mehr gesellschaftliche Anerkennung in den wichtigen Kreisen der vornehmen Frankfurter Gesellschaft genoss als dieser unbekannte Golflehrer, der seine Existenzberechtigung nur daraus ableitete, den wirklich wichtigen Leuten das Rüstzeug für eine angesagte Freizeitgestaltung zu vermitteln. Niemals kann so ein aus dem Nichts auftauchender Emporkömmling in angemessener Weise an der Tafel sitzen, die durch das Erbe dieser Familie gedeckt wird.

Ich wollte den Kampf aufnehmen; ich würde um Elisabeth streiten. Ein leises Lächeln umspielte meine Lippen. Der Ruck, der durch meinen Körper ging, verlieh mir neue Kraft. Ich nickte mit dem Kopf in Richtung von Waldows.

»Brauchen wir den da für unser Gespräch?«, wollte ich von meiner Tante wissen.

Jetzt war es an ihr, zu lächeln. Sie hob leicht ihr Glas, wartete, bis ich meines gefüllt hatte, und prostete mir zu. Mit ihrer Stimme, die jeden noch so standhaften Mann schwach werden lassen konnte, gab sie zur Antwort, mich dabei mit ihren strahlenden Augen ohne jeden Wimpernschlag ansehend: »Ich denke schon, dass Ernst dabei sein sollte. Schließlich geht es auch um ihn.«

Siedendheiß durchfuhr es mich. Sollte mein Weg noch einfacher sein, als ich es mir vorgestellt hatte? War dieser Mensch schon abgeschrieben, und wollte mir Elisabeth verkünden, dass von Waldow das Haus verlassen würde, in dem er sich nach meiner Auffassung zu Unrecht aufhielt, unberücksichtigt dessen, dass er in diesem Anwesen auch völlig deplatziert wirkte?

Meine Tante nahm noch einen Schluck Burgunder, ließ das Glas sinken, sah besonnen auf den tiefroten Wein im Kristall, um mir dann ihr strahlendes Lächeln zu schenken.

»Ich habe eine gute Nachricht für dich.«

Mein Herz jubilierte! Also doch!

Offensichtlich hatte Elisabeth meine freudige Erregung mitbekommen, obwohl ich sie krampfhaft zu verbergen suchte.

»Um es kurz zu machen: Ernst und ich werden heiraten!«

Normalerweise fällt in solchen Situationen dem Betroffenen im Film immer das Glas aus der Hand. Damit mir dieses nicht widerfuhr, setzte ich es ab. All mein Sehnen, meine Pläne, die aufkeimende neue Hoffnung, mein frisch gewecktes Verlangen nach dieser Frau, all dieses war mit einem einzigen Satz zunichtegemacht. Tiefer konnte man einen Menschen nicht in den Abgrund stoßen.

Ich warf einen entsetzten Blick quer durch die ehrwürdige Bibliothek auf Ernst von Waldow. Dieser grauenhafte Mensch stand dort, immer noch lässig gegen den Kamin gelehnt, mit einer widerwärtig grinsenden Fratze und hatte sein Glas gehoben, um mir andeutungsweise zuzuprosten.

Das war das Ende.

Bis zur Abreise der beiden in der darauffolgenden Woche ereignete sich nichts mehr. Was hätte in meinem inhaltslosen Leben, dem jetzt jede Perspektive geraubt war, auch geschehen sollen.

Nach dieser Begegnung mit meiner Tante und ihrem Bräutigam sprach keiner im Hause mit mir. Nur am Rande erfuhr ich, dass das junge Paar in aller Stille an einem unbekannten ruhigen Ort in den heiligen Stand der Ehe treten wollte. Alles Weitere, insbesondere die gesellschaftliche Einführung des Prinzgemahls, sollte nach der Eheschließung erfolgen.

Ich habe Elisabeth nicht wieder gesehen. Jener Abend, als sie mir ihre Hochzeit mit dem Golflehrer eröffnete, war das letzte Mal, dass wir einander begegneten.

Gleich nach ihrer Eheschließung starb sie. Es war ein fürchterlicher Unfall. Sie war mit ihrem Wagen einen leichten Abhang hintergerollt, auf den Gleisen eines unbeschrankten Bahnüberganges stehen geblieben und von einem Schnellzug überfahren worden.

Die Ehe zwischen meinem Onkel und Elisabeth muss doch Liebe gewesen sein. Anders konnte ich es mir nicht erklären, dass beide sich im Tode auf makabre Weise vereinigt haben. Der eine durch die Art des Testamentes, die alle Überlebenden in diese unsägliche Situation geführt hatte, aus der es kein Entkommen gab. Seine Frau durch ihre unvorhergesehene Eheschließung mit Ernst von Waldow. Wegen der kurzen Zeit der Ehe lag noch kein Testament meiner Tante vor, sodass ihr legitimer Ehemann nun Elisabeths Alleinerbe war und über das gesamte Vermögen derer von Ehrenstein verfügen konnte.

Noch einmal blickte ich aus dem großen Fenster meines komfortablen Büros hinaus auf die Silhouette der Bankenmetropole Frankfurt mit den schlanken, himmelwärts gerichteten Wolkenkratzern.

Auch wenn es vielleicht das letzte Mal war, dass ich hier hinaussah, konnte ich es nicht recht genießen.

Ich wandte mich ab und blickte auf das schweigende Telefon. Soeben hatte mich Graf Ernst von Waldow-Ehrenstein, wie er sich jetzt nannte, in meinem Büro aufgesucht und mir mitgeteilt, dass er sich selbstverständlich an das Testament des alten Grafen gebunden fühlte. Mir sollten sowohl die lebenslange Unterkunft auf dem Familiengrundstück als auch der Arbeitsplatz in der Bank erhalten bleiben.

Nur würden sich dort aufgrund der jetzigen Situation einige kleine minimale Änderungen ergeben.

Da er für weitere Pläne auf die derzeit von mir bewohnten Räumlichkeiten im Haupthaus angewiesen sei, gehe er davon aus, dass ich keine Einwände dagegen hätte, in die seit Jahren leer stehende Einzimmerwohnung des Gärtners gleich über der Garage umzuziehen. Er, von Waldow-Ehrenstein, würde sich auch bemühen, irgendwann in den nächsten Monaten einmal für die Abdichtung des Lecks im Dach zu sorgen. Außerdem würde das von mir genutzte Büro eine anderweitige Verwendung finden. Mich bat er, in den fensterlosen Raum gleich neben der Heizungsanlage im Keller des Bankgebäudes umzuziehen, damit ich mich um die Verwaltung der alten Kreditakten direkt vor Ort kümmern könnte.

Er konnte sein diabolisches Lachen nicht unterdrücken, als er mir sein Bedauern darüber ausdrückte, dass diese neue Position mit einer nicht unerheblichen Kürzung meiner monatlichen Bezüge verbunden sei, aber das würde mir ja selbst einleuchten ... Dabei hatte er unablässig mit dem kleinen Notizbuch gewedelt, aus dem die Ränder von sauber gefalteten Blättern herauslugten, dem Buch, das einmal mir gehörte und welches mir aus bis heute unerklärlichen Gründen verloren gegangen war ...

»Du weißt es, und ich weiß es«, besagte diese Geste, »und weil ich dein Buch habe, wirst du schweigen müssen. Für immer!«

Die Nacht auf der Hallig

»Morgen erwartet uns ein freundlicher Herbsttag. In der Früh Hochnebel, der sich im Laufe des Tages auflöst. Temperaturen zwischen acht und zwölf Grad. Schwacher Wind aus Nordwest, an der Nordsee und auf den Inseln teils kräftiger mit Böen bis Windstärke acht.«

Ocke Deiters schaltete das Radio aus. »So ein Blödsinn«, knurrte er in seinen Bart. »Die sprechen immer nur von Inseln. Wir von der Hallig – uns vergessen sie immer. Dabei kriegen wir hier alles umso heftiger ab.«

»Nun reg dich nicht auf«, erwiderte Anke, seine Frau, und verharrte einen Moment. Sie ließ ihren Blick über den Tisch schweifen. Mit dem Zeigefinger zählte sie die Plätze, die sie für das Abendessen eingedeckt hatte. »Kommt Opa runter?«, fragte sie Ocke.

»'türlich.«

»Dann passt es«, sagte Anke und verließ das im urgemütlichen Friesenstil eingerichtete Esszimmer.

Ocke hörte, wie sie in der Küche mit Geschirr klapperte, während er am Kopfende des langen Tisches Platz nahm. Dies war sein Zuhause. Hier war er geboren. Seit achtunddreißig Jahren lebte er auf diesem Eiland. Eine Fahrt zum Festland bedeutete für Ocke stets eine Reise in eine andere Welt. Hektik, Lärm, Menschenansammlungen … Nie würde er sich vorstellen können, in einer quirligen Stadt wie Husum zu leben. Wohin man sah – Menschen. Häuser versperrten den Blick ins Freie. Und atmen konnte Ocke dort auch nicht. Nein, hier auf der Hallig würde er auch sterben wollen.

Das Leben im Wattenmeer war alles andere als idyllisch. Im Unterschied zu den Urlaubsgästen, die während eines von Alltagssorgen befreiten Aufenthalts nur die Sonnenseite wahrnahmen, mussten sich die Halligbewohner der Herausforderung der Naturgewalten stellen, den Herbststürmen trotzen, Überflutungen und Sturmnächte überstehen und auch eine besondere Überlebensstrategie in wirtschaftlicher Hinsicht entwickeln. Ocke war nicht nur Landwirt und hütete im Sommer zusätzlich Pensions-vieh vom Festland, er arbeitete auch – wie viele andere Männer auf den Halligen – beim Küstenschutz und vermietete Räume des alten reetgedeckten Hauses an Urlaubsgäste. Und man musste wis-sen, wie man mit den anderen Menschen zurechtkam, die mit ei-nem das Leben auf der Hallig teilten. Ein Ausweichen gab es nicht.

Siegbert Schröderjahn und seine Frau Eleonore kamen jetzt schon im dritten Jahr auf die Hallig. Ocke mochte den Beamten aus Berlin nicht. Ständig mäkelte Schröderjahn an irgendetwas her-um. Ankes Essen war zu deftig, das Gästezimmer zu karg, es man-gelte an touristischen Angeboten, und das Wetter … Jedes Mal hatte Schröderjahn bei der Abreise gemault, den nächsten Herbst-urlaub würden er und seine Frau woanders verbringen. Trotzdem waren die Berliner immer wiedergekommen.

»Wir brauchen das Geld«, hatte Anke stets argumentiert, wenn Ocke absagen wollte. »Alle Welt glaubt, wir würden nur so im Wohlstand schwimmen. Niemand denkt daran, wie teuer es ist, jede Flasche Mineralwasser, jedes Gramm Zucker oder auch das Heizöl hierher bringen zu lassen. Hast du vergessen, dass wir eine neue Heizung brauchen?«

Anke hatte die besseren Argumente, trotzdem verstand Ocke nicht, was seine Frau an den Schröderjahns sympathisch finden konnte.

Er schreckte aus seinen Gedanken auf, als er auf der Treppe das Poltern hörte, mit dem sich die Feriengäste zum Essen ankündig-ten. Kurz darauf wurde die Tür aufgerissen – natürlich ohne zuvor anzuklopfen –, und die Berliner stürmten in den Raum.

»Mein lieber Deiters«, dröhnte Schröderjahn und schlug Ocke auf die Schulter. »Was gibt's Neues?«

»Hmh«, brummte Ocke und stierte auf die Delfter Kacheln, die die Wand neben dem Büfett zierten.

»Wortkarg wie immer. Ihr Nordfriesen seid schon ein merk-würdiges Volk.« Schröderjahn gab sich wieder einmal übertrieben jovial.

Ocke zog die Nase kraus, als ihn die Parfümwolke erreichte, die Eleonore Schröderjahn umschwebte. Was nützt die gesündeste Seeluft, wenn man diesem penetranten Duft ausgesetzt ist?, überlegte er und schmunzelte in sich hinein, als er überlegte, ob diese »Geruchsbelästigung« im Einklang mit den Anforderungen an ein Weltnaturerbe stehen würde.

Ocke hatte die Augen bis auf einen schmalen Schlitz geschlossen und beobachtete die Berliner. Bitte nicht, dachte er und war froh, dass sein Stoßgebet erhört wurde. Die Frau setzte sich, ohne einen Ton von sich zu geben, an das entgegengesetzte Ende des Tisches.

»Guten Abend«, begrüßte Anke die Gäste, als sie mit einem vollen Tablett und dem Brotkorb ins Zimmer trat.

»Frau Anke«, sagte Schröderjahn. Ocke störte es, dass sich der Feriengast die Freiheit herausnahm, seine Frau mit dem Vornamen anzusprechen. »Sie sind der einzige Lichtblick in dieser farblosen Welt. Was haben Sie Schönes anzubieten?«, säuselte der Beamte im unverkennbaren Berliner Dialekt.

»Wie immer, Herr Schröderjahn.«

Ocke schien es, als würde seine Frau eine Oktave höher sprechen. Als er Anke musterte, huschte ein leichter Rotschimmer über ihre Wangen. Sie wandte sich schnell ab und schenkte dem Urlaubsgast ein Lächeln. »Ich habe Krabben in verschiedenen Varianten vorbereitet. Ich hoffe, es schmeckt Ihnen.«

»Ho ho«, dröhnte Schröderjahn durch den Raum. »Frau Anke!« Dabei schwenkte er seinen Zeigefinger hin und her. »Das wird sicher der Höhepunkt eines sonst eher tristen Tages. Liebe geht durch den Magen.« Er zwinkerte Ockes Frau zu.

»Siegbert, nun benimm dich«, maßregelte ihn Eleonore Schröderjahn.

»Du Eisblock verstehst es nicht, wenn man einer schönen Frau ein Kompliment macht.« Schröderjahn schenkte seiner Frau einen spöttischen Blick. Zum Zeichen seiner geringen Wertschätzung zog er zudem die Nase kraus.

Für einen Moment herrschte betretenes Schweigen im Raum. Frau Schröderjahn schluckte so heftig, dass ihr Doppelkinn in Bewegung geriet. Sie holte tief Luft, und ihr massiger Busen bebte.

»Siegbert!« Sie war so erregt, dass der Name ihres Ehemannes nur leise über ihre Lippen kam.

»Geht Ihnen das auch so, mein lieber Deiters? Wenn Sie nur lange genug verheiratet sind, dann … Wie soll ich das sagen?« Schröderjahn hob beide Hände in die Höhe, als würde er nach den passenden Worten suchen. »Das ist so, als würden Sie nur vertrocknetes Schwarzbrot im Kasten finden, weil es dort zu lange liegt. Ich will ja gar nicht von der Metapher sprechen, dass man nicht jeden Tag dasselbe Brot isst.«

»Sie mögen ein toller Hecht sein, aber an meinem Tisch dulde ich so etwas nicht. Hier wird niemand beleidigt.« Ockes Halsschlagader war angeschwollen. Es war unübersehbar, dass er zornig war. Doch Schröderjahn schien das nicht zu beeindrucken.

»Warum regen Sie sich auf? Sie haben doch ein leckeres Mädchen. Ja – mit so was wie Ihrer Anke … Da könnte ich die Tristesse, die auf einer Hallig herrscht, auch ertragen.«

Ocke schlug mit der Faust auf den Tisch. »Nun reicht es aber.«

»Wir sollten erst einmal zu Abend essen«, meldete sich Anke schüchtern zu Wort, die unbemerkt den Raum betreten hatte und weitere Schüsseln auf den Tisch stellte. »Das hier sind Porren in Sauer«, erklärte sie Schröderjahn. »Die habe ich selbst gemacht.«

Der Berliner beugte sich vor. »Porren? Die sehen aus wie Krabben.«

»Das sind Krabben«, erklärte Anke und drehte sich um. »Wo bleibt Opa?«

»Hier, min Deern«, meldete sich Fiete Deiters, der unhörbar in seinen Filzpantoffeln über den Flur geschlichen war.

»Moin«, grüßte er mit einem Kopfnicken die Anwesenden.

»Moin, Vaddern«, erwiderte Ocke den Gruß, während Schröderjahn den Kopf schüttelte.

»Das begreifen die nie. Moin sagt man nicht am Abend. Aber was soll man von Leuten erwarten, die ihr ganzes Schulleben in einem einzigen Klassenraum verbracht haben.«

»Siegbert!« Eleonore Schröderjahns Stimme hatte wieder ein wenig an Festigkeit gewonnen. »Du solltest dich schämen. Wir sind hier zu Gast bei redlichen Leuten. Was erdreistest du dich, so zu sprechen?«

Schröderjahn beugte sich zu seiner Frau hinüber und tätschelte ihr den Unterarm. »Mein dickes Täubchen, du«, säuselte er. »Hast du immer noch nicht begriffen, dass die Leute hier unterentwickelt sind? Auf der Hallig gibt es nur eine Zwergschule.« Schröderjahn tippte sich mit dem Zeigefinger gegen die Stirn. »Die Kinder aller Jahrgänge sitzen in einer Klasse. Da lernst du nicht mehr als das kleine Einmaleins. Mehr ist nicht drin. Nur wie sie uns das Geld abknöpfen für diese billige Absteige – darin sind sie Naturtalente. Für den kleinsten Furz musst du bezahlen.«

Ocke schlug mit der Faust auf den Tisch. »Jetzt reicht es«, schrie er. »Wenn Sie nicht gleich leise sind, verpasse ich Ihnen eine.«

Schröderjahn schien durch Ockes Zorn nicht beeindruckt zu sein. »Siehst du?«, fragte er seine Frau. »Wo der Intellekt versagt, regiert die Gewalt.«

Ocke wollte aufspringen, aber Anke hielt ihn fest. »Familie Schröderjahn möchte morgen abreisen«, sagte sie mit Bestimmtheit.

Der Berliner lachte schrill auf. »Ha. Dabei haben wir bis zum Ende der Woche gebucht. Hörst du das?« Er verpasste seiner Frau einen Knuff, dass Eleonore mit einem Schmerzenslaut zusammenfuhr.

»Das hat wehgetan«, beschwerte sie sich. »Das gibt wieder einen blauen Fleck.«

»Sei doch froh, dass ich dich wenigstens auf diese Weise einmal anfasse«, gab Schröderjahn zurück und fingerte in seiner Hosentasche herum. Er zog ein Bündel Geldscheine hervor und legte es vor sich auf den Tisch.

»Wie viel?«, fragte er und sah Ocke an. »Ist das nur ein Trick, um noch mehr Geld aus den Feriengästen herauszupressen? Kurtaxe? Wofür? Für jedes Bier zahle ich ein Vermögen. Der billige Rotwein hier kostet mehr als ein Edelgesöff in einem Sternerestaurant. Und jetzt wollt ihr auch noch damit drohen, mich hinauszuwerfen, obwohl ich für die ganze Woche im Voraus bezahlt habe.«

Alle starrten auf das Geldbündel.

»Wo hast du das her?«, fragte Eleonore Schröderjahn und wollte danach greifen. Ihr Mann entzog es ihr.

»Bist du so naiv? Die nehmen hier nur Bargeld. Du glaubst doch nicht, dass ich hier mit der Kreditkarte bezahlen kann? So muss ich mit einem Geldbündel herumlaufen, um für diese Abzocke zu blechen.«

»Wer wollte immer wieder hierher?«, protestierte seine Frau. »Du! Es war dein Wille. Außerdem hast du nichts vom Konto abgehoben. Das hätte ich mitbekommen. Also? Woher stammt das Geld?«

»Du hast keine Ahnung«, brüllte Schröderjahn. »Ich habe das ganze Jahr über Geld beiseitegeschafft, damit du deine träge Masse in den Urlaub wälzen kannst, um hinterher bei deinen Tortenweibern damit angeben zu können, dass wir drei Mal im Jahr Ferien machen. Und wie schön und erholsam der Aufenthalt in einem luxuriösen Strohdachhaus am Ende der Welt ist.«

Es schien, als würde Frau Schröderjahn vom Schlag getroffen. Sie lief feuerrot an, dann wurde sie bleich. Schweiß perlte auf ihrer Stirn.

»Du ... du ...«, keuchte sie. »Dich soll der Teufel holen. Ich würde mir wünschen, du würdest in der Hölle schmoren. Du warst es doch, der immer wieder hierher wollte. Meinst du, ich hätte nicht mitbekommen, mit welch geilem Blick du Frau Deiters verfolgst? Wie du ihr ständig hinterherschleichst?«

Ocke war aufgesprungen. Bevor Anke ihn daran hindern konnte, hatte er Schröderjahn am Kragen gepackt, vom Stuhl hochgerissen und drehte ihm jetzt die Luft ab.

»Sag mir, du Schwein, dass das nicht wahr ist.«

Zuerst versuchte der Berliner krampfhaft, nach Luft zu schnappen. Als Ocke den Griff ein wenig lockerte, sog Schröderjahn gierig den Sauerstoff in seine Lungen.

»Ihr seid doch alle verrückt. Völlig plemplem«, jappte er. Dann befreite er sich aus Ockes Griff, strich mit flachen Händen sein Hemd glatt, fuhr sich mit der gespreizten Hand durchs Haar, streckte sich trotzig und sah die Anwesenden der Reihe nach an. Sein Blick blieb bei Anke Deiters haften. »Du bist die einzige Vernünftige in diesem Irrenhaus«, sagte Schröderjahn und wandte sich zur Tür. Im Türrahmen blieb er stehen, drehte sich noch einmal um, musterte erneut die Menschen im Esszimmer, lächelte Anke an und sagte: »Du, Anke, bist nicht nur *die* einzige Vernünftige, sondern auch *das* einzige Vernünftige. Und wenn du nicht in jedem Urlaub mit mir gevögelt hättest, wäre ich nie wieder auf dieses elendige Eiland gekommen.«

Anke Deiters stieß einen Entsetzensschrei aus und hielt sich beide Hände vors Gesicht. Dann sackte sie in sich zusammen.

»Mein Gott, er lügt«, flüsterte sie. »Der Blitz soll ihn dafür strafen.«

Ocke wollte sich auf Schröderjahn stürzen, stolperte aber über seinen zurückgeschobenen Stuhl. Diesen Moment nutzte der Berliner aus, um ins Freie zu entschwinden.

»Ich bringe den Kerl um«, schrie Ocke und wollte Schröderjahn hinterhereilen.

Der alte Deiters hielt seinen Sohn fest. »Du bist jetzt schon der Dritte, der diesem Hurensohn ans Leder will«, sagte Fiete in stoischer Ruhe. »Seine Frau wünscht ihn in die Hölle, und Anke hofft, dass ihn der Blitz trifft.«

Fiete hielt seinen Sohn mit eisernem Griff umklammert. Niemand hätte dem alten Mann so viel Kraft zugetraut. Erst als Ockes Atem ein wenig ruhiger ging, lockerte Fiete seine Hände. Vorsichtig bugsierte er seinen Sohn auf den Stuhl.

»Nun trinken wir erst einmal einen. Zur Beruhigung«, sagte er und wollte zum Geldbündel greifen, das immer noch auf Siegbert Schröderjahns Teller lag. Doch Eleonore war schneller.

»Das ist meins«, sagte sie mit Bestimmtheit. »Meins!« Ihr wütender Blick streifte den alten Deiters.

Fiete schüttelte bedächtig den Kopf. »Wir haben hier keine Sparkasse auf der Hallig. Deshalb bewahre ich mein Geld in meiner Kammer auf. Und jeder weiß, bei uns wird nix abgeschlossen. Alles ist offen. Wehe Ihrem Mann, wenn mir auch nur ein Pfennig fehlt.«

»Cent heißt das«, kreischte Eleonore Schröderjahn.

»Cent oder Pfennig. Das ist mir egal. Wenn er sich an meinem Geld vergriffen hat, dann übe ich Rache nach Friesenart.«

Auch wenn der Radiosprecher beim Wetterbericht die Halligen unerwähnt gelassen hatte, traf seine Ankündigung zu. Es hatte die Nacht über kräftig geweht. Der Wind hatte an den Fenstern gerüttelt, der Regen gegen die Scheiben gepeitscht.

Ocke hatte die Nacht im Wohnraum zugebracht. Er wollte und konnte das Bett nicht mit Anke teilen. Er hatte ohnehin kein Auge zugemacht. Ungewaschen und unrasiert saß er völlig übernächtigt im Esszimmer. Er hörte Anke in der Küche rumoren. Als sie den Raum betrat und die Kaffeekanne auf dem Tisch absetzte, grüßte sie ihn nicht. Sie hatte den Kopf gesenkt und vermied es, Blickkontakt aufzunehmen. Nur während eines kurzen Augenblicks sah er ihr Gesicht, die rot geweinten und verquollenen Augen. Scheu wie ein Reh huschte sie an ihm vorbei. Seine Frau musste ebenfalls die ganze Nacht durchwacht haben.

Ocke hörte die Treppe knarren. Kurz darauf trat Eleonore Schröderjahn ein.

»Guten Morgen«, sagte sie und sog hörbar Luft in ihre Lungen. Sie hielt die Hand vor die Nase, schnupperte und sagte mit fast fröhlicher Stimme: »Ah. Der Kaffee duftet herrlich.« Dann reckte sie sich, dass die Gelenke knackten. »Ich habe wunderbar geschlafen, jetzt, wo ich dieses Scheusal los bin.«

Ocke sah sie verwundert an.

»Nachdem er gestern vor Ihnen geflüchtet ist«, dabei trat sie hinter Ocke und legte vertraulich eine Hand auf seine Schulter, »ist er nicht wieder aufgetaucht. Sie glauben gar nicht, mein lieber Herr Deiters, wie schön diese Nacht war.« Sie ließ einen Stoßseufzer hören und nahm auch dann ihre Hand nicht weg, als Ocke seine Schulter zur Seite drehte. »Wo ist eigentlich Ihr Vater? Ist er noch einmal zurückgekehrt? Mich würde interessieren, ob ihm Geld fehlt.«

Sie wurden durch Gepolter in der Diele abgelenkt. Kurz darauf erschien der Kopf einer Frau im Türspalt. Sie schüttelte sich wie ein nasser Hund, dass die Feuchtigkeit vom Regen von ihrer Kopfbedeckung über den Teppich verteilt wurde.

»Das ist ja ein Ding«, sagte sie atemlos.

»Moin, Trine«, begrüßte sie Ocke.

Die Nachbarin erwiderte den Gruß nicht. Sie zeigte mit ausgestrecktem Arm nach draußen. »Da … hinterm Haus. Am Rande der Warft. Da …«

Ocke sah sie an. Eleonore Schröderjahn hatte den Mund geöffnet und verfolgte das Auftreten der Nachbarin sprachlos. Anke Deiters war aus der Küche gekommen und stand hinter Trine. Sie hielt sich beide Hände vor den Mund.

Trine schluckte. »Habt ihr euren Gast noch gar nicht vermisst? Der liegt dort, den Kopf in einer tiefen Pfütze, und ...« Die Nachbarin stockte in ihrer Erzählung. »Und ... Es sieht so aus, als wenn er in eine Heugabel gestolpert ist. Jedenfalls sind die Zacken durch seine Brust gestoßen und ragen hinten im Rücken wieder heraus.«

Ocke hatte sich als Erster gefangen und stürzte in den Hof hinaus. Erschrocken hielt er inne, als er Siegbert Schröderjahn sah. Der Berliner hatte die Augen weit geöffnet und starrte zum Himmel.

»Sieht so aus, als hätte er sich seine neue Heimat noch einmal intensiv angesehen, bevor er hinaufgefahren ist«, murmelte Ocke Deiters. »Hoffentlich meckert er da oben nicht auch so viel wie hier.«

»Ocke! Darf man so von einem Toten sprechen?«, fuhr ihn seine Frau an.

»Und? Ist jemand traurig darüber, dass er *dood bleven is*?« Ocke sah in die Gesichter der Anwesenden. Niemand machte einen betrübten Eindruck, selbst die Witwe nicht. »Und nun?«, fragte Ocke ein wenig ratlos in die Runde.

»Wir müssen die Polizei verständigen«, entschied Anke energisch. »Die muss klären, wie Herr Schröderjahn ums Leben gekommen ist.«

»So blöde, wie der war, kann der doch nur in die Mistforke gestolpert sein«, brummte Ocke.

»Tjä«, meldete sich Opa Deiters, der unbemerkt hinzugekommen war. »Anke hat wohl recht. Zum Abdecker können wir ihn nicht bringen.«

»Opa«, fauchte ihn Frau Deiters an und warf einen sorgenvollen Blick auf Eleonore Schröderjahn, die bleich, aber gefasst neben ihr stand. Dann gab sie sich einen Ruck. »Ich werde die Polizei anrufen.«

Fiete Deiters kratzte sich den Hinterkopf. »Soll der da«, dabei zeigte er auf Schröderjahn, »etwa hier liegen bleiben, bis die vom Festland angereist sind? Das dauert Stunden.«

Anke drehte sich noch einmal in der Tür um. »In die Kühlkammer kommt er nicht. Damit das klar ist.«

»Und im Hühnerstall erschrickt das Federvieh«, grummelte Opa Deiters. »Dann gibt's womöglich morgen keine Eier zum Frühstück. Nee, das geht auch nicht.«

»Fass mal mit an«, entschied Ocke kurz entschlossen und packte Schröderjahn unter den Achseln.

Sein Vater stöhnte, als er sich bückte und die Fußgelenke umfasste. Sie hatten die Leiche nur ein wenig angehoben, als die Mistforke, die immer noch in der Brust steckte, bedenklich zu wackeln begann.

»So geht das nicht«, sagte Ocke, setzte den Toten wieder ab, stemmte einen Fuß auf dessen Brust und zog die Grabegabel mit einem Ruck heraus. Kritisch betrachtete er das Blut, das an den Zacken klebte. »Sieht auch nicht anders aus, als wenn wir ein Schwein schlachten«, stellte er lakonisch fest.

Sie trugen den Toten in den Schuppen. »Du musst die Mistforke noch holen«, sagte er alte Deiters. »Das ist schließlich ein Beweisstück.«

»Von mir aus«, knurrte Ocke, nahm die Gabel auf und warf sie achtlos neben die Leiche. Dann verabschiedete er sich, um die Kühe zu melken.

Fiete Deiters kehrte ins Haus zurück. Dankbar nahm er den angebotenen Schnaps zu sich, den Anke ihm reichte. »Frau Schröderjahn wäre mir sonst zusammengebrochen«, erklärte seine Schwiegertochter. »Das ist uns allen auf den Magen geschlagen.« Sie musterte den Alten. »Noch einen?«

Wortlos schob Fiete Deiters das leere Glas über den Tisch.

Hauptkommissar Thierkopf traf fünf Stunden später auf der Hallig ein. Er war der einzige Fahrgast, der heute die Fähre verließ, die zwischen den Halligen und dem Festland pendelte. Im Sommer, während der Saison, kam nicht nur die tägliche Fähre, sondern auch Ausflugsdampfer, die Tagesgäste auf die Hallig beförderten und den Bewohnern ein willkommenes Zubrot bescherten. Um diese Jahreszeit fuhr die Fähre alle zwei Tage. Wer im Winter das Eiland besuchen wollte, musste schon eine ganze Woche warten, bis er wieder abgeholt wurde.

Thierkopf schleppte einen größeren Koffer mit sich und war

ungehalten, als er nach einem längeren Fußmarsch von der Anlegestelle bis zur Warft den Tatort erreichte.

»Möchten Sie erst mal einen Kaffee?«, empfing ihn Anke Deiters.

Der Hauptkommissar sah auf die Uhr. »Wenn es schnell geht«, brummte er. »Ich möchte so schnell wie möglich wieder weg.«

»Übermorgen«, erwiderte Anke Deiters mit belegter Stimme. Die Schnäpse zeigten Wirkung.

»So lange können wir nicht warten. Wir müssen den Leichnam schnell zur Rechtsmedizin befördern. Die Todesursache muss umgehend festgestellt werden.«

»Ach«, mischte sich Eleonore Schröderjahn ein und fuchtelte mit der Hand vor Thierkopfs Gesicht. »Das ist nicht erforderlich. Das war eine Mistforke. Die ist meinem Mann … hups.« Sie hielt verschämt eine Hand vor den Mund, als sie aufstieß. »Also meinem … ähm … Exmann mitten durch die Brust. Das überlebt keiner. Und mein Siegbert schon gar nicht. Der war ein Weichei. Hups.«

»Ich werde mir zunächst den Tatort ansehen«, beschloss Thierkopf.

»Sie können gleich durch die Küche raus«, sagte Anke Deiters. »Durch die Klöntür.«

Ein paar Sekunden später stand der Hauptkommissar wieder im Raum. »Wo denn? Ich sehe nichts.«

»Komisch«, lallte Anke Deiters. »Detektive müssen doch einen Blick dafür haben. Ich zeige es Ihnen, Herr Inspektor.«

»Kommissar heißt das«, belehrte sie Thierkopf und folgte der Frau, die auf einen dunklen Fleck auf dem Hofplatz wies.

»Wo ist der Tote?«

»Im Schuppen«, antwortete Anke leutselig. »Wir konnten den Armen doch nicht den ganzen Tag hier liegen lassen. Mein Mann und unser Opa haben ihn dort hingetragen. Da ist auch die Forke.«

»Das kann nicht wahr sein«, schimpfte der Hauptkommissar.

Anke Deiters nickte. »Doch. Bestimmt. Nicht, Eleonore?« Dabei warf sie Frau Schröderjahn einen Blick zu.

»Genau«, bestätigte die Witwe, hob ihr Schnapsglas in die Höhe und betrachtete es aus zusammengekniffenen Augen. »Da passt nicht viel hinein«, stellte sie fest.

Thierkopf fand den Schuppen und untersuchte die Leiche. Er war kein Mediziner, aber der Stich mit der Forke musste tödlich gewesen sein. Er konnte keine weiteren äußeren Verletzungen erkennen, auch keine Spuren, die auf einen Kampf hinwiesen. Der Mörder musste das Opfer überrascht haben. Und der Täter und der Tote kannten sich. Das war nicht verwunderlich. Auf einer Hallig war niemand fremd.

An den Zacken der Forke waren deutlich die Spuren zu erkennen, die beim Durchstoßen der Brust entstanden waren. Textilfetzen, Blutspuren und ... Na ja. Thierkopf seufzte, zog sich Einmalhandschuhe über, öffnete seinen Koffer und begann, am Stiel der Forke nach Fingerabdrücken zu suchen. Hier waren keine Profis am Werk gewesen. Da war ein Streit eskaliert, überlegte der Polizist. Daher hatte der Täter auch nicht bedacht, die Tatwaffe von verräterischen Spuren zu reinigen.

Nachdem Thierkopf den Leichnam flüchtig untersucht und fotografiert hatte, ging er auf weitere Spurensuche. Es war aussichtslos. Offenbar war jeder, gleich ob Bewohner oder Gast auf der Hallig, zum Tatort geeilt, um die Leiche zu bestaunen. Das war ein Ereignis, von dem man noch Jahrzehnte später reden würde. Wer wollte da zurückstehen. Man hätte sonst nicht berichten können: »Ich war dabei. Ich habe die Leiche gesehen.«

Der Hauptkommissar stapfte missmutig ins Haus zurück. Am Küchentisch hatte sich ein älterer Mann zu den beiden Frauen gesellt.

»Das ist unser Opa«, erklärte Anke Deiters. »Fiete«, fügte sie hinzu.

»Sind das alle Personen, die gestern anwesend waren?«

»Nein. Ocke war auch da.«

»Wer ist Ocke?«

Anke Deiters kicherte und hielt sich die Hand vor den Mund. »Mein Mann natürlich. Der ist bei den Kühen.«

»Bei den großen«, ergänzte Fiete Deiters und sah Thierkopf über den Rand seiner Brille an. Dann zeigte er auf die beiden Frauen. »Da wäre ich auch lieber als bei den albernen Kälbern.«

Immerhin bemühte sich der Alte, seinen Sohn zu holen.

Der Hauptkommissar musste viel Geduld aufwenden, bis er aus dem Durcheinander der Erzählungen einen ungefähren Überblick über den Ablauf des gestrigen Abends gewann.

»Da hätte jeder von Ihnen ein Motiv«, stellte er in seiner Zusammenfassung fest. »Ich benötige jetzt von jedem Fingerabdrücke.«

Die beiden Männer ließen es in stoischem Gleichmut über sich ergehen, während die Frauen es als willkommene Abwechslung empfanden und Eleonore Schröderjahn enttäuscht war, als Thierkopf ihr beschied, dass *ein* Durchgang ausreichen würde.

»Ich fand es sexy«, sagte sie mit einschmeichelnder Stimme, soweit es die Alkoholkonzentration in ihrem Blut zuließ, »wie Sie meine Finger angefasst und auf das Papier gedrückt haben. Alle zehn. Das hat lange kein Mann mehr gemacht.«

Der Hauptkommissar kramte in seinem Koffer und zog ein paar Gerätschaften hervor, mit denen er die Fingerabdrücke der Anwesenden mit denen von der Tatwaffe verglich.

»Aha«, schloss er seine Auswertung und sah Ocke Deiters an. »Sie haben die Tatwaffe berührt.«

»Was heißt hier Tatwaffe?«, polterte der Mann los. »Das ist eine Mistforke. Nichts weiter. Damit arbeite ich täglich. Gestern. Heute. Und morgen.«

»Sie geben also zu, das Gerät angefasst zu haben?«

»Klar doch.«

»Auch gestern?«

Deiters tippte sich an die Stirn. »Mensch, bist du doof? Die Kühe müssen jeden Tag versorgt werden.«

»Mit der besagten Forke?«

Der Mann lehnte sich zurück und verschränkte die Arme vor der Brust. »Früher habe ich das mit einer Kuchengabel gemacht. Aber Anke hatte etwas dagegen, dass ich zum Ausmisten das Familiensilber benutzte.«

Thierkopf legte die Stirn in Falten. »Es gibt noch mehr Hinweise, die auf Sie als Täter schließen lassen. Da wären Ihre Drohungen. Und wenn Ihr Vater Sie nicht festgehalten hätte, wären Sie schon während des Abendessens handgreiflich geworden. Da hat sich der

Zorn aufgestaut. Und als Sie Schröderjahn am späten Abend noch einmal begegnet sind, haben Sie ihm die Forke in die Brust gestoßen.«

»Sie spinnen doch«, antwortete Deiters und drehte sich demonstrativ vom Hauptkommissar weg.

»Das ist noch nicht alles. Sie haben die Nacht auch nicht im ehelichen Schlafzimmer verbracht, sondern hier unten im Erdgeschoss, während alle anderen Bewohner des Hauses im Obergeschoss genächtigt haben. Ihnen war es am ehesten möglich, sich unbemerkt vor die Tür zu schleichen und Schröderjahn zu töten.«

»Das wird immer verrückter«, schnaubte Deiters vor Wut.

»Haben Sie vom Verhältnis Ihrer Frau mit dem Toten gewusst?«

Deiters sprang auf. »Das war doch alles gelogen. Anke hat doch selbst gesagt, dass da nichts gelaufen ist.«

Alle Augen richteten sich auf die stämmige Halligfrau, die verlegen auf die Tischdecke sah und das leere Schnapsglas in ihren Händen drehte.

»Frau Deiters«, mahnte Thierkopf. »Es ist wichtig, dass Sie die Wahrheit sagen.«

»Aber das hat doch mit Siegberts Tod nichts zu tun«, flüsterte sie leise.

»Siegbert?« Es sah aus, als wollte sich Deiters auf seine Frau stürzen. »Wieso nennst du den Halunken Siegbert?«

»Na ja, auf so einer Hallig hat man nicht viel Abwechslung«, kam es stockend aus Anke Deiters heraus. »Und Siegbert hat mir von Berlin erzählt.« Sie schenkte Thierkopf einen langen Augenaufschlag, als würde sie damit um Verständnis werben. »Das ist immerhin unsere Hauptstadt.«

»Also war es keine Lüge des Opfers, als es behauptete, mit Ihnen geschlafen zu haben.«

Opa Deiters ließ einen Grunzlaut hören. »Na, ich glaube, geschlafen haben die beiden nicht. Die waren wohl anderweitig aktiv.«

Im gleichen Moment heulte Eleonore Schröderjahn auf. »Mein armer Siegbert. Nun ist er doch verführt worden. Ich bin betrogen worden. Schändlich.«

»Wenn der nicht schon tot wäre, würde ich dem Hund den Schädel einschlagen«, rief Ocke Deiters aufgebracht.

»Langsam. Nicht alle durcheinander.« Thierkopf fasste sich an die Schläfen. »Wie soll man bei einem solchen Tohuwabohu einen Mord aufklären.« Er sah Anke Deiters an. »Sie haben mit dem Geschädigten ein intimes Verhältnis gehabt.«

»Wieso ist der geschädigt, wenn er mit Anke gebumst hat?«, mischte sich Opa Deiters ein.

Der Hauptkommissar schlug mit der Faust auf den Tisch. »Ruhe! Das Opfer einer Straftat wird als Geschädigter bezeichnet.«

Fiete Deiters schüttelte den Kopf. »Das verstehe ich nicht. Wenn die beiden miteinander gevögelt haben, ist die Leiche doch kein Opfer.«

Thierkopf stöhnte. »Davon spricht doch keiner. Siegbert Schröderjahn ist durch den Mord geschädigt.« Er sah Anke Deiters an. »Kann es sein, dass Ihr Mann Sie beobachtet hat?«

»Wieso das?«, mischte sich Opa Deiters erneut ein. »Ocke soll zugesehen haben, wie Anke dem Berliner die Forke in die Brust gerammt hat? Eben haben Sie noch gesagt, Ocke wäre das gewesen.«

Langsam wurde der Hauptkommissar durch die Einwände des alten Mannes konfus. Er zeigte mit dem Finger auf Fiete Deiters und sprach ganz langsam: »Ihr Sohn Ocke hat mitbekommen, wie Anke und die Leiche ...« Thierkopf unterbrach sich. So weit war das Durcheinander schon gediehen. »... wie Anke und das spätere Mordopfer«, korrigierte er sich, »miteinander intim waren. Das war das Mordmotiv. Der Streit gestern Abend hat das Fass zum Überlaufen gebracht.«

Anke legte die Stirn in Falten und sah ihren Mann an. »Hast du, Ocke? Ich meine, hier bleibt ja nichts verborgen auf der Hallig.«

»Bist du verrückt?«, fauchte Deiters seine Frau an. »Ich bin doch kein Mörder.«

Sie legte fürsorglich ihre Hand auf seinen Unterarm. »Oh, mein Ocke. Wenn ich gewusst hätte, dass du aus Liebe zu mir jemanden umbringst. Ich schäme mich so, dass ich schwach geworden bin.«

»Ich habe niemanden ermordet«, schrie Deiters mit sich überschlagender Stimme.

Es hatte ihm nichts geholfen. Thierkopf hatte Ocke Deiters unter dem Verdacht des Mordes an Siegbert Schröderjahn verhaftet.

Zaghaft winkte Anke dem Boot der Wasserschutzpolizei hinterher, als es von der Anlegestelle ablegte und durch das Wattenmeer mit Ocke Deiters, Siegbert Schröderjahns sterblicher Hülle und Hauptkommissar Thierkopf Richtung Festland fuhr. Dann hakte sie sich bei Eleonore Schröderjahn unter und ging mit der Witwe langsam zur Warft zurück.

»Nun sind wir unsere Männer los«, sagte sie vergnügt. »Hoffentlich klappt das mit den beiden jungen Brasilianern, die auf dem Hof anheuern wollen.«

Eleonore tätschelte ihren Arm. »Wie gut, dass Siegbert so eitel war und niemandem erzählt hat, dass er schon seit Jahren impotent war. Er hat es manchmal selbst geglaubt, wenn er sich im Freundeskreis damit gebrüstet hat, ein notorischer Fremdgänger zu sein. So hat niemand etwas von seiner nicht vorhandenen Manneskraft erfahren.«

»Wir beiden können gut von den Einkünften des Fremdenverkehrs leben«, sagte Anke. »Jetzt werden sicher viele Gäste kommen, um die Todeswarft zu besuchen. Wir werden ein Schild auf dem Hofplatz aufstellen: Hier starb der bedauernswerte Siegbert S.«

»Außerdem haben wir noch das Geld von Siegberts Lebensversicherung«, ergänzte Eleonore. »Und die Witwenrente aus der Beamtenpension. Und die beiden Brasilianer … die werden wohl nicht zu anspruchsvoll sein.« Sie strich sich vorsichtig über den Busen. »Das meine ich in jeder Hinsicht.« Plötzlich stutzte sie. »Aber was machen wir mit dem Alten?«

Anke Deiters machte ein betrübtes Gesicht. »Das ist wirklich ein netter Kerl. Und ein wenig gespart hat er auch. An der Steuer vorbei. Das Geld liegt in seinem Zimmer. Schade um Opa, dass er in der nächsten Woche an einem Herzanfall ganz plötzlich sterben wird. Die Aufregung war wohl doch ein wenig zu viel für ihn.«

Der Kiosk

Der Rhein lag gen Westen. An schönen, wolkenlosen Tagen konnte man aus der Öffnung des kleinen bunten Kiosks in Richtung des Vaters aller Flüsse die Deutzer Brücke sehen. Um die Mittagsstunde tauchte die Sonne auf der linken Seite auf und warf ihre kräftigen warmen Strahlen auf das Pflaster vor dem kleinen Bau, der am Eingang der Deutzer Freiheit trotz seiner gebrechlichen Bauweise wie eine Festung thronte. Gleich einer ballistischen Kurve verlor der glühende Himmelskörper im Laufe des Tages an Höhe, um dann genau in Blickrichtung des Kioskbetreibers über dem Zentrum Kölns als leuchtend roter Feuerball hinter dem Horizont zu versinken.

Jupp Louven genoss dieses grandiose Schauspiel immer wieder, obwohl er es in den vergangenen dreißig Jahren schon oft gesehen hatte. Zu dieser frühen Stunde stand die aufgehende Sonne im Rücken seines kleinen Geschäftes und schien schräg auf die hintere Seite der hölzernen Bude.

Jupp rückte den alten Barhocker zurecht, gegen den er sich lehnte, um etwas Entlastung für das geschädigte Bein zu erhalten. In den Jahren, die er nun schon diesen Kiosk betrieb, hatte er sich an das lange Stehen in dem begrenzten Raum gewöhnt, obwohl es ihm mit seinen fast sechzig Jahren zunehmend schwerfiel. Früh am Morgen, etwa gegen sechs Uhr, löste er die Schlösser von der hölzernen Klappe, legte die neuen Zeitungen auf das schmale Brett in der Durchreiche, platzierte daneben als Blickfang die am jeweiligen Wochentag erscheinenden Magazine und Illustrierten und nahm die kleine Kaffeemaschine in Betrieb.

Sechs Tage in der Woche, zu jeder Jahreszeit, führte er mechanisch diese Verrichtungen aus. Dann wartete er auf die ersten Kunden, verkaufte Zeitungen und Zigaretten, schenkte Kaffee in Pappbechern aus und bot den Frühaufstehern, die des Morgens in die benachbarten Büros eilten und sich im Vorbeihuschen an seinem Kiosk mit einem schnellen Frühstück eindeckten, belegte Brötchen an.

Kaffee tranken eher die Menschen, denen das Schicksal viel Zeit und Muße gegeben hatte. Ältere, die aus Gewohnheit früh aufstanden, aber niemanden und nichts mehr zu umsorgen hatten; Männer, die er schon seit Jahrzehnten kannte, die ihren Job verloren hatten oder einfach zum alten Eisen abgestellt worden waren, Frauen, an denen die Jahre der Mühe für ihre Familie nicht spurlos vorübergezogen waren, die nach den flügge gewordenen Kindern auch der Ehemann verlassen hatte und denen in dieser frühen Morgenstunde der – wenn auch mürrische und unrasierte – Gesprächspartner fehlte, vereinzelt aber auch einige wenige, die eine trockene Ecke in einem Hinterhof oder in einem Keller ihr Zuhause nannten und selbst in den warmen Sommermonaten fröstelnd aus ihrem Loch ans Tageslicht kamen, um den neuen Tag mit einem Becher heißen Kaffees zu begrüßen.

Sie alle standen in einer kleinen Gruppe vor der Luke von Jupps Kiosk und versuchten, ein paar der Körper und Seele wärmenden ersten Sonnenstrahlen auf sich zu lenken. Nach dem ersten Becher Kaffee trennte sich dann die Spreu vom Weizen. Die einen zogen mit gebeugten Häuptern ihres Weges, die anderen blieben noch eine Weile und stiegen trotz der frühen Stunde von Kaffee auf Bier um, das Jupp in der Enge seines kleines Reiches zu lagern wusste. Die Hartgesottenen griffen darüber hinaus auch schon einmal zu einem kleinen Flachmann mit den etwas härteren Muntermachern.

Jupp hatte aufgehört, über die moralischen Aspekte zu sinnieren. Er bestritt seinen nicht sehr üppigen Lebensunterhalt damit, dass er diesen Menschen das bot, was sie aus ihrer Sicht als Lebenselixier betrachteten. Und so hatte sich die bei ungünstiger Witterung zugige Ecke an der bunten Kioskwand zu einer Art Kommunikationszentrum für all jene entwickelt, denen an anderer Stelle niemand zuhörte. Hier konnten sie ihre Meinung äußern, ihr Weltbild darstellen, sich zu all den großen und kleinen Problemen dieser Welt, insbesondere aber auch ihres eigenen Lebensbereichs austauschen.

Auch wenn mancher der Vorbeieilenden seine Aufmerksamkeit etwas missmutig auf die erst im zweiten Blick fröhlich wirkenden frühen Zecher warf, waren sie vielleicht doch besser dran als jene, die stumm über das Pflaster schlichen und denen die unsichtbare Last von Weitem anzusehen war, die sie mit sich trugen. Während Sisyphus damit bestraft wurde, die Kugel sinnloserweise immer wieder erneut den Berg hinaufrollen zu müssen, trugen diese Menschen ihre Last gleich Atlas unsichtbar im Nacken, eine Last, die sie innerlich bis zur tiefsten Krümmung ihrer Persönlichkeit gebeugt hatte. Während Sisyphus zwischendurch immer wieder während der Phase des Herabrollens eine kurze Verschnaufpause und möglicherweise sogar kurze Augenblicke der Heiterkeit empfunden haben mag, gab es für jene stillen Zeitgenossen diese Momente nicht.

Jupp grüßte seine Kunden, deren Wünsche und Bedürfnisse er seit Langem kannte. Selten verirrte sich ein Fremder hierher, um im schnellen Vorübergehen etwas bei ihm zu erstehen. Es waren die Stammkunden, die sein Geschäft ausmachten. Jene, die morgens nur die frühe Zeitung kauften, andere, die sich zusätzlich mit Rauchwaren eindeckten, die schon erwähnten Gäste, die Trinkbares bei ihm erwarben oder eben die Angestellten der umliegenden Büros, die Kleinigkeiten erstanden.

Er wechselte ein paar höfliche Worte mit der Sekretärin aus dem Verwaltungsgebäude gegenüber, die jeden Morgen bei ihm Zeitungen und belegte Brötchen für einen kleinen Kreis von Kollegen einkaufte. Er sah sie stets schon von Weitem mit wippenden Schritten nahen, dabei hatten sie sich angewöhnt, auf Distanz einander zuzuwinken. Ebenso gehörte es zum Ritual, dass der angeleinte Pinscher der in grau gekleideten älteren Dame, die auf ein Schwätzchen in der Runde stand, bei der Annäherung der Büromaus heftig zu kläffen begann, an der Leine zerrte und sich todesmutig auf den Neuankömmling stürzen wollte. Niemand vermochte zu sagen, worin die einseitige Feindschaft begründet war, aber alle Umherstehenden hätten sicherlich etwas vermisst, hätte die Minimalausführung eines Hundes nicht allmorgendlich diese Zeremonie ausgeführt. Mit einem freundlichen Lächeln tauschte man einige Worte über den zu erwartenden schönen Frühsommertag aus, wünschte sich eine gute Zeit und verabschiedete sich mit einem herzlichen Gruß bis zum nächsten Morgen, an dem sich dieses Ritual wiederholen würde.

Die alte Dame bekam die Tageszeitung und heute zusätzlich die Fernsehzeitung für die kommende Woche. Gewohnheitsmäßig tauschte sie mit Jupp einige Gedanken zum Fernsehprogramm des Vorabends aus. Die Alte war glücklich darüber, in Jupp jemanden gefunden zu haben, der über den gleichen Geschmack und dieselben Sehgewohnheiten wie sie verfügte, anders konnte er nicht in der Lage sein, sich immer wieder erneut mit ihr über die Inhalte der Sendungen zu unterhalten. Natürlich konnte sie nicht ahnen, dass er die Zeit zwischendurch zum Studium der zahlreichen Zeitungen und Blätter nutzte und so immer über die Fernsehkritik informiert war. Für Jupp war diese Vorspiegelung keine Lüge. Er machte mit seinen Beiträgen einfach einen Menschen ein wenig glücklicher.

Dann umschlich ein seriös gekleideter Herr mittleren Alters im gedeckten Anzug den Kiosk, blätterte scheinbar unentschlossen in den ausliegenden Zeitschriften herum, um eine Lücke an der Verkaufsklappe abzuwarten. Wie ein Raubvogel stieß er in diese hinein, beugte sich in die Öffnung, ja kroch fast durch sie hindurch.

Jupp griff unter seinen Tresen und holte die bereitgestellten Magazine mit dem nicht jugendfreien Inhalt hervor, um sie dem Herrn mit den grauen Schläfen auszuhändigen: »Bitte, Herr Doktor!«

Scheu blickte sich der Mann um. Leise wispernd fragte er: »Wie immer?«

Jupp unterdrückte ein leises Schmunzeln. »Selbstverständlich, Herr Doktor!«

Der Mann führte in der Nähe ein gut gehendes Notariat und bezog schon seit vielen Jahren von Jupp diese besondere Art von Lektüre, gegen die der gleiche Mensch sicher am späteren Abend bei der Sitzung des Kirchenvorstandes mit Vehemenz wettern würde.

Jupp Louven hielt einen Moment inne. Dies war seine Welt, die kleine bunte hölzerne Bude, gerade so groß, dass er sich darin bewegen konnte, vollgestopft mit allerlei Kleinigkeiten, dekoriert mit den bunten Titelseiten diverser Druckerzeugnisse. Die Öffnung mit dem schmalen Verkaufsbrett war sein Tor zur Welt, die Welt der kleinen Leute und Angestellten hier auf dieser Seite des Rheines, die niemand als das Köln erkannte, von dem die Touristen sprachen. Aber vielleicht war es doch das wahre Köln, jener Teil der Stadt, wo nicht die Fassaden glänzten, sondern die Herzen sprachen.

Er verlagerte das Gewicht kurz auf das steife Bein, um es gleich darauf wieder zu entlasten. Seit fast dreißig Jahren stand er hier, tagein, tagaus in seinem Kiosk. Auch wenn es ihm niemand anmerkte, so hatte die Zeit doch ihre Narben hinterlassen. Durch die einseitige Belastung auf dem gesunden Bein hatte sich im Laufe der Jahre zusätzlich ein Hüftleiden eingeschlichen. Und es gab nicht nur die schönen Sommer, sondern auch jene zugigen Herbst- und Wintertage, an denen der Wind durch die kleine Öffnung hineinblies und die Feuchtigkeit vom ungenügend isolierten Boden langsam die Beine hochkroch, bis dieses feuchtklamme Gefühl den ganzen Körper umfasste, sich auf Bronchien und Hals niederschlug und sich der Rheumatismus allmählich im ganzen Körper breitmachte. Wenn man noch die kleine körperliche Unbill hinzuzählte, die einen fast sechzigjährigen Mann altersbedingt erfasst, dann war es ein hoher Preis, den Jupp für das Bestreiten seines Lebensunterhaltes aufbringen musste. Dabei hatte es immer nur zum Nötigsten gereicht.

Und alles nur wegen jenes kleinen Missgeschicks, für das nie jemand zur Verantwortung gezogen worden war, für das es keinen Schuldigen gab, damals, vor eben jenen fast dreißig Jahren, als er in der Automobilfabrik am Fließband arbeitete und sich aus einem nie geklärten Grund ein Haken der unter der Hallendecke laufenden Transportkatzen löste. Die Schreckensrufe seiner Kollegen hatten ihn so weit reagieren lassen, dass er noch rasch zur Seite springen konnte, als der schwere Motorblock mit donnerndem Getöse von der Hallendecke herabstürzte. Nur sein Bein, dieses verdammte Bein, hatte er nicht mehr aus der Gefahrenzone in Sicherheit bringen können. Und so lag es da, zertrümmert unter dem Motorblock.

Die Ärzte hatten ihr Bestes gegeben, aufopfernde Pflege war ihm zuteil geworden, viel Zuspruch hatte ihn seitens der Werksleitung erreicht, und die betroffen wirkenden Kollegen hatten ihm

Trost gespendet, aber das war alles im Laufe der Zeit verblasst, die Beteuerungen, ihn nicht fallen zu lassen, hatten mit jedem Tag, den man sich vom Unfalldatum entfernte, abgenommen. Und irgendwann hatte er resigniert und sich darin gefügt, sein Leben als Kioskbesitzer auf der Deutzer Freiheit zu fristen.

Doch es waren nicht nur die körperlichen Beeinträchtigungen, die sein Leben beeinflussten, die wirtschaftlichen Folgen, die ihn zwangen, von dem schmalen Überschuss, den sein Kleingewerbe abwarf, seinen Unterhalt bestreiten zu müssen. Gern hätte er ein normales, bürgerliches Leben geführt, geheiratet, die Gewissheit gehabt, dass zum Feierabend eine fürsorgliche Frau auf ihn wartete, sich am Lachen und der Munterkeit eigener Kinder erfreut. Aber welche Frau nimmt schon einen Krüppel, dessen Horizont aus einer hölzernen Bude mit einer kleinen Öffnung gen Westen besteht?

So war das Leben zum größten Teil an ihm vorübergegangen. Doch seine aufkommende Melancholie verlor sich, als sein Blick auf den Platz vor seinem Kiosk hinausging und eine kleine Gruppe heftig diskutierender Männer einfing. Seine Augen blieben an Fritz haften, der gerade mit seiner tiefen Stimme, eine Bierflasche schwenkend, versuchte, das Weltgeschehen aus seiner Sicht zu kommentieren.

Fritz hatte den alten, fleckigen, eingerissenen Trenchcoat an, den er schon seit Jahren trug. Seine Haare hingen ungepflegt vom Kopf, die dunklen Bartstoppeln verliehen ihm ein ausgesprochen finsteres Aussehen. Fritz war obdachlos, ein Herumstreunender, der sich in irgendeinen Kellerraum oder Schuppen zurückzog, um die Nacht auf einer durchfeuchteten, stinkenden Matratze zu verbringen.

Jupp fröstelte bei diesem Gedanken. Er zog die Strickjacke ein wenig fester um den Leib und widmete sich dem nächsten Kunden, der nach der Tageszeitung fragte.

Nachdem er diesen bedient hatte, kehrten seine Gedanken zum schmuddeligen Fritz zurück. Es war eigentlich eine philosophische Frage, wem es nun besser ging. Dem Obdachlosen, der scheinbar sorglos in den Tag hineinlebte und seine Existenz von dem fristete, was an Brosamen von irgendwelchen gedeckten Tischen herabfiel, oder ob er selbst, Jupp, das bessere Los gezogen hatte. Immerhin war er täglich in seinem engen Käfig eingesperrt. Als wollte ihm sein geschundener Körper ein Signal zukommen lassen, spürte Jupp in diesem Augenblick wieder den stechenden Schmerz im Hüftgelenk. Er suchte sich eine andere Stehposition, lehnte sich leicht gegen den zerschlissenen Barhocker und warf fast zufällig einen Blick auf die Todesanzeigen der lokalen Tageszeitung.

Er hatte es sich zur Gewohnheit gemacht, regelmäßig in diesen Teil der Zeitung hineinzusehen. Nicht selten fand er einen Namen, der ihm bekannt war. Ihm wurde bewusst, dass er wieder einen Kunden verloren hatte. Es waren überwiegend die Alten, die zu seinen Kunden zählten. Die jungen Leute, die Dynamiker, deckten ihren Bedarf im Vorbeilaufen im Supermarkt. So ergab es sich zwangsläufig, dass mit jedem bekannten Namen in einer Todesanzeige auch sein Umsatz ein wenig an Substanz verlor.

Doch es war nicht nur ein Teil des Geschäftes, der sich unwiederbringlich davonstahl, es war auch jedes Mal ein Stück Lebendigkeit dieses Viertels, ein wenig menschliches Miteinander, eine Seele, mit der man über wichtige und unwichtige Dinge gesprochen hatte, Triviales, Heiteres oder auch Ernstes ausgetauscht hatte. Und jede Todesanzeige setzte einen endgültigen Schlusspunkt. Ungeschrieben stand dort in dicken schwarzen Buchstaben hinter jeder dieser Nachrichten: Mit diesem wirst du nie wieder ein paar freundliche Worte wechseln können.

Vor seinem geistigen Auge tauchten sie auf, die vor ihm dieses Erdenrund verlassen hatten. Die Alten und die ganz Alten, von denen man glaubte, der liebe Gott hätte vergessen, sie in sein Reich zu rufen. Die Kranken, die sich Jahr für Jahr beschwerlich dahinschleppten und für die es eine Erlösung schien, aber auch die scheinbar Gesunden, Unverwüstlichen, die plötzlich ohne jede Vorankündigung abberufen wurden. Besonders schmerzlich war es für ihn, als er vom Ableben der Frau Ackermann Kenntnis erhielt. Er hatte sie schon eine ganze Weile, wenn er recht überlegte, sogar ein paar Jahre gekannt, bevor er das erste Mal ihren Namen erfuhr.

Sie war eine unauffällige Frau gewesen, von schlanker Figur, immer dezent gekleidet. Nie hatte er erfahren sollen, welchem Beruf sie nachgegangen war. Aber offensichtlich war sie alleinstehend. Zumindest war ihm zu keinem Zeitpunkt ein Hinweis darauf begegnet, dass sich in ihrer Nähe ein männliches Wesen tummelte.

Das schlanke Gesicht, die etwas längliche, spitz zulaufende Nase und der schmale Mund verliehen ihr einen herben Charme, was aber durch die locker ihre Wangen umspielenden braunen Haare und vor allem durch die ausdrucksstarken rehbraunen Augen wieder aufgefangen wurde. Ihre gesamte Erscheinung war von einer nur schwer zu beschreibenden lockeren Heiterkeit geprägt.

Sie war zuerst nur gelegentlich an seinen Kiosk herangetreten, um eine Zeitung, eine Illustrierte oder eine Schachtel Zigaretten zu erstehen. Deshalb hatte er ihr auch keine Beachtung geschenkt, die über den zweiten Blick hinausging, den ein Mann nun einmal einer attraktiven und um viele Jahre jüngeren Frau entgegenbringt.

Irgendwann – vor langer Zeit – hatte sie nach einer speziellen Fachzeitschrift gefragt. Dieses Druckerzeugnis wurde in diesem Stadtbezirk nicht gelesen und gehörte somit auch nicht zu seinem Standardrepertoire.

Nachdem sie das zweite Mal diese Zeitschrift vergeblich bei ihm erwerben wollte, bot er ihr an, sie regelmäßig zu bestellen. Nach kurzem Überlegen hatte sie gemeint:»Warum nicht?«

Auf diesem Wege hatte er ihren Namen erfahren. Karoline Ackermann. Und so kam sie jeden Dienstag an seinen Kiosk, immer kurz bevor die Geschäfte schlossen. Sie wechselten einige freundliche, belanglose Worte miteinander, ohne jemals wirklich etwas Privates verlauten zu lassen; dann ging sie wieder ihres Weges.

Im Sommer konnte er manchmal den dezenten Duft ihres Parfüms wahrnehmen. Er konnte es sich nicht erklären, aber ihr Erscheinen löste in seinem Inneren stets einen Adrenalinstoß aus, eine wohlige warme Welle schoss durch seinen Körper. Nein, es war nicht das unterschwellig Animalische, sondern ein unerklärbares angenehmes Prickeln ohne jeden Gedanken an etwas Weiterführendes. Es war einfach angenehm, ihre Gegenwart zu spüren, die Nähe, die wegen der trennenden Öffnung seiner Holzbude mit dem schmalen Verkaufsbrett davor doch in unendlicher Distanz war.

Irgendein kleines, nicht sehr bedeutendes, aber durchaus bemerkbares kleines Rädchen seiner inneren Uhr hatte sich auf das Erscheinen von Karoline Ackermann eingestellt, signalisierte ihm, dass wieder Dienstag war und sich bereits durch den Gedanken an diese Frau ein kleiner Farbtupfer in das Profane dieses zweiten Werktages der Woche eingeschlichen hatte.

Und dann kam jener unerwartete Dolchstoß des Schicksals, der ihn so unerwartet traf, unvorbereitet wie ein Blitz, der nicht aus grauen sturmgepeitschten Wolken, sondern mitten aus einem blauen Sommerhimmel herniederfuhr. Es war eine mittelgroße Anzeige. Mit schwarzem Rand. Henriette Ackermann bedauerte als einzig namentlich genannte Trauernde im Namen aller Angehörigen das vorzeitige Ableben ihrer lieben Schwester Karoline. Neben dem Geburtsdatum und dem drei Tage zurückliegenden Sterbetag enthielt die schlichte Annonce nur noch den Hinweis, dass die Beisetzung in aller Stille stattfinden werde. Kein Ort, keine Zeit. Nichts.

Jupp wusste nichts über die familiären oder persönlichen Verhältnisse jener Frau, die für ihn immer ein kleiner Lichtblick im sonst eher trüben Alltag gewesen war, auch wenn er sich weder in Gedanken, noch weniger mit irgendeiner anderen Regung ihr zu nähern gewagt hätte. Und wenn er vertraute Kunden seines Kiosks auf die unbekannte Schöne ansprach, erntete er nur Achselzucken und Desinteresse. Niemand war etwas am Schicksal oder Wohlergehen seines Mitmenschen gelegen, niemand zeigte ehrliche Betroffenheit. Jeder war mit dem Tragen seines eigenen Päckchens ausreichend beschäftigt.

Jupp wusste nicht einmal genau, wo seine Karoline, wie er sie im Innersten und nur für sich selbst jetzt nannte, gewohnt hatte. Irgendwo in diesem Viertel, aber in welcher Straße, hinter welcher Tür? Das würde er nie erfahren.

Er suchte Trost in der Ausrede, dass das schon zu ihren Lebzeiten für ihn ohne Belang war. Noch weniger sollte es jetzt, nach ihrem Ableben, von Interesse sein. Und trotzdem, in den stillen Momenten, die ihm Gelegenheit gaben, durch seine Holzluke auf den von seinem Standort aus nur zu erahnenden, aber nicht einsehbaren Rhein zu blicken, trafen doch gelegentlich Gedanken an Karoline Ackermann seine Seele, die alle eines gemein hatten: ein Fragezeichen!

Warum war diese junge Frau, vielleicht gerade vierzig Jahre alt, so urplötzlich und – für ihn – geheimnisvoll gestorben? Was mochte die Ursache ihres Dahinscheidens sein, wo sie doch einen frischen, heiteren, vitalen Eindruck erweckt hatte, fern von Kummer oder gar körperlichem Leid? Warum gab es niemanden, der etwas über sie wusste oder ihr einmal begegnet war?

So rätselhaft es auch erschien, so faszinierend die Fragen auch waren, die durch die zeitliche Distanz zum tragischen Ereignis auch noch an schillernder Ausschmückung gewannen, so sinnlos war es, Antworten auf diese Fragen zu erwarten.

Es war ein anderes Kapitel der Phantasie, vielleicht sogar ein anderes Buch, aber viele Menschen waren schließlich schon einmal mit einem nicht erfüllbaren Gedanken eingeschlafen. Wie wäre es, wenn ich in der Lotterie der alleinige Hauptgewinner wäre? Wie wäre es, wenn man plötzlich feststellen würde, dass ich der legitime Anwärter auf den wieder zu besetzenden Thron der Monarchie meines Vaterlandes wäre?

Am nächsten Morgen sind die Erinnerungen an solche Gedanken verschwunden wie der sich auflösende Dunstschleier des frühen Tages, und statt eines Kusses der Muse trifft einen nur der raue Wind des Alltags.

Auch Jupp war nur ein Mensch wie jeder andere. Und gerade weil er mit seinem steifen Bein nicht so schnell wie andere Leute war, hatte er gelernt zu akzeptieren, dass ihn das Schicksal mit negativen Rückschlägen immer etwas eher einholte als andere Mitbürger. Manche von denen, so dachte er, waren so geschmeidig, so aalglatt, dass eben jene Rückschläge sie nicht zu fassen bekamen und sie allen Schicksalsschlägen entgingen, gleich einer Katze, die nach dem tiefsten Sturz immer wieder auf den Füßen landete.

Und so lebte er mit den unsortierten Gedanken an jene Frau, der er immer nur sporadisch und unter Wahrung der Distanz seiner Verkaufsluke begegnet war bis zu ihrem plötzlichen und unerwarteten Abruf aus dem Erdenkreis.

Sein steifes Bein bereitete ihm wieder einmal spürbare Beschwerden, hinzu kam die durch einen schleichenden Prozess entstandene Schädigung der Hüftgelenke, deren Ursache die jahrzehntelange unnatürliche Weise der Fortbewegung war, die ihm durch seine körperliche Beeinträchtigung aufgezwungen wurde. So entschloss er sich, einen Termin bei seinem Orthopäden zu vereinbaren, der seinen Lebens- und Leidensweg schon seit vielen Jahren begleitete. Sie waren gemeinsam grau geworden. Das war aber auch die einzige Gemeinsamkeit.

Er informierte Wulle, einen rüstigen Rentner, der seit Langem eine zuverlässige Vertretung für die wenigen Gelegenheiten war, wenn Jupp nicht selbst in seinem Kiosk war, und machte sich auf den mühsamen Weg zu seinem Arzt.

In seiner Kindheit hatte man ihn gelehrt, dass Kinder und junge Menschen in den öffentlichen Verkehrsmitteln unaufgefordert älteren Mitbürgern die Sitzplätze anbieten. Diese Selbstverständlichkeiten seiner Jugend hatten heute keine Gültigkeit mehr. Dafür hatte das Erfolgsprinzip Oberhand gewonnen. Wie in der freien Wildbahn gewann derjenige das Rennen, der am stärksten und durchsetzungsfähigsten war. Dazu gehörte er mit seiner Behinderung nicht. Und so teilte er sich mit anderen älteren, Gehstock bewehrten Leuten und Müttern mit Kleinkindern auf dem Arm die unsicheren Stehplätze in den Verkehrsmitteln, gelangweilt beobachtet von den jugendlichen Gewinnern des Kampfs um die Plätze.

Froh, wieder einmal das überfüllte chamäleongleiche Vehikel, welches sich in seiner Heimatstadt Köln je nach Lage des Gleiskörpers manchmal U-Bahn, einige Haltestellen weiter dann aber Straßenbahn nannte, verlassen zu können, fand er sich inmitten eines Pulks von Passanten wieder, die wie ein bunter Hühnerhaufen unkoordiniert in alle Richtungen auseinanderstrebten.

Er bewegte sich ungleich langsamer vorwärts als die Mehrheit der Leute und ließ gewohnheitsmäßig seinen Blick in die Runde schweifen. Jupp genoss es immer wieder, wenn sich seinem Gesichtsfeld andere Objekte als der gepflasterte Platz vor seinem Kiosk und die den Hintergrund bildende Silhouette des Kölner Stadtzentrums offenbarten.

Plötzlich sah er sie.

Zuerst nur als vorbeihuschenden Hauch, als Schemen zwischen anderen Menschen, halb verdeckt von Passanten, dann in einer größeren Lücke sehr deutlich, bis sie wieder in die Menge eintauchte.

Er hatte keine Zweifel. Sie war es, kein Geist, keine Fata Morgana, sondern ein höchst lebendiges Wesen. Auf der anderen Straßenseite schwamm inmitten der Menschenmenge Karoline Ackermann mit.

Die tote Frau bewegte sich höchst lebendig vorwärts.

Jupp wandte sich abrupt der stark befahrenen Fahrbahn zu, stieß dabei mit einem fremdländisch gekleideten Passanten zusammen, der in eine Art langes Nachthemd gekleidet die Außenbahn des Gehweges nutzte und ihm guttural klingende böse Bemerkungen hinterherwarf.

Jupp war so sehr auf sein Ziel auf der anderen Straßenseite fixiert, dass er erst im allerletzten Moment den sich riesig vor ihm auftürmenden Schatten eines herannahenden Linienbusses bemerkte. Sein Glück war es in diesem Augenblick, dass er durch das Hinterherziehen seines kaputten Beines das Gewicht auf den anderen Fuß verlagert hatte und so nur wenige Zentimeter vor dem vorbeirauschenden Fahrzeug zum Stillstand kam. Als das lange Gefährt ihn passiert hatte, wurde er vom Sog auf die Fahrbahn gezogen und zwang einen nachfolgenden Pkw-Fahrer zu einem riskanten Schlenker.

Benommen drehte er sich um – ein Rückwärtsschritt war ihm bei seiner Behinderung nicht möglich – und blieb unter dem Kopfschütteln und den abfälligen Bemerkungen der Leute, die sein unbesonnenes Verhalten wahrgenommen hatten, erst einmal verschnaufend stehen. Sein Herz raste. Er konnte sich selbst nicht mehr verstehen. Seine Hand fuhr über die schweißnasse Stirn. Wie hatte er so unüberlegt reagieren können?

Sein Blick suchte die gegenüberliegende Straßenseite ab. Nichts war mehr zu sehen, was für ihn von besonderem Interesse gewesen wäre.

Jupp kratzte sich den Hinterkopf, dort, wo die Kopfhaut deutlich sichtbar war.

Nein, er konnte sich nicht geirrt haben. Es war kein Hirngespinst, kein Produkt einer überreizten Phantasie. Er war weder senil noch von absonderlichen Anfällen geprägt. Für ihn bestand kein Zweifel daran, dass er Karoline Ackermann gesehen hatte. Natürlich gab es das Phänomen des Doppelgängers, Menschen, die eine hohe Ähnlichkeit mit anderen Personen aufwiesen, die vom äußeren Erscheinungsbild her ein frappierendes Spiegelbild eines anderen waren. Aber trotzdem unterschieden sie sich, zum Beispiel im Bewegungsablauf, in der Gestik, darin, wie sie in einer ganz bestimmten Ausprägung der Körpersprache ihre Persönlichkeit offenbarten.

Und dort, auf der anderen Straßenseite, das war jene Frau gewesen, deren in einer ganz besonderen Weise beschwingtes und, so träumte er manchmal, nur für ihn sichtbares Bewegen von einem Rhythmus bestimmt war, den eine Doppelgängerin nicht hätte übernehmen können.

Es gab keinen Zweifel. Er war einer Toten begegnet.

Jupp saß in seinem schlichten, aber gemütlichen Wohnzimmer. Im Hintergrund lief der Fernseher. Es diente nur zur Beschallung. Wenn er abends sein Heim betrat, war es eine seiner ersten Handlungen, den Apparat in Betrieb zu setzen. Dabei war es unbedeutend, welche Sendung übertragen wurde. Er registrierte weder das Bild noch den Inhalt des gesprochenen Wortes. Für ihn war ausschließlich wichtig, dass er sich – subjektiv – nicht allein in den Räumen aufhielt.

Einen kurzen Gedanken hatte er beim Heimkommen darauf verwandt, dass er sich Zeit seines Lebens eine Partnerin gewünscht hatte. Von dort war die Gedankenbrücke zu seinem heutigen Erlebnis schnell überschritten. So kreiste sein Sinnen nur um diese einzige Frage.

Wie konnte es sein, dass er heute eine Tote gesehen hatte?

Nein! Er glaubte nicht an Übersinnliches, an Erscheinungen, das zweite Gesicht, Unerklärbares aus einer Welt jenseits der Physik. Andererseits war dieses Wesen tot. Er hatte es gelesen: schwarz auf weiß. Nicht vom Hörensagen, nicht aus dritter Hand, irgendwo aufgeschnappt, unbestätigt als Gerücht vermittelt. Bildlich erschien die Todesanzeige noch einmal vor seinem geistigen Auge. Es war ihm ein Rätsel. Jupp saß an dem soliden Tisch in seinem Wohnzimmer, der ihm als Ess- und Arbeitsplatz diente, gleichzeitig aber auch den heute üblichen Couch- oder Beistelltisch ersetzte. Mit seinem steifen Bein wäre es ihm nicht möglich gewesen, bequem ein solches Möbel zu nutzen. So war seine Wohnung nicht nach den Gesichtspunkten ansprechenden oder gar modernen Designs eingerichtet, sondern gehorchte den Gesetzen der Zweckmäßigkeit.

Er hatte die Unterarme auf die Tischplatte aufgestützt, die Hände in Gebetshaltung ineinander verschränkt und grübelte über das Rätsel, das sich vor ihm aufgetan hatte.

Plötzlich durchzuckte ihn ein Gedankenblitz. Unwillkürlich schlug er sich heftig mit der flachen Hand gegen die Stirn, und zwar so heftig, dass er vom klatschenden Aufprall der Handfläche selbst erschrak. Warum war er nicht schon eher darauf gekommen? Natürlich! Die Lösung war doch ganz einfach.

Selbstverständlich ging man davon aus, dass jemand auch wirklich verstorben ist, wenn man seinen Nachruf in der Zeitung liest. Andererseits aber gab es keinen Kontrollmechanismus, der die Veröffentlichung einer Todesanzeige nur dann zuließ, wenn es auch wirklich einen teuren Verschiedenen gab.

Jedermann konnte eine solche Annonce aufgeben, sei es zum Zwecke eines üblen Scherzes oder aus anderen, für ihn hier und heute unerfindlichen Gründen. Das war es!

Sein ganzes Erschrecken beruhte nur auf der Annahme, dass es auch wirklich das Ableben eines Menschen zu beklagen galt, wenn von diesem in einer Traueranzeige in der Zeitung gekündet wurde. So war es folglich kein übersinnliches Phänomen, dass Karoline Ackermann noch lebte und sich offenbar bester Gesundheit erfreute.

Sich auf der Tischplatte abstützend, stand Jupp auf, ging zum Wandschrank hinüber, entnahm diesem eine Flasche Weinbrand und ein Glas und genehmigte sich einen herzhaften Schluck. Es brannte höllisch in seinem Inneren. Alkoholkonsum in dieser Konzentration entsprach nicht seinen Gewohnheiten. Aber die Freude darüber, dass die ihm ganz und gar nicht unsympathische Frau noch im Diesseits weilte, verlangte ganz einfach nach einem Drink.

Ja, er wollte dieser Sache nachgehen. Er musste dieses merkwürdige Rätsel lösen. Nur fehlte ihm im Augenblick jede Idee, wie er den Faden aufnehmen sollte.

Zunächst nahm er sich ein Telefonbuch zur Hand, suchte mit zittrigen Fingern die Spalte mit den Ackermännern ab, fand aber keine Karoline. Aber K.s gab es einige, darunter auch einen Eintrag in einer Straße ganz in der Nähe. Er holte sich das Telefon heran, wählte die angegebene Nummer, bemerkte dabei, dass er sich in seiner Aufregung verwählt hatte, und setzte erneut von vorn an. Es dauerte ewig, bis im Hörer zweimal kurz das Freizeichen zu hören war. Dann meldete sich eine stereotype Frauenstimme und verkündete, dass es unter dieser Nummer keinen Anschluss gebe.

Logisch, sagte er sich selbst. Wenn die Frau tot war, brauchte sie auch keinen Telefonanschluss. Andererseits wies sie aber doch eine äußerst aktive Lebendigkeit auf, die er selbst gesehen hatte. Ob er einmal die Straße aufsuchen sollte, die im Telefonbuch als Anschrift angegeben war? Jupp verwarf diesen Gedanken wieder. Er war der quicklebendigen Toten in einem anderen Stadtbezirk begegnet. Seit ihrem publizierten Ableben war sie hier, auf der Deutzer Freiheit, nie wieder aufgetaucht.

So konnte er sich auch die Mühsal eines Besuches an diesem letztgenannten Ort ersparen. Trotzdem fasste er den Entschluss, dorthin zurückzukehren, wo er sie heute gesehen hatte. Er musste es einfach tun, ohne vernünftigerweise sagen zu können, warum.

So verbrachte Jupp die nächsten drei Nachmittage jeweils bis zum Einbruch der Dunkelheit an jener Straßenecke, an der er der unheimlichen Frau begegnet war. Es fiel ihm schwer, mehrere Stunden zu stehen, ohne sich ein wenig die Straße auf und ab zu bewegen. Das Bein schmerzte, die Hüfte meldete sich, die Füße brannten. Aber er hielt durch. Eine rationale Antwort darauf, warum er sich dieser Strapaze aussetzte, konnte er nicht geben. Es war ein unerklärlicher innerer Zwang, der ihn an dieser Stelle ausharren ließ.

Am Abend des dritten Tages wurde er belohnt. Er sah sie schon von Weitem. Sie hatte eine Handtasche, die er wiederzuerkennen glaubte, leger über die Schulter geworfen und näherte sich seinem Standort. In ihren Händen trug sie Baumwollbeutel und zwei Plastiktüten, die dem Aufdruck nach davon kündeten, dass sie Waren des täglichen Bedarfs eingekauft hatte, anscheinend überwiegend Lebensmittel.

Jupp drängte sich in den Eingang eines Geschäftes und ließ sie passieren. Sie bewegte sich unbekümmert, mit ihrem leicht federnden sportlichen Schritt schwamm sie im Strom der anderen Passanten mit.

Jupp, der unentdeckt geblieben war, reihte sich hinter ihr ein, wobei er stets einige andere Fußgänger zwischen Karoline Ackermann und sich ließ, und versuchte ihr nachzugehen. Obwohl sie nicht sehr schnell war, hatte er mit seiner hinkenden Gehweise Probleme, ihr zu folgen.

»Du darfst sie nicht wieder verlieren«, sprach er sich selbst Mut zu. Dann wäre die Mühsal der letzten drei Tage umsonst gewesen.

Plötzlich blieb sie vor dem Schaufenster eines Bekleidungsgeschäftes stehen. Abrupt stoppte auch er, was der ihm folgende Fußgänger nicht rasch genug bemerkte und auf ihn auflief. Der unachtsame Mann hinter ihm murmelte eine beleidigende Unverschämtheit, die sich Jupp unter normalen Umständen nicht hätte gefallen lassen. Da ihm aber daran gelegen war, kein Aufsehen zu erregen, entschuldigte er sich artig. Mit einer Jupp geltenden Verwünschung auf den Lippen setzte der Fremde seinen Weg fort.

An der nächsten Straßenecke bog Frau Ackermann schließlich von der lebhaften Hauptstraße in eine ruhigere Seitengasse ab. Hier waren kaum noch Menschen unterwegs, sodass es wesentlich schwieriger war, ihr unbemerkt zu folgen. So gut es ging, versuchte er, im Schatten geparkter Fahrzeuge hinterherzugehen.

Gottlob hegte sie aber nicht den geringsten Argwohn, sondern überquerte schräg die Fahrbahn, wobei sie sich nur mit einem flüchtigen Blick über die Schulter vergewisserte, dass sie gefahrlos die Straße queren konnte. An der nächsten Einmündung bog sie erneut in eine Nebenstraße ab, die parallel zur lebhaften Hauptstraße verlief. Nach wenigen Metern blieb sie vor einem zweigeschossigen modernen Haus stehen, stellte ihre Einkaufstaschen ab und suchte in ihrer Handtasche nach dem Haustürschlüssel. Umständlich sperrte sie das Schloss auf, nahm sich wieder ihrer Einkäufe an und verschwand schließlich im Haus.

Jupp hatte sich hinter einem Baum versteckt und lugte vorsichtig dahinter hervor. Er atmete tief durch. Nie hatte er sich vorstellen können, dass er einmal wie ein Detektiv jemanden verfolgen würde. Hinzu kam, dass er mit seiner Behinderung sicher nicht das Idealbild eines selbst ernannten Kriminalisten darstellte. Verlegen schaute er sich um und gewahrte auf der gegenüberliegenden Seite eine ältere Frau, die in einem offenen Fenster lehnte und ihm ob seines merkwürdigen Verhaltens ein missbilligendes Kopfschütteln zuwarf.

Jupp zuckte etwas hilflos mit den Schultern und hinkte von dannen. Zurück in der Hauptstraße suchte er ein Café auf und bestellte sich gedankenverloren ein Kännchen Kaffee. Als es serviert wurde, kam ihm zu Bewusstsein, dass der Genuss des aromatischen Getränkes ihn mit Sicherheit um seine Nachtruhe bringen würde. Aber, so beruhigte er sich selbst, die Ereignisse der letzten Tage würden ihm ohnehin durch den Kopf gehen und keine Ruhe für erquickenden Schlaf lassen.

Er wusste nicht, wie lange er inzwischen von seinem Fensterplatz aus die Straße beobachtet hatte. Nahezu unmerklich war der unablässige Strom von Fußgängern weniger geworden. Es waren jetzt auch nicht mehr die vom Arbeitsplatz oder den Einkäufen heimstrebenden Menschen, sondern Leute, die ruhiger und gelassener promenierten, die nicht einem Ziel entgegenstrebten, sondern bei denen die lässige Fortbewegung auf dem Gehweg selbst das Ziel war.

Jupp schrak hoch, als die Bedienung an seinen Tisch trat, sich entschuldigte und ihn bat zu zahlen, da das Café in Kürze schließen würde. Kurz darauf fand er sich auf dem Bürgersteig wieder, unschlüssig, was er jetzt unternehmen sollte. Inzwischen waren die ersten Lampen angegangen, ein diffuses Licht gab einem schönen Frühsommertag den letzten Glanz.

Jupp ging eine Weile in der Straße auf und ab, sah in Schaufenster, ohne jedoch wahrzunehmen, was sich hinter den Scheiben verbarg. Ohne dass er sich dessen richtig bewusst wurde, lenkten ihn seine Schritte die Hauptstraße zurück bis zu jener Ecke, an der Karoline Ackermann abgebogen war. Inzwischen war die Dunkelheit hereingebrochen. Hinter den beleuchteten Fenstern spielte sich jetzt in den Wohnungen der ganz individuell gestaltete Feierabend ab, und doch waren die Abläufe in den Familien nahezu uniform.

Vorsichtig, fast wie auf leisen Sohlen schleichend, umrundete er die nächste Häuserecke, wechselte auf die andere Straßenseite und warf aus der Deckung geparkter Fahrzeuge einen Blick auf das Haus, das vor einigen Stunden das Ziel von Karoline Ackermann gewesen war. Jupp starrte verblüfft auf das Gebäude. Das rechte Drittel des mit einer modernen, nüchternen Fassade gestalteten Hauses nahmen eine Tür und ein kleines mit Milchglas versehenes Fenster ein, möglicherweise ein Bad. Darüber, in der oberen Etage des zweigeschossigen Hauses, zeigten zwei Fenster zur Straße, deren Gestaltung Wohnräume vermuten ließen.

Jupps Erstaunen wurde vom linken, größeren Gebäudeteil hervorgerufen. Seine Augen, die die Fassade abtasteten, fuhren von den matt erleuchteten Wohnraumfenstern hinüber zu Maueröffnungen, hinter denen sich Büroräume verbargen. Sie waren zu dieser Stunde dunkel. Das Erdgeschoss wurde geprägt von einem großen Schaufenster und einer repräsentativen gläsernen Eingangstür. Nicht nur die dezente Schaufensterdekoration, sondern auch die matt strahlende Leuchtreklame wies auf den Geschäftszweck des hier ansässigen Unternehmens hin. Auf dunkelgrauem Grund stand in großen weißen Lettern zu lesen: Beerdigungsinstitut St. Ansgar.

Ein leichter Schauder durchlief Jupps Körper.

Die Frau, die er aus einem unerklärlichen Grund mit viel Mühe aufgespürt hatte, die zudem noch auf mysteriöse Art ein trotz ihrer eigenen Todesanzeige recht munteres Leben führte, wohnte in einem Bestattungsinstitut.

Die Nacht hatte inzwischen vollends die Herrschaft übernommen. Die wenigen Straßenlaternen warfen kreisförmige Schatten auf den Asphalt dieser ruhigen Wohnstraße. Von fern konnte man das Rauschen des Verkehrs auf der nahen Hauptstraße hören.

Einem inneren Zwang folgend ging Jupp auf das dunkle Fenster zu und blieb davor stehen. Hinter dem Glas standen auf einem schmalen Bord auf dunklen Samtdecken drei fein ziselierte silber- und kupferfarbene Urnen sowie zwei etwas größere, ausladende Vasen mit weißen Blumen. Jupp war nie ein großer Botaniker gewesen, sodass er Lilien vermutete, die unauffällig, aber geschickt arrangiert dem Fenster einen dem Geschäftszweck angepassten würdigen Rahmen verliehen. Im Hintergrund konnte er im schwachen Licht der Straßenlampe eine bequeme Sitzgruppe und zwei Schreibtische erkennen. Außerdem war der Raum mit mehreren Särgen in verschiedenen Holztönen ausgestattet. Mehr gab der Blick durch das Fenster nicht her.

Mit all den Informationen und Wahrnehmungen, die er zusammengetragen hatte, konnte Jupp dennoch nichts anfangen. Die einzelnen Puzzlestücke passten nicht zueinander.

Was bedeutete das alles? Welche Geschichte ergab sich aus diesen Einzelstücken, die unsortiert in seinem für solche Anforderungen wenig geübten Hirn herumgeisterten?

Er stand eine ganze Weile reglos vor diesem Fenster, bis er begann, unschlüssig vor dem Hause auf und ab zu wandern. Ihm schien es, als würden in der menschenleeren Straße seine durch die Steifheit des Beines ungleichmäßigen Schritte so laut hallen, dass jedermann hinter den erleuchteten Fensterfronten es wahrnehmen müsste.

Tapp – tupp. Tapp – tupp.

Doch niemand reagierte darauf. Es war keine Menschenseele zu sehen. Er drehte um und ging langsam zurück.

Tapp – tupp. Tapp – tupp.

»Du bist dumm«, murmelte er zu sich selbst. »Niemand hat dich gebeten, hier herumzuschnüffeln. Du kennst niemanden, der auch nur den Hauch eines Verdachts gegen diese Frau ausgesprochen hat. Und das mysteriöse Erscheinen einer Todesanzeige besagt noch gar nichts.« Er wendete erneut seine Schritte.

Tapp – tupp. Tapp – tupp.

»Du hast zwar einen interessierten Blick auf diese in deinen Augen nicht unattraktive, aber für dich Krüppel immer unerreichbare Frau geworfen. Aber mehr war es nicht. Ihre Erscheinung, die wenigen freundlichen Worte, die du mit ihr gewechselt hast, haben dich nie zu weitergehenden Phantasien ermuntert. Und wenn du ehrlich zu dir selbst bist, dann gibt es für einen behinderten älteren und auch nicht mit übermäßig vielen irdischen Gütern gesegneten Mann auch keinen Grund, sich irgendwelchen Träumen hinzugeben. Was besagt schon der im tiefsten Inneren verborgene Wunsch nach häuslicher Wärme und Geborgenheit? Nein, Jupp, vergiss diese Frau. Lache über dich selbst, über deine Dummheit, über deinen fruchtlosen Einsatz und die nutzlos aufgewandte Energie, die du investiert hast. Das einzig Vernünftige, Jupp, das du jetzt noch tun kannst: Geh nach Hause!« Ohne sich noch einmal umzublicken, schlich er mit dem gesenkten Haupt des Verlierers davon.

Tapp – tupp. Tapp – tupp.

Es war kein fröhliches Geräusch, auch nicht, als es durch zuerst vier Schläge der Stundenglocke einer nahen Kirche untermalt wurde, denen weitere zehn Schläge einer Glocke in tieferer Tonlage folgten.

Nachdem er eine Weile ziellos durch die dunklen Straßen gelaufen war, hörte er die lauten Stimmen fröhlicher Zecher aus einer typischen Eckkneipe. Obwohl der Besuch von Gaststätten nicht zu seinen üblichen Gewohnheiten gehörte, steuerte er die offen stehende Tür an und ließ sich am Tresen nieder. Er bestellte Kölsch.

Unmerklich hatten sich die Reihen der fröhlichen Zecher gelichtet, während die Striche auf dem Bierdeckel, die seinen Konsum in den vergangenen Stunden dokumentierten, im gleichen Maße zugenommen hatten. Die letzte Stunde des Tages war angebrochen, und mehr der Vernunft gehorchend verlangte Jupp zu zahlen.

An der klaren, frischen Luft, die ihn in dieser milden Nacht empfing, befiel ihn wieder diese eigentümliche innere Unruhe. Die Zeit in der Kneipe hatte ihn, als er den Gesprächen der anderen Gäste lauschte, ohne sich in die Unterhaltung einzumischen, etwas abgelenkt, aber jetzt, mit sich allein in der menschenleeren Straße, zeigte auch die Menge Alkohol, die er in der Zwischenzeit zu sich genommen hatte, keine beruhigende Wirkung.

Es war eigentlich gar nicht sein wohlüberlegter Entschluss, keine vorsätzlich getroffene Entscheidung, sondern eher eine Reaktion aus dem Unterbewusstsein heraus, die seine Schritte zurück zum Bestattungsinstitut führte. Unschlüssig blieb er wieder vor der Scheibe stehen, sah hinein in den abgedunkelten Raum, trat ein paar Schritte zurück und stierte die Fassade an. Jetzt war nur noch ein Fenster erleuchtet. Ein gedämpftes, warmes Licht ließ erahnen, dass eine Nachttischleuchte brannte und, wenn man der Phantasie etwas freien Raum gab, einen sanften Lichtstrahl auf ein Kopfkissen sandte, auf dem ein Buch gelegentlich umgeblättert wurde und einem Menschen Begleiter für einen ruhigen Übergang vom Tag in den erquickenden Schlaf war.

Jupp schloss für einen kurzen Moment die Augen und stellte sich vor, wie sich auf dem Kopfkissen die Silhouette des Schattens von Karoline Ackermann abzeichnete, das Profil ihres Gesichtes, die Augenbrauen, die Nase, der sanfte Schwung der Lippen und natürlich die weich fallenden, das Gesicht umschmeichelnden Haare.

Jupp seufzte bei diesem Gedanken und erschrak gleichzeitig, weil er glaubte, in der Stille der Nacht in dieser ruhigen Straße, müsste jedermann seine Lautäußerung vernommen haben. Doch nichts regte sich.

An der Ecke des Hauses blieb er stehen und warf einen Blick in die Einfahrt, deren weiterer Verlauf in absoluter Finsternis verborgen war. Von irgendwoher vernahm er leichte Schritte, nein, bei genauerem Hinhören konnte er zwei unterschiedliche Schrittarten unterscheiden, den festen Auftritt eines Mannes und die leichteren tippelnden Schritte einer Frau. Das Paar näherte sich ihm, dabei in eine leise Unterhaltung vertieft.

Ohne darüber nachzudenken, warum, zog sich Jupp in den dunklen Winkel der Hofeinfahrt zurück, tauchte noch etwas weiter in die Finsternis hinein, drückte sich fest an die Hauswand und hielt den Atem an. Er wollte eine Begegnung mit den zufälligen Passanten vermeiden. Sein Herz hämmerte, er hörte das Rauschen des Blutes in seinen Ohren. Es war ihm urplötzlich warm geworden. Zuerst sah er nur den vorauseilenden Schatten der beiden, hörte ihre Schritte im Gleichklang. Dann tauchten sie hinter der Hausecke auf, zeichneten sich vor dem etwas helleren Hintergrund der Straße ab. Ohne die Geschwindigkeit ihrer Bewegung zu reduzieren, passierten sie die Einfahrt, in der er sich verborgen hielt, und setzten ihren Weg fort.

Nachdem es ruhig blieb, wollte er sich zurück zur Straße begeben, bloß diesen dunklen Ort verlassen, als er das Hüsteln eines Mannes hörte, der sich mit leisen Schritten auf dem Gehweg vorwärtsbewegte. Die Schritte näherten sich seinem Standort. Jupp hörte, wie der Mann stehen blieb. Die absolute Stille der Nacht erzählte ihm, dass dieser Mensch mit Papier raschelte, kurz darauf vernahm er das sich mehrfach wiederholende Geräusch eines Feuerzeuges, das nicht sofort beim ersten Versuch aufflammte. Der Mann zündete sich eine Zigarette an. Diese nur schwach zu ihm vordringenden Geräusche wurden von einem ganz feinen metallenen Klirren begleitet.

Siedend heiß durchfuhr es ihn, als er diesen Laut einordnen konnte. Es war die Steuermarke an einem metallenen Hundehalsband. Gleich darauf kam auch die Bestätigung, als er den unsichtbaren Mann sprechen hörte:»Komm jetzt,Titan, wir wollen weitergehen.«

Ein Hund! Mit etwas Glück könnte es Jupp vielleicht gelingen, sich in der Dunkelheit vor weniger aufmerksamen Spaziergängern zu verbergen. Ein Hund mit seinen weit ausgeprägteren Sinnesorganen würde sich nicht irritieren lassen und ihn in seinem Versteck aufspüren. Wie sollte er sein Verhalten erklären? Die schlimmsten Gedanken jagten durch seinen Kopf. Würde man die Polizei benachrichtigen und die Vermutung hegen, dass er unlautere Absichten hatte? Vielleicht einen Einbruchsversuch unternehmen wollte? Oder würde der Mann mit seinem Hund das eventuell selbst regeln?

Jupp wagte sich nicht vorzustellen, was schlimmer wäre. Nicht nur seine Behinderung, sondern seine körperliche Konstitution und letztendlich auch das Alter würden ihm bei jeder Konfrontation keine Chance einer Gegenwehr ermöglichen.

Panik erfasste ihn.

Der Mann hatte seinen Hund »Titan« gerufen. Was musste man sich unter einem Hund, der einen solchen Namen trug, vorstellen? Sicherlich keinen Zwergpinscher, sondern ein großes, kräftiges, bösartiges Tier, das ihn in dieser dunklen Einfahrt, einmal von seinem Besitzer von der Leine gelassen, zerfleischen würde.

Er, Jupp, dass Opfer eines Untiers. Oft genug hatte er in den von ihm verkauften Zeitungen und Zeitschriften Berichte gelesen, wie schrecklich entstellt Menschen waren, die solchen Situationen begegnet waren. Der Gedanke an die Bilder, die in der sensationslüsternen Presse dazu veröffentlicht wurden, steigerte seine Panik. So wollte er nicht enden.

Entsetzt sprang er auf, humpelte weiter in das Dunkel hinein, vom Schrecken getrieben, nur diesem Grauen entfliehen wollend. Der Angstschweiß trieb in Bächen aus seinen Poren, lief ihm den Rücken hinunter, hatte jeden Zentimeter seiner Hautoberfläche erfasst. Eine panikartige Enge breitete sich dort aus, wo eigentlich rationale Entscheidungen getroffen werden sollten.

Er ahnte den riesengroßen Schatten mehr, als er ihn wahrnahm, der jetzt von der Straße her an der hell erleuchteten Stelle auftauchte, wo die Einfahrt zum Hinterhof auf den kreuzenden Gehweg stieß. Es waren zwei verzerrte Schattenbilder, ein übergroßer Mann mit einem riesigen Untier an der Leine.

Bei seinen verzweifelten Versuchen davonzuhinken, stieß er gegen einen blechernen Behälter, den jemand dort achtlos in der Nähe der Mülltonne hinterlassen hatte. Laut scheppernd rollte der Gegenstand über das Pflaster der Zuwegung.

»Ist da wer?«, hörte er die tiefe sonore Stimme des Unbekannten in die Finsternis hinein fragen.

Jupp tastete sich an der Wand entlang, atemlos, sein Herz drohte vor Aufregung zu zerspringen. Zur Dunkelheit kam auch noch hinzu, dass ihm der Angstschweiß direkt von den Brauen in die Augen lief und fürchterlich brannte. Er sah nichts mehr. Dafür hörte er das höllische Knurren des Hundes und das Zerren des Tieres an der Leine.

Plötzlich spürte Jupp eine Veränderung der Struktur der Wand, an der er sich blindlings entlangtastete. Das Mauerwerk war Metall gewichen. Und dieses Metall gab nach, sodass er mehr fiel als lief und durch eine nur angelehnte Tür in das Hausinnere hineinstolperte. Instinktiv griff er ohne jede Überlegung hinter sich und schlug die Tür zu.

Um ihn herum war es stockfinster. Nicht der kleinste Lichtstrahl unterbrach die absolute Dunkelheit. Nur durch das Metall der Tür getrennt hörte er, wie der unbekannte Mann und sein Hund die Stelle erreichten, an der er sich einen Herzschlag zuvor noch selbst befunden hatte.

Wütend schlug der Hund an, während der Mann mit sichtlicher Aufregung immer wieder fragte: »Ist da wer? Hallo? So antworten Sie doch!«

Dann wurde von außen an der Tür gerüttelt. Jupp verstand es nicht, aber offensichtlich war der Eingang von der anderen Seite nicht zu öffnen.

Er lehnte sich mit dem Rücken gegen das kühle Blech und holte tief Luft. Vor lauter Panik hatte er vergessen zu atmen. In seinem Rücken spürte er das wilde Kratzen des Hundes auf der anderen Seite. Jupp musste weiter. Im Dunkeln schlurfte er langsam vorwärts, vorsichtig ein Bein vor das andere setzend.

Der Boden war anscheinend gefliest. Er vernahm neben den immer noch von außen hereindringenden Geräuschen jedenfalls den Widerhall seiner eigenen Schritte.

Tapp – tupp. Tapp – tupp.

Schmerzhaft stieß er mit dem Knie gegen ein Hindernis. Jupp bückte sich, um mit den Händen zu ertasten, was sich ihm in den Weg gestellt hatte. Es war etwas Hölzernes, Glattes. Langsam ließ Jupp seine Hände weiter daran entlanggleiten, spürte eine Kante, eine abgerundete Zierleiste. Es war ein länglicher Gegenstand. Die Längsseite war etwas abgeschrägt. Eine etwas merkwürdige Form für eine Kiste, dachte Jupp.

Mitten in der Bewegung erstarrte er. Natürlich, jetzt wurde ihm bewusst, welche Gegenstände mit dieser eigenwilligen Formgebung ausgestattet waren. Es war ein Sarg. Er hatte sich in das Sarglager hineingeflüchtet.

Wieder erfasste ihn das Grausen. Langsam versuchte er sich rückwärts zu bewegen, bis er mit dem Rücken gegen die Wand stieß. Vorsichtig fuhr er mit seinen Händen an der gekachelten Wand entlang, bis seine Finger den Türrahmen ertasteten. Von dort ließ er in kreisförmigen Bewegungen seine Handflächen über die kühle Glasur gleiten, bis er den Lichtschalter spürte.

Ein erleichternder Stoßseufzer entfuhr seiner Kehle, als er den Schalter betätigte und kurz darauf mit einem Knacken die Starter der Neonröhren ansprangen. Das plötzlich aufflammende grelle Licht nahm ihm für einen kurzen Augenblick jede Sicht, bis er durch vorsichtiges Blinzeln seine Augen an die Helligkeit gewöhnen konnte.

Jupp fand sich in einem hell gekachelten, fensterlosen Raum wieder, in dem, auf fahrbaren Gestellen lagernd, sechs Särge standen. Obwohl er noch nie zuvor solche Räumlichkeiten betreten hatte, wurde ihm klar, dass dieses doch nicht das Sarglager war. Er befand sich in der Kühlkammer, in der die Toten bis zu ihrer Beisetzung aufbewahrt wurden.

Als ihm das bewusst wurde, erfasste ihn die eiskalte Faust des Todes und umklammerte ihn. Ihm gefror das Blut in den Adern zu Eis, das Herz hörte auf zu schlagen, das Hirn setzte aus, und er schien nicht mehr im Diesseits zu weilen. Dazwischen vernahm er aus der Ferne den Glockenschlag der Kirchturmuhr. Zuerst schlug die Stundenglocke viermal an, dann folgte die größere Glocke. Zwölf Mal!

Es war Mitternacht!

Vorsichtig wurde eine Tür mit einem knirschenden metallischen Geräusch geöffnet und gab einen immer länger werdenden Schatten, der in einen wallenden Umhang gekleidet war, frei. Ohne einen Ton von sich zu geben, kam die Gestalt langsam auf ihn zu, fasste vorsichtig nach seinem Unterarm und führte ihn wortlos zu jener Tür, durch die der Schatten eben den Raum betreten hatte.

An mehr vermochte sich Jupp nicht zu erinnern.

Die nächste Wahrnehmung war ein in warmen Holztönen gehaltenes, gemütlich eingerichtetes kleines Wohnzimmer, das vom milden Licht einer Stehlampe erleuchtet wurde.

In einem Lehnstuhl saß eine weißhaarige Gestalt, deren Gesicht skeletthafte Züge angenommen hatte. Der magere Körper war von einer Wolldecke eingehüllt, die nur aus Haut und Knochen bestehenden Hände ruhten im Schoß dieses unwirklichen Wesens.

Sich mit einer Hand auf der Rückenlehne des Sitzmöbels abstützend, stand Karoline Ackermann und starrte ihn an.

Das war zu viel für Jupp.

Die fürchterlichen Erlebnisse auf dem Hinterhof, die Flucht vor dem riesigen Hund direkt in den Kühlraum für Leichen, dieses lebendige Skelett, das dort vor ihm saß und die Frau, deren Todesanzeige er selbst gelesen hatte.

Er griff sich ans Herz und fiel einfach um.

Es war ein warmer Frühlingstag. In der Sonne war es herrlich auszuhalten. Der Mann hatte den bequemen Stuhl auf der Veranda in eine Ecke geschoben, die zwar von der Sonne erfasst wurde, aber den leichten Wind, der noch manchmal an die frühe Zeit des Jahres erinnerte, abwies.

Mit leisen Schritten kam die sportlich gekleidete Frau über die Terrasse auf ihn zu. Er hielt die Augen geschlossen und ließ sich von den Strahlen der Sonne umschmeicheln. Vorsichtig gab sie ihm einen zarten Kuss auf die blanke Stelle seines Hinterkopfes, die von einem weißen Haarkranz umsäumt wurde.

Schläfrig öffnete er die Augen und lächelte sie an.

»Hast du einen Wunsch?«, fragte sie mit ihrer angenehm zarten Stimme.

Statt einer Antwort streckte er ihr die Hand entgegen, die sie liebevoll für einen kurzen Moment entgegennahm, um sie mit einer hingehauchten Berührung ihrer roten Lippen wieder zu entlassen.

Es war fast ein Jahr her, dass der hinkende Kioskbesitzer aus einem bis heute nicht nachvollziehbaren Grund begann, der hübschen Karoline Ackermann nachzustellen, nur weil er ihre Todesanzeige gelesen hatte.

Natürlich hatte er nicht ahnen können, dass eine schon im Säuglingsalter nach Amerika ausgewanderte und ihr bis auf das i-Tüpfelchen ähnelnde Zwillingsschwester gerade in dem Augenblick heimgekommen war, als die stille und sehr zurückhaltende Frau plötzlich und unerwartet verstarb.

Ihre Zwillingsschwester, von der niemand zuvor etwas gehört hatte, konnte ihre Existenz auch erst durch die Beurkundung eines Notars nachweisen, der besonders viel persönliches Vergnügen bei der Lektüre von speziellen Zeitschriften empfand, die er auch gern weiterhin als stille Freude genießen wollte und daher durch diese Bestätigung vermied, dass die Bürger seines Stadtbezirkes von seinem heimlichen Hobby Kenntnis erhielten.

Der glückliche Umstand gestattete es der Schwester, die sich Henriette nannte, gerade im rechten Moment Karolines Erbe anzutreten, insbesondere aber auch die nicht unbeträchtliche Lebensversicherung in Empfang zu nehmen.

Und wer lag nun wirklich im Sarg, den eine nur aus zwei Menschen bestehende Trauergemeinde seinerzeit begleitet hatte?

Es war ein Dienst christlicher Nächstenliebe gewesen. Eine namen- und obdachlose, in einem dunklen Kellerloch an Entkräftung aus dem Diesseits geschiedene alte Frau hatte so auf eine würdige Weise ihren letzten Gang angetreten.

Der greise, bis zum Skelett abgemagerte Beerdigungsunternehmer, dem Karoline vor ihrem als Anzeige publizierten Dahinscheiden und im direkten Anschluss danach Henriette die liebevolle Pflege und Zuwendung während der letzten Zeit seiner schweren Krankheit hatten zukommen lassen, hatte der aufopferungsvollen Frau noch auf dem Sterbebett sein Jawort gegeben, sodass sie kurz nach seinem friedvollen Abschied von dieser Welt das gut gehende alteingeführte Institut als neue Inhaberin übernehmen konnte.

Natürlich war sie damals sehr erschrocken darüber gewesen, dass sie der nette freundliche Kioskbesitzer mit seinem plötzlichen Erscheinen mit ihrer eigenen phantastischen Geschichte konfrontierte, ohne die Zusammenhänge zu kennen oder gar zu ahnen.

Aber auch dafür hatte es eine Lösung gegeben.

Dort, wo früher einmal auf der Deutzer Freiheit mit dem Blick auf den Rhein ein Kiosk gestanden hatte, ließ die neu gepflasterte Fläche keine Erinnerungen mehr an diese Zeiten aufkommen.

Die Menschen, die früher einmal an jener Holzbude ihre Zeitungen und andere kleine Dinge gekauft hatten, befriedigten ihre Bedürfnisse jetzt im Supermarkt.

Niemand vermisste heute diesen Kiosk, auch nicht der Mann

im bequemen Stuhl, der die Nachmittagssonne spürte, die liebevolle Zuwendung einer phantastischen Frau genoss und, während
er ruhig und entspannt an diesem friedlichen Plätzchen seinen
Lebensabend genoss, das steife Bein und die rheumatischen Beschwerden im anderen Knie kaum als Last empfand ...

Die Experten

Lambert wischte sich mit dem Hemdsärmel über den Mund, nachdem er zuvor vergeblich versucht hatte, mit der Zungenspitze den Bierschaum abzulecken. Er lehnte sich zurück, sah seine beiden Zechkumpane bedeutungsschwer an und gab dann überlegen von sich: »Ihr solltet in der Zeitung nicht nur lesen, warum Preußen Münster wieder einmal verloren hat. Ein gebildeter Mensch interessiert sich auch für die anderen Nachrichten.«

Seitdem er mit seiner kleinen Wurstfabrik Konkurs angemeldet hatte, weil er, um das Verkaufsgewicht zu erhöhen, in den gekochten Hinterschinken zu viel Salzwasser gespritzt hatte und die Lebensmittelkontrolle das Sägemehl in der Original Westfälischen Leberwurst entdeckte, verfügte Lambert über sehr viel Freizeit.

»Und was bedeutet es für uns, dass die Bundesbank ihre Filiale in Münster schließt?«, wollte Ludger wissen.

Er hatte hinsichtlich seiner Freizeit ein ähnliches Privileg wie Lambert. Man hatte ihm hervorragende Handwerkskunst als Kaminbauer bescheinigt, bis zu jenem Tag, als ein Fachwerkhaus bis auf die Grundmauern abgebrannt war, nur weil er einen alten Eichenbalken direkt über der Feuerstelle eingebaut hatte. Die eine Million Schadenersatz, die er immer noch nicht erstattet hatte, bekümmerte ihn allerdings wenig.

Lambert sah ihn fast mitleidig an. »Überleg doch einmal. So eine Bundesbankfiliale hat viel Geld. Und wenn die umziehen, dann …?«

In Ludgers Augen blitzte es auf. »Dann zieht auch das Geld um.«

»Richtig! Und einen dieser Transporte schnappen wir uns.«

»Gut«, stimmte Ludger mit Begeisterung zu, um gleich darauf die Mundwinkel fallen zu lassen und ratlos zu fragen: »Aber wie?«

»Aha!«, staunte der Dritte in der Runde. Servatius war ein tüchtiger Malermeister gewesen, bis ihn eine außergewöhnliche Geschäftsidee ins Abseits gestellt hatte. Es gab eine Zeit, in der begeisterten sich die Kinder für Modellautos, die abhängig von der Temperatur die Farbe wechselten. Man legte die Spielzeuge in den

Kühlschrank. Dort wurden sie dunkel. Und beim anschließenden Aufwärmen in der warmen Kinderhand wechselte ihre Farbe ins Helle. Damals hatte Servatius den zündenden Gedanken, dass dieser Gag auch bei den erwachsenen Autobesitzern gut ankommen würde. Auf der eingekauften Farbe saß er noch heute. Lackiert hat er indessen kein einziges Fahrzeug.

»Ich habe da eine Idee …«, begann Lambert, und die drei steckten ihre Köpfe zusammen.

Es war gut drei Wochen später. Servatius hatte gearbeitet wie lange nicht mehr. Das gestohlene Auto hatte er in mühsamer Handarbeit mit seinen eingelagerten Lacken bearbeitet. In den Mittagsstunden stand es in herrlichem Rot auf dem schmuddeligen Hinterhof, während es in den kühlen Nachtstunden die Farbe ins Violette veränderte.

Jetzt war der große Tag gekommen. In Ludgers stillgelegter Wurstfabrik wurde das Kühlhaus reaktiviert und über Nacht das Auto dort eingeschlossen. Die Drei waren erstaunt gewesen, dass die Aggregate sofort angesprungen waren. Am frühen Morgen gab es zwar einige technische Probleme, weil sie zuerst die zugefrorene Tür nicht aufbekamen und anschließend das Auto nicht anspringen wollte. Aber diese kleinen Dinge sollten für die wahren Experten keine unüberwindbaren Hindernisse sein.

Obwohl es mitten im Sommer war, saßen die drei mit blau gefrorenen Lippen und in Rollkragenpullovern in ihrem tiefschwarz glänzenden Auto. Ein bisschen gewundert hatten sich die anderen Autofahrer schon, dass bei diesem Fahrzeug ständig die Scheiben beschlugen.

Auf die Minute genau fuhren sie um die Ecke, als der Geldtransporter durch die schmale Toreinfahrt auf den Hof der Bundesbankfiliale einbog. Sie stellten sich mit ihrem Wagen in die Durchfahrt und blockierten auf diese Weise den Rückweg des gepanzerten Fahrzeugs. Mit Sorgenfalten blickte Lambert auf den Lack ihres Fluchtwagens, der an einigen Stellen schon in ein dunkles Violett übergegangen war. Währenddessen hatte Ludger, der Ofenbauer, ein paar Gegenstände dem Kofferraum entnommen und mitten in der Durchfahrt aufgebaut.

Es dauerte nicht lange, bis sie hörten, wie der Geldtransporter im Innenhof den Motor anließ und Sekunden später in die blockierte Toreinfahrt einbog. Es bedurfte keiner weiteren Drohgebärde, keiner besonderen Aufforderung, nicht einmal ein Zeichen mussten sie geben. Die beiden Fahrer des Geldtransporters hielten freiwillig an, öffneten die Türen, stiegen aus und ergaben sich. Die von Ludger aus alten Ofenrohren und anderen Ersatzteilen zusammengebaute Attrappe einer Artilleriekanone machte ohne weitere Worte hinreichend Eindruck auf die Bewacher.

Geschwind luden die drei Experten die große blecherne Geldkiste vom Werttransporter in ihr Fahrzeug um. Lambert trieb dabei seine Kumpane zu höchster Eile an, denn er beobachtete, wie sich das violette Fahrzeug ganz langsam ins Dunkelrote verfärbte.

Sie richteten die Attrappe direkt auf die beiden Fahrer, legten ihnen ans Herz, sich ja nicht zu bewegen, und unterstrichen ihre Drohung dadurch, dass Ludger noch einmal mit einem rostigen Nagel, den er verdeckt in der Handinnenfläche trug, über das missbrauchte Ofenrohr ratschte. Das schaurige Geräusch beeindruckte die beiden Männer merklich. Dann sprangen die Drei in ihr Auto und brausten davon.

Sie waren noch auf dem Weg in ihre Fluchtburg, als sie die ersten Meldungen im Radio hörten. Dort wurde von einem dreisten Überfall auf den Bundesbanktransporter berichtet, auch davon, dass die drei Ganoven mit einem schwarz-violetten Fahrzeug geflüchtet waren. Lambert bemühte sich, seinen Instinkt zu unterdrücken und mit Vollgas davonzubrausen. Ja, er nickte aus seinem dunkelroten Auto sogar freundlich der älteren Dame auf der Nebenspur zu.

Der moderne Großstadtverkehr bringt es nun einmal mit sich, dass man von Ampel zu Ampel im Pulk unterwegs ist und immer wieder auf die gleichen Autos um sich herum trifft. Doch anscheinend achtete niemand darauf, dass am Stadtrand mitten unter ihnen ein leuchtend rotes Auto fuhr. Endlich bogen sie auf das abgelegene Grundstück ein, das Lambert sein Zuhause nannte, und stellten das Auto in der nicht einsehbaren Remise hinter dem Haus unter. Mit vereinten Kräften trugen sie die schwere Blechkiste ins Haus, verdunkelten den Raum und öffneten das Behältnis.

Sie konnten sich gratulieren. Ihr genialer Plan war gelungen. Eine ganze Kiste voll Geld, sauber mit Banderolen versehen. Gebrauchte Scheine in unterschiedlicher Stückelung. Wie man es sich besser gar nicht wünschen konnte.

Eine unübersehbare Menge guter, alter D-Mark-Scheine ...

Brennende Liebe

Wer über das flache Land Richtung Harz fährt, staunt über die »blauen Berge«, die sich gleich dem alten Volkslied am Horizont erheben. Für Norddeutsche, aber auch Dänen stellt der Harz den ersten größeren Höhenzug, ein »Gebirge« dar. Und an seinem Fuß thront die tausendjährige Kaiserstadt Goslar, unter den Saliern ein Zentrum des Reiches.

Heute war die Stadt mit dem sehenswerten Ortskern Adelberts Lebenszentrum. Er hatte das Erbe seines Vaters klug verwaltet und ausgebaut und residierte in einer repräsentativen Jugendstilvilla unterhalb des Steinbergs, Goslars Nobelviertel. Viele Menschen hätten Adelbert um dieses scheinbar sorgenlose Leben beneidet. Er hasste es.

An seiner Seite glänzte eine gut aussehende Frau, er lebte in Wohlstand, und man achtete seinen gesellschaftlichen Rang. In der sehr dünnen sogenannten Oberschicht der alten Kaiserstadt gab es viele Neider, die hinter seinem Rücken tuschelten, dem Ehepaar vom drohenden geschäftlichen Misserfolg über die Steuerhinterziehung bis zur lebensgefährlichen Erkrankung alles andichteten. Bei jedem repräsentativen öffentlichen Auftreten begegneten ihm die Janusköpfe.

»Ach, mein lieber Adelbert. Gut sehen Sie wieder aus.« Schulterklopfen. »Ich habe gehört, Sie wollen Ihre Fabrikation in der Bassgeige erweitern. Tüchtig. Tüchtig.« Schulterklopfen.

Adelbert las im Gesicht seines Gegenübers die pure Missgunst. Er wusste, dass Heinrich von Meyer gegen Adelberts Expansionspläne im Stadtrat votierte. Der glatzköpfige Unternehmer vertrat die Auffassung, die Betriebserweiterung im Industriegebiet Bassgeige jenseits der Bahnlinie würde zu nah an das Gut Riechenberg heranreichen und die Landschaft zerstören, obwohl er sich selbst mit seinem Unternehmen dort angesiedelt hatte. Von Meyer – Altölentsorgung. Widerlich.

Adelbert versuchte ein Grinsen, das ihm misslang.

»Dem Erfolgreichen stehen alle Türen offen«, erwiderte er, »auch die zum Stadtrat, selbst wenn hinter dem Türblatt jemand steht und die Pforte zudrücken möchte.«

»Ich wünsche Ihnen viel Erfolg«, sagte von Meyer, klopfte Adelbert auf die Schulter und strich dabei wie unbeabsichtigt mit der Hand über den Stoff von Adelberts dunklem Anzug.

Adelbert wusste, dass von Meyer bei dieser Gelegenheit seine fettigen Hände, die er sich am kalten Büfett geholt hatte, abgestreift hatte.

»Adelbert. Großartig sehen Sie aus«, flötete Clara-Rosinante von Meyer, trat an Adelbert heran und drückte ihre stark geschminkten feuchten Lippen auf seine Wange. Erst links, dann rechts. Er hielt die Luft an, trotzdem konnte er der Wolke süßen Parfüms nicht entgehen.

»Komm, mein Engel, wir müssen noch ein paar andere wichtige Persönlichkeiten begrüßen.« Heinrich von Meyer zerrte am Ärmel seiner spindeldürren Frau und zog sie weiter.

Adelbert fuhr sich instinktiv über die Wange und streckte seine Hand nach einem Glas Sekt aus, das ihm auf einem Tablett von einer Kellnerin kredenzt wurde. Sofort zog er sie zurück, als er auf dem Handrücken die roten Lippenstiftspuren sah. Auch die Manschette des weißen Hemdes hatte etwas abbekommen.

Die Bedienung hielt ihm immer noch mit einem freundlichen Lächeln das Tablett hin.

»Danke«, winkte Adelbert ab, suchte nach seinem blütenweißen Taschentuch und begann, auf der Handfläche herumzureiben. Es gelang ihm nur, die roten Spuren gleichmäßig zu verteilen.

Er war so sehr in sein Tun vertieft, dass er Heike nicht bemerkte, die zu ihm herangetreten war. Adelbert sah auf. Es stimmte. Rein äußerlich war seine Ehefrau immer noch eine attraktive Erscheinung. Bei den langen blonden Haaren, die seidig glänzten, hatte ein Coiffeur aus Braunschweig nachgeholfen. Heike weigerte sich, in Goslar einen Friseursalon aufzusuchen. Sie fürchtete, die ganze Stadt würde dann wissen, dass ihre Haarpracht nicht natürlich war.

»Du benimmst dich – wieder einmal – unmöglich«, schalt sie ihn mit ihrer keifenden Stimme.

Adelbert wunderte sich immer wieder erneut, wie sie es fertigbrachte, ihn in dieser Weise anzusprechen, um im nächsten Moment mit einer sehr sexy klingenden Stimme »Hallo, Gustavo« zu flöten und den im viel zu engen dunklen Anzug schwitzenden Bankdirektor zu umarmen.

»Ich möchte von Ihnen zu einem Glas Champagner verführt werden«, hauchte Heike und zog kunstvoll eine Augenbraue in die Höhe, um, nachdem sich der korpulente Mann abgewandt hatte, hinter seinem Rücken das Gesicht zu verziehen und zu raunen: »Der stinkt schon wieder ekelhaft nach Schweiß.«

Adelbert kannte den Geruch. Er hatte ihn an Heike wahrgenommen, als sie eines Tages mit zerknittertem Kleid nach Hause gekommen war. Natürlich hatte er auch bemerkt, dass sie keinen Büstenhalter trug, obwohl sie beim Verlassen der Wohnung korrekt angezogen gewesen war. Kurz darauf hatte die Bank Adelberts Kredit für die Anschaffung der neuen Maschinen genehmigt.

»Was habe ich getan?«, fragte Adelbert. Er erschrak, weil es schuldbewusst klang.

»Du hast die von Meyers brüskiert. Das sind wichtige Leute in Goslar. Das solltest du wissen. Heinrich ist in der Gesellschaft gut eingeführt. Im Unterschied zu dir.« Sie musterte Adelbert kritisch aus zusammengekniffenen Augen. Aus Eitelkeit vermied sie es, eine Brille zu tragen. Heike meinte, das sei etwas für alte Leute. Dabei strich sie über ihr Gesicht. Bei genauerem Hinsehen waren die kleinen Erhebungen neben den Augen und an der Nasenwurzel zu erkennen, die durch die Botoxspritzen verursacht wurden.

Adelbert wusste, dass Heike manchmal leichte Atemprobleme bekam und auch Rückenschmerzen ertragen musste, weil sie ihren Büstenhalter zu eng schnallte, um auf diese Weise der Erdanziehungskraft ein Schnippchen zu schlagen.

Heike trat noch näher an Adelbert heran.

»Was sind das für Flecken auf deiner Backe?«, fragte sie und nahm die Lippenstiftspuren in Augenschein.

»Wange«, korrigierte er sie.

»Lenke nicht ab, Adelbert.« Sie wollte daran herumreiben, aber er wehrte ihre Hand ab. Dabei bemerkte sie das zerriebene Rot auf seinem Handrücken und die verschmierte Manschette. »Du elendiges Schwein«, kam es zischend über ihre Lippen, die sie spitzte. Heike hatte so laut gesprochen, dass umstehende Gäste es gehört hatten, die eigene Unterhaltung unterbrachen und neugierig auf das Ehepaar starrten.

»Das ist vorhin passiert«, versuchte sich Adelbert zu verteidigen.

»Du wagst es, direkt von deiner Nutte hierherzukommen? Mir sagst du, du hättest noch im Büro zu tun?«

»Ich …« Adelbert winkte ab. Er war tatsächlich direkt aus dem Betrieb zu dieser Veranstaltung geeilt. Natürlich mit Verspätung. Er wollte das nicht in der Öffentlichkeit diskutieren. Doch Heike gab nicht auf.

»Du warst bei dieser jugoslawischen Schlampe«, schrie sie.

»Dunja ist keine Schlampe. Und Jugoslawien gibt es schon lange nicht mehr«, sagte er leise.

Heike hörte nicht zu. Sie schimpfte weiter und steigerte sich in ihrer Wut, bis Adelbert sich umdrehte und wortlos den Saal verließ.

Das reichte. Jetzt hatte Heike das Maß gesprengt. Schon seit Jahren war eine Entfremdung zwischen Adelbert und seiner Ehefrau eingetreten. Es war ein schleichender Prozess. Zunächst war aus der stürmischen Liebe der Anfangszeit Gewohnheit geworden, dann Gleichgültigkeit, bis er sich innerlich von ihr abgewandt hatte.

Heike, die Bodenständige, hatte sich im Laufe der Jahre zu einem Partyvamp entwickelt. Sie ließ keine Gelegenheit aus, das anscheinend so erstrebenswerte gesellschaftliche Parkett zu betreten, zunächst im Tennisklub zu verkehren, um sich dann dem Golf zu verschreiben. Zum Essen musste er sie in die angesagten Restaurants ausführen.

Irgendwann hatte Adelbert genug von »an«, dem bedeutungsvollen Wort zwischen Fleisch oder Fisch und Beilage. Warum hieß es nicht Storchenfilet »neben« rotweingedünsteten Schalotten? Meistens waren die Portionen so klein, dass sich die einzelnen Bestandteile auf dem Teller übersichtlich verteilten. Da lag die Wachtelbrust nicht »an« der einzigen Stange grünen Spargels, sondern »daneben«.

Er wollte wieder das essen, was ihm mundete und ihn sättigte. Und da ihm Heikes häusliches Angebot von in Aquavit mariniertem Elchgesäß oder handgebürsteter Känguruleber nicht zusagte, hatte er es sich angewöhnt, in einem der vielen gutbürgerlichen Lokale Goslars zu speisen. Davon gab es viele, aber ihm hatte es das viele hundert Jahre alte Traditionsrestaurant »Butterhanne« angetan. Und dort war er Dunja begegnet, der dunkelhaarigen Schönheit aus Serbien. Schönheit? Sie war ein wenig untersetzt und war an den Stellen, an denen männliche Augen zuerst haltmachen, gut gepolstert. Ihr fehlten die schmalen grünen Augen und die leicht spitz zulaufenden hohen Wangenknochen, die man Frauen aus dieser Region oft zuschrieb. Bei Dunja wirkte alles weicher. Sie fiel mehr durch ihr freundliches Wesen als durch ihre äußere Erscheinung auf. Es hatte lange gedauert, bis sie Vertrauen zu Adelbert gefasst und seiner Einladung ins legendäre Café »Winuwuk« in Bad Harzburg zugestimmt hatte. Ein weiteres Jahr vorsichtigen Herantastens war verstrichen, bis sie ein Liebespaar wurden.

Seitdem konnte Adelbert es sich nicht mehr vorstellen, ohne Dunja zu leben. Er liebte ihr Haar, auch wenn es nach Fritteusenfett duftete, er fand sie schön, auch wenn an ihren Fersen sich Blasen abzeichneten, die strammen Waden sich verkrampften und sie an seiner Schulter von den Strapazen eines langen Tages als Bedienung sanft entschlummerte.

In Goslar blieb nichts geheim, schon gar nicht in der vornehmen Gesellschaft. Adelbert hatte sich nicht vor der Auseinandersetzung mit Heike gefürchtet. Er war sogar erleichtert, als sie ihm Vorhaltungen machte. Heike störte sich nicht an seinem »Verhältnis«.

»Wenn du mit der Schlampe unbedingt schlafen musst ... bitte schön. Gehe mit ihr in ein Stundenhotel nach Braunschweig, lebe deine Lust auf irgendeinem abgelegenen Parkplatz aus, aber *zeige* dich nicht mit so einer in der Öffentlichkeit. Du blamierst *mich* in der ganzen Gesellschaft. Die alten Schachteln aus dem Golfklub schütten Hohn und Spott über mich aus. Das kann ich nicht dulden. Adelbert! Du hörst sofort damit auf.«

Nein! Das hatte Adelbert nicht getan. Er konnte und wollte

Dunja nicht aufgeben, die zarte, sanfte, liebenswerte, die sein Herz erobert hatte.

»Was willst du mit der?«, hatte Heike geschimpft. »Du kannst ein Serviertrampel doch nicht mitnehmen, wenn du zu einem Empfang eingeladen bist. Glaubst du, sie kann mit der Hummergabel umgehen? Sie kann einen Champagner von einem Prosecco unterscheiden? Meinst du, sie weiß, dass du zum Smoking einen Kummerbund trägst? Und wie man den anlegt?«

Adelbert hatte geschwiegen. Das war nicht entscheidend. Dunja wusste, wie man einen Hosengürtel *aus*zieht. Und Heike sollte sich nicht aufspielen. Schließlich kannte sie intime Einzelheiten von zahlreichen Herren der »besseren Gesellschaft«. Aus einer Bierlaune heraus hatte Rolf H., wie ein Mitglied des Golfklubs von allen genannt wurde, einmal angemerkt, Heike wäre mit »der Hälfte der Männer Goslars verwandt«. Dabei hatte Rolf H. unverschämt gegrinst. Adelbert hatte es nicht hinterfragt. Ihm war es gleichgültig.

Jeder in der Stadt wusste vom Zerwürfnis des Ehepaars. Und irgendwann wird so etwas zur Selbstverständlichkeit. Schon lange zerriss sich niemand mehr das Mundwerk. Es sei denn, es gab lautstarke Auseinandersetzungen wie am heutigen Abend.

Zu gern hätte Adelbert seine Situation mit einem guten Freund besprochen. Aber den gab es nicht. Er pflegte schon lange keine Kontakte mehr zu anderen Leuten. Dunja war sein Lebensinhalt geworden. Leider gab es gute Gründe, die ihn hinderten, Heike zu verlassen. In den Stunden der ersten großen Liebe hatte Adelbert es versäumt, einen Ehevertrag aufzusetzen. Sein Lebenswerk wäre zerstört worden. Und die Tradition der Familie, deren Name weit über die Grenzen der Stadt hinaus mit dem Unternehmen verbunden war. Wenn Heike die Scheidung betreiben würde, dann würde er sie nur mit einer standesgemäßen Abfindung entlassen können. Dafür würde er die Rücklagen angreifen oder eine Hypothek auf die stattliche Jugendstilvilla aufnehmen müssen.

Außerdem weigerte sich Heike standhaft. Sie wusste, dass die feine Gesellschaft sie ausschließen würde. Als geschiedene Frau wäre sie auf jeder Party ein Störenfried gewesen. Niemand hätte sie auf Empfängen und Festen geduldet. Dafür hätten die anderen Frauen gesorgt. Eine diskrete Affäre – gut. Aber ein alleinstehender Vamp auf einer Cocktailparty … Da hätten alle anwesenden Männer ihre Angelrute ausgeworfen.

Adelbert schmunzelte. Wie man »Angelrute« auch immer definieren mochte.

So unerfreulich die Situation auch war. Er würde sich weiter heimlich zu Dunja schleichen, die Stunden mit ihr genießen, und dafür Heikes Boshaftigkeiten und den Hohn und Spott der Mitbürger ertragen müssen, bis Heike nicht mehr da war.

Adelbert seufzte. Wie würde sein Leben ohne Heike aussehen. Er müsste nicht dauernd zu diesen Veranstaltungen. Und wenn es doch einmal unvermeidlich wäre, würde er Dunja mitnehmen und es genießen, sie an seiner Seite durch das Spalier der Neugierigen und Klatschsüchtigen zu führen. Doch dieser Platz gehörte Heike. Was würde er dafür geben, wenn seine Ehefrau nicht mehr da wäre?

So konnte es nicht weitergehen. Sein Hausarzt hatte ihn gemahnt, dass die biologische Uhr unweigerlich ticken würde. Mit jedem Morgen, den er unter einem Dach mit Heike erwachte, würde er einen Tag seiner Zukunft abstreichen müssen – einen unerfüllten. Sie hatte Adelbert schon seit Langem aus dem ehelichen Schlafzimmer ausquartiert. Er hatte sich in einem Mansardenzimmer eingerichtet. Es störte Adelbert wenig. Dieses prächtige Haus atmete aus jeder Mauerritze Heikes Odem. Mittlerweile hasste er das Gemäuer fast genauso wie seine Frau. Es gab nur eine Lösung: Er musste sich von beidem befreien.

An einem dunklen Novemberabend fiel ihm die Lösung ein. Adelbert saß in seinem engen Zimmer, lauschte dem Regen, der gegen das Fenster klopfte, nippte an seinem Rotweinglas und zog genüsslich an seiner Cohiba, als die Zimmertür aufflog und Heike in den Raum stürmte.

»Alibert«, keifte sie und verhunzte seinen Namen auf eine Art, die er hasste. »Das stinkt ekelerregend in meinem ganzen Haus.«

»Deinem?« Adelbert zog eine Augenbraue in die Höhe. »Es ist das Haus meiner Eltern.«

»Du bist der Letzte deiner Sippe, der hier gehaust hat. Wenn ich mit dir fertig bin, dann bist du so groß.« Sie hielt ihm Daumen und Zeigefinger hin und ließ dazwischen einen halben Zentimeter Abstand.

Was fanden die Männer an dieser Frau?, schweiften seine Gedanken ab, als er sie sah, mit der Schönheitsmaske im Gesicht, die nur die faltenumrankten Augen freiließ. Sie trug keinen Büstenhalter, sodass dem Bauchnabel Besuch drohte. Blaue Äderchen zierten ihre Waden. Heike konnte auch auf diesem Gebiet nicht mit Dunja konkurrieren.

Adelbert lachte still vergnügt in sich hinein.

»Was grinst du so blöde?«, keifte sie.

»Ach«, wiegelte er gut gelaunt ab.

Heike fuhr sich in einer Wischbewegung mit der Hand vor den Augen hin und her. »Jetzt bis du vollends übergeschnappt. Man muss dich entmündigen lassen.«

»Tu's doch«, rief er ihr fast fröhlich hinterher, als die Tür ins Schloss flog und die Bilder an der Wand vibrierten.

Wenn die Radrennfahrer nach einer mörderisch anstrengenden Tour de France auf die Champs-Élysées einbogen, hatten sie das Ziel vor Augen. Genauso fühlte sich Adelbert und goss den Rest aus der Flasche in sein Glas. Ihn störte auch die herbstliche Kühle nicht, die im Haus herrschte.

»Ihre Gasheizung muss dringend erneuert werden«, hatte ihn der Monteur am Vortag gemahnt. Das Problem hatte sich erübrigt, sich sozusagen in Luft aufgelöst. Wie das gesamte Haus. Und wie Heike.

Adelbert hielt sein Glas Richtung Zimmerdecke. »Heike, mein Engel«, sagte er vergnügt. »Schon bald wirst du wie auf Wolken schweben. Ich verspreche dir den Himmel, allerdings nicht auf Erden.«

Heike bekam er in den nächsten Tagen nicht zu Gesicht. Wenn er früh das Haus verließ, um an seinen Schreibtisch im Betrieb zu gehen, schlief sie noch. Auch wenn Adelbert sich nach einem langen Arbeitstag noch das Vergnügen gönnte, in die »Butterhanne« zu fahren, dort Dunja begegnete und erst spät nach Hause zurückkehrte, war seine Frau keinen Abend zu Hause. Es war ihm recht. Er zog sich in seiner kleinen Mansarde um und machte sich dann vergnügt an die Arbeit. Nach drei Tagen hatte er sein Werk vollendet. In dieser Nacht gönnte er sich, nachdem er eine ganze Flasche Rotwein geleert hatte, noch einen zusätzlichen Cognac.

Es waren zwei weitere Tage vergangen, als er im Büro einen Anruf von Heike erhielt.

»Ich muss mit dir reden«, hatte sie gesagt und gleich den Termin vorgegeben. »Heute Abend. Gegen acht.«

Adelbert wunderte sich. Ihre Stimme hatte im Unterschied zu früher normal geklungen. Er vermisste ihren aggressiven Unterton, die Beschimpfungen, die sich stets in ihre Ausführungen mischten. Voller Ungeduld sah er dem Abend entgegen. Unwillig schob er die Arbeit auf seinem Schreibtisch hin und her. Es fehlte ihm die Konzentration, selbst die wichtigen Dinge zu erledigen.

Endlich war es so weit. Er setzte sich in seinen Wagen und fuhr das kurze Stück zur Villa unterhalb des Steinbergs. Während die Nachbarhäuser hell erleuchtet waren, glomm vor seinem eigenen nur die spärliche Außenbeleuchtung.

»Blöde Kuh«, schimpfte er laut vor sich hin, als er um Heikes Sportwagen herumkurven musste. Wie immer hatte sie das Fahrzeug so geparkt, dass es mitten in der Auffahrt stand.

Adelberts Anspannung wuchs, als er sein Auto verschlossen hatte und sich dem Eingang näherte. Vorsichtig öffnete er die reich verzierte Haustür und wurde von einem süßen Duft empfangen. Er hasste das Duftöl, das Heike in kleinen Schälchen verbrannte. Leise, einschmeichelnde Musik drang aus dem Wohnzimmer.

Adelbert stellte seinen Aktenkoffer ab und betrat den großzügig geschnittenen Raum. Besucher blieben oft mit offenem Mund stehen, wenn sie das Zimmer mit der hohen Stuckdecke betraten, die wertvollen Bilder an den Wänden betrachteten und die schweren Möbel in Augenschein nahmen, die auf kostbar wirkenden Teppichen standen.

Auf dem Couchtisch stand der schwere Leuchter aus Silber. Die Flammen der Kerzen bewegten sich im Luftzug.

»Hallo«, begrüßte ihn Heike, die es sich in einem cremefarbenen Hosenanzug auf dem Sofa bequem gemacht hatte. Sie hatte die Beine unter dem Gesäß angewinkelt und hielt ihm zur Begrüßung ein Glas Sekt hin. Ihre manikürte Hand wies auf ein zweites Glas, das auf dem Tisch stand.

»Einschenken musst du dir selbst«, sagte sie zur Begrüßung und zeigte auf einen Sessel. »Nimm Platz. Ich habe dir etwas zu sagen.« Adelbert wollte umdrehen und das Zimmer verlassen, aber Heike rief ihn zurück. »Es ist wichtig. Es geht um unsere Zukunft. Um deine und meine«, fügte sie pointiert an.

Adelbert ging zum Barschrank und füllte ein schweres Kristallglas halb voll mit einem Single Malt, den er von einem Besuch in Schottland mitgebracht hatte.

»Prost«, sagte Heike. Es klang eine Spur enttäuscht, da Adelbert den Inhalt seines Glases wortlos in einem Sturz heruntergekippt hatte.

»Bitte«, sagte sie und wies erneut auf den Sessel.

Schwungvoll ließ er sich in das Polster fallen, schlug die Beine übereinander und sah sie an.

»Mach es kurz«, sagte er unhöflich. Ihm missfiel die Situation. Außerdem hatte Heikes Anruf ihn um seinen Besuch in der »Butterhanne« gebracht. Was würde Dunja denken, wenn er heute Abend fortblieb, ohne ihr eine Nachricht zukommen zu lassen?

Heike schien seine Unruhe zu bemerken. »Keine Sorge, deine kleine Freundin weiß Bescheid«, erklärte sie. »Ich habe ihr gesagt, dass du heute Abend bei mir bist.«

»Du hast was?« Adelbert fuhr in die Höhe. Damit hatte er nicht gerechnet, dass Heike so durchtrieben war und Kontakt zu Dunja aufnahm, ihr vorspielte, dass die Eheleute sich wieder vertragen hätten, um auf diese Weise die Serviererin und Adelbert zu entfremden.

»Bevor du etwas falsch verstehst«, sagte Heike in beruhigendem Ton, »ich habe ihr eine gute Nachricht zukommen lassen.« Sie hob ihr Glas, nippte daran, betrachtete gedankenverloren die Lippenstiftspuren am Rand und sah Adelbert durch das Glas mit dem prickelnden Inhalt an. »Und die möchte ich dir auch mitteilen.«

»Was hast du ausgeheckt?«, fuhr er seine Frau an.

Heike ließ ein gurrendes Lachen hören. »Ich habe deiner Schlampe erzählt, dass sie heute auf dich verzichten muss, weil wir beide Abschied feiern. Zumindest für eine Woche. Ich werde in die Karibik fliegen.« Sie nickte mit dem Kopf in Richtung des großen Fensters, das zum Garten führte. »Sie hat dich sieben Tage ganz allein für sich, bevor ich wiederkomme und du deinen Platz einnehmen wirst. Wie ein braves Hündchen, das dem Ruf seines Frauchens folgt. Das wollte ich dir sagen. Es gibt jedenfalls gute Gründe, weshalb du dich auf meine Reise freuen solltest.«

Adelbert holte tief Luft und wollte antworten, aber Heike legte ihren Zeigefinger auf die Lippen und zischte: »Pssst.« Dann hob sie ihr Glas. »Bis in einer Woche.«

Die nächsten Tage waren die Hölle. Nachdem Adelbert an diesem Abend aus dem Zimmer gestürzt war und sich in seinem Mansardenzimmer verbarrikadiert hatte, war er Heike nicht mehr begegnet. Er hatte versucht, Dunja zu erreichen und ihr unzählige Nachrichten auf der Mobilbox hinterlassen, aber die junge Frau rief nicht zurück. Jeden Abend hatte er die »Butterhanne« aufgesucht. Dunja war nicht da.

Seine Besuche bei ihr waren vergeblich. Niemand öffnete. Es brannte kein Licht.

Am vierten Abend hielt er es nicht mehr aus und fragte einen Kollegen nach ihrem Verbleib.

»Wir wundern uns auch«, antwortete der Mann. »Sie ist immer zuverlässig gewesen. Aber plötzlich ist sie nicht mehr zur Arbeit gekommen. Komisch.«

Adelbert hatte Mühe, sich auf den Beinen zu halten. Der Boden schwankte unter seinen Füßen. Er griff sich ans Herz, das wie wild schlug und seine Brust zu zerreißen drohte.

Dunja.

Heike hatte seine große Liebe kaltblütig ermordet, aus dem Weg geschafft. Wahrscheinlich hatte sie dafür professionelle Mörder angeheuert, während sie fernab in der Karibik weilte. Ein teuflischer Plan und ein wohl berechnetes Alibi.

Hatte sie sein Leben früher schon mit Füßen getreten, so war es jetzt endgültig zerstört.

Adelbert straffte sich und kniff die Lippen zu einem schmalen Strich zusammen. Urplötzlich waren die letzten Skrupel gewichen. Heike würde auch sterben müssen, so wie sie für Dunjas Tod verantwortlich war. Drei Tage noch. Dann würde sie das gleiche Schicksal erleiden wie die Liebe seines Lebens: Dunja.

Die Stunden dehnten sich zu Ewigkeiten, die Tage kamen Adelbert wie Wochen vor. Auch wenn er todmüde war, weil er keine Nacht mehr schlafen konnte, war er von einer Unruhe gepackt, die seiner Umgebung nicht verborgen blieb. Seine Mitarbeiter wichen ihm aus, weil er unbeherrscht auf geschäftliche Fragen reagierte, schrie, tobte und wie eine Furie durch den Betrieb walzte. Es waren die schlimmsten Tage seines Lebens. Und ständig plagten ihn Zweifel, ob er Dunjas Tod auf solch grauenvolle Weise rächen durfte. Sein Gewissen peinigte ihn. Er hatte Herzschmerzen, der Darm versagte den Dienst, und der Magen behielt nichts bei sich, ganz abgesehen vom hämmernden Kopfschmerz. Ständig stand ihm kalter Schweiß auf der Stirn. Nein, sagte er sich, du musst die Aktion abblasen. Trotz allem, was geschehen ist, du darfst nicht töten. Im selben Augenblick erschien eine Phantasiegestalt mit einem langen weißen Gewand vor seinem geistigen Auge, lachte hämisch und zitierte: »Aug um Aug, Zahn um Zahn.«

War es wirklich Gottes Gebot, Dunja zu rächen? Adelbert wusste es nicht. Er war zu keinem klaren Gedanken mehr fähig.

Die SMS traf ihn wie ein Blitz aus heiterem Himmel.

»Sei heute Abend um zwanzig Uhr im Haus. Mein Karibikurlaub war wunderschön. Lieber Gruß. Heike.«

Diese Frau erdreistete sich, ihm kalt lächelnd gegenüberzutreten? Sich an seinem zerstörten Leben zu weiden? Wie viel Gewissenlosigkeit fand in Heikes schwarzer Seele Platz?, fragte sich Adelbert. Ohne nachzudenken fuhr er in die Villa, verschwand im Keller und verrichtete ein paar Handgriffe. Dann kehrte er eilig in den Betrieb zurück.

Er wunderte sich, wie ruhig, ja fast gelassen, er plötzlich war. Die Hand zitterte nicht mehr, das Herz hatte sich beruhigt, und der Schweiß stand ihm auch nicht mehr auf der Stirn. Er wies seine Sekretärin an, für den Abend um neunzehn Uhr einige Mitarbeiter seines Betriebs zu einer Besprechung zu beordern.

»Das ist nach Feierabend«, wagte die Frau vorsichtig einzuwenden.

»Dienstschluss ist dann, wenn ich es sage«, herrschte er sie an. Seine Laune hatte sich auch nicht gebessert, als die betroffenen Mitarbeiter ihm mit mürrischem Gesicht gegenübersaßen. Adelbert hatte sich ein paar Fragen zurechtgelegt und nannte das Treffen »Statusmeeting«.

»Muss das ausgerechnet am Abend sein«, raunte der Buchhalter seinem Nachbarn zu.

Adelbert verstrickte sich in Widersprüche, verhaspelte sich, gab Sachverhalte falsch wieder und war sichtlich unaufmerksam. Nach einer Stunde änderte er seine Taktik, hielt sich aus dem Gespräch heraus und verfolgte, wie sich der Werkstattleiter eine erbitterte Diskussion mit dem Verkaufsleiter lieferte.

Es war schon halb neun Uhr, als ein gewaltiger Knall alle Teilnehmer stocken ließ.

»Was war das?«, fragte der Buchhalter atemlos. »Das klang wie eine Explosion.« Seine Frage wurde durch das Vibrieren der Fensterscheiben unterstrichen.

»Das hat aber ordentlich gescheppert«, merkte der Konstrukteur an.

Nun war die Konzentration der Runde endgültig hin. Es dauerte weitere zehn Minuten, bis das Telefon klingelte und Adelbert auf den Buchhalter zeigte. »Wer ist das um diese Zeit? Nehmen Sie ab und sagen Sie, der Anrufer soll sich morgen wieder melden.«

Der Buchhalter nahm das Gespräch entgegen. Plötzlich begann er zu zittern wie Espenlaub. Er war kreidebleich geworden. Mit weit aufgerissenen Augen starrte er Adelbert an. Erst im zweiten Versuch gelang es ihm zu sprechen.

»Das ... war für Sie«, stammelte er. »Ihr ... Haus. Da ist irgendetwas in die Luft geflogen.«

Es gelang Adelbert, bestürzt auszusehen. Es bedurfte dazu keiner besonderen Anstrengung. Jetzt, wo seine Tat unumkehrbar war, packte ihn doch eine Spur Panik.

»Ich muss sofort nach Hause«, schrie er, sprang auf und stürzte zum Parkplatz. Selbst hier im Industriegebiet waren die auf- und abschwellenden Martinshörner der Einsatzfahrzeuge zu hören.

Nach wenigen Minuten bog Adelbert in die sonst so ruhige Straße ein. Überall standen Feuerwehren, Rettungswagen und Polizeifahrzeuge. Gespenstisch huschten die Blaulichter wie Finger über das nasse Pflaster. Schläuche waren ausgerollt, Kommandos ertönten, und wie in einem Bienenstock liefen die Einsatzkräfte durcheinander.

Ein Polizist hielt Adelbert auf. »Da können Sie nicht hin.«

»Das ist mein Haus«, rief Adelbert aufgebracht, und der Beamte gewährte ihm Zugang. Etwas weiter fing ihn ein älterer Polizeibeamter ab.

»Sie sind der Besitzer?«

Adelbert nickte stumm. »Was ist da passiert?«

»Wir wissen es noch nicht«, erwiderte der Beamte. »Vermutlich war es eine Gasexplosion. Aber das ist nicht bestätigt. Wissen Sie, ob sich jemand im Haus aufgehalten hat?«

»Da war niemand«, sagte Adelbert. »Zum Glück. Meine Frau ist verreist. Sie ist mit ihrem Wagen nach Frankfurt zum Flughafen.«

»Was für ein Auto hat Ihre Frau?«

»Einen Sportwagen.«

Der Polizist sah Adelbert mit ernster Miene an. Dann zog er ihn ein Stück weiter in Richtung des lichterloh brennenden Hauses und zeigte auf das Fahrzeug, das mitten in der Auffahrt stand.

»Ist das der Wagen Ihrer Frau?«

Adelbert nickte.

»Kann es sein, dass Ihre Frau früher zurückgekehrt ist?«

Adelbert zuckte hilflos mit den Schultern.

Ein Notarzt nahm sich seiner an. Er betreute Adelbert auch, als eine halbe Stunde später ein verschwitzter Feuerwehrmann auftauchte und leise murmelte: »Wir haben die Leiche einer Frau gefunden. Sie sieht grauenvoll aus. Total verbrannt. Da ist nichts mehr zu erkennen.«

Adelbert versuchte aufzuspringen und wollte in Richtung Haus laufen, wurde aber von den ihn umringenden Helfern aufgehalten. »Da können Sie nichts mehr erkennen«, sagte der Arzt. »Das geht nur noch über einen DNA-Abgleich.«

Man kümmerte sich die nächsten Stunden fürsorglich um ihn. Dabei war seine Unruhe, das Erschrecken, nicht einmal gespielt. Ganz plötzlich waren die Zweifel wieder da, die ihn auffraßen. War es wirklich richtig gewesen, Heike zu ermorden? Wie würde er mit dieser seelischen Last leben können? Zumal alles sinnlos war, nachdem seine Frau ihm Dunja, seine große Liebe, genommen hatte.

»Ich gebe Ihnen eine Beruhigungsspritze«, sagte der Arzt. »Dann bringen wir Sie ins Krankenhaus. Und morgen sehen wir weiter.«

Adelbert erwachte und versuchte, sich zurechtzufinden. Behutsam bewegte er die Zehen des linken Fußes. Es funktionierte. Dann folgte der rechte. Bevor er die Augen öffnete, wollte er auch die Beweglichkeit der Hände ausprobieren. Er krampfte die Finger zusammen und spürte Widerstand. Eine warme Hand lag auf seiner und streichelte sanft seinen Handrücken.

Langsam kehrte die Erinnerung zurück. Das Haus. Die Explosion. Heikes Auto. Die tote Frau, die man gefunden hatte.

»Wo bin ich?«, fragte er zerstreut und öffnete die Augen.

»Im Krankenhaus, mein Herz. Alles ist gut. Dir ist nichts weiter passiert. Es war nur der Schock. Aber das wird wieder.«

Adelbert fuhr zusammen. Eine Geisterstimme hatte zu ihm gesprochen. Heike.

Seine Frau saß am Krankenbett, hielt seine Hand und lächelte ihn an.

»Du?«, fragte er.

Sie nickte.

»Aber dein Wagen?«, stammelte er. »Und das Haus?«

»Die Polizei ermittelt noch. Sie hat den Heizungsinstallateur ausgemacht, der erzählte, dass die Heizung erneuert werden musste. Sie war wirklich in die Jahre gekommen. Ein bedauerlicher Unfall. Technisches Versagen. Vielleicht wird man dich wegen Fahrlässigkeit zur Rechenschaft ziehen.«

Adelbert zeigte auf Heike. »Wo kommst du her?«

»Erinnerst du dich, als ich dir davon erzählen wollte, dass alles gut wird? Leider hast du so unbeherrscht reagiert. Dabei wollte ich dir eine Freude machen.« Sie runzelte die Stirn. »Zugegeben. Es war nicht immer einfach mit mir. Mit dir aber auch nicht. Also. Ich habe einen Mann kennengelernt. Ein Juwel. Wir lieben uns.« Sorgenvoll sah sie Adelbert an. »Ist das nicht zu viel für dich?«

Er schüttelte den Kopf.

»Wir waren zusammen in der Karibik und haben eine wunderbare Woche voll Harmonie verbracht. Ricardo ist ein außergewöhnlicher Mann. Du nimmst mir meine Schwärmerei hoffentlich nicht übel? Mit uns beiden ist es ohnehin vorbei. Darüber besteht doch Einigkeit zwischen uns.« Sie streichelte vorsichtig seine Hand. »Ricardo ist nicht nur ein fürsorglicher Mann, sondern auch stinkreich. Und wir lieben uns. Daher möchte ich mich von dir scheiden lassen. Ich verzichte dabei auf alle finanziellen Forderungen. Die Firma. Das Haus. Alles. Ich möchte nichts. Verstehst du? Nichts.«

Er sah sie ratlos an. Nein. Er verstand nichts.

»Ich wollte auch deinem Glück nicht im Wege stehen, nachdem ich begriffen hatte, wie sehr du Dunja liebst. So habe ich sie aufgesucht und mit ihr gesprochen. Sie ist wirklich ein liebevolles Wesen. Ich kann dich verstehen. Mein Abschiedsgeschenk an dich war nicht nur deine Freiheit, sondern auch Dunja. Aber zuvor wollte ich dich noch ein wenig zappeln lassen.« Heike drückte seine Hand. »Für all das, was du mir zugemutet hast. So habe ich Dunja einen Hotelaufenthalt finanziert, während ich mit Ricardo in der Karibik war. Mein Plan war, dass ich dir eine Nachricht schicke und meine Rückkehr ankündige. Doch statt meiner sollte Dunja dich im Haus überraschen. Schließlich solltet ihr beide dort leben, im geliebten Haus deiner Eltern. Und da ich mit Ricardos Maserati gefahren bin, habe ich Dunja die Schlüssel meines Sportwagens gegeben.« In Heikes Augen funkelte es. »Du hättest sehen sollen, wie sich deine geliebte Kleine gefreut hat. So ist sie an meiner Stelle gestern Abend in unser … nein! in dein Haus eingezogen.« Heike schluckte.

Dann liefen ihr Tränen des Mitgefühls über die Wangen. »Und da passiert dieses schreckliche Unglück. Mein armer Adelbert, wie grausam das Leben doch sein kann.«

Der Sternekoch

Es schepperte laut und blechern, als der Eimer einen Tritt bekam, über die Fliesen rutschte und gegen die Ecke der Spüleinheit flog, sich noch einmal im Kreis drehte und dann liegen blieb. Gisbert Mezger rieb sich seine feuchten Hände an der Seitennaht seiner schwarz-weiß karierten Hose ab.

»Scheiß Eimer«, fluchte er und trat gegen den Rollwagen, auf dem Geschirr gestapelt war. »Das ist sowieso alles Scheiße. Der ganze Laden.« Er riss sich die Kochmütze vom Kopf und warf sie achtlos auf die Arbeitsfläche. Dann schwang er sich hinterher und ließ die Beine baumeln. Gisbert hob die Zipfel seiner weißen Jacke an, fingerte eine zerknautschte Zigarettenpackung hervor und suchte vergeblich nach Streichhölzern. Er lehnte sich Richtung Herd hinüber und hielt die Spitze des Glimmstängels in die Gasflamme. Nachdem die Spitze der Zigarette aufglühte, inhalierte er einen tiefen Zug, ließ den Rauch im Mund kreisen und versuchte, beim Ausatmen Ringe zu blasen.

Ihm war alles zuwider. Alles! Die Insel, auf der auch im Sommer ständig der Wind blies, auf der es nach seinem Gefühl überhaupt nie richtig Sommer wurde; die Menschen, die ihm tagein, tagaus begegneten und mit stoischem Gleichmut das flache Land ertrugen, und die Touristen, die man hier Gäste nannte. Gisbert verstand nicht, weshalb die Menschen ihren Urlaub an der Nordseeküste verbrachten. Für ihn gab es hier nichts Attraktives. Wenn man über das Land sah, konnte man unendlich weit in die Ferne blicken, bis ein Deich die weite Marsch begrenzte. Und hinter dem Deich lag der nächste Koog. Oder die Nordsee, die ihn ebenfalls anödete.

Nordstrand war nicht vergleichbar mit seiner Heimat, dem Schwarzwald. Wie schön war es gewesen, als Kind durch den dichten Tannenwald zu streifen, mit dem Großvater die Tiere zu belauschen und die vielfältigen Geräusche der Natur aufzunehmen. Und hier? Nur Schafe und Kühe. Und Wind. Immerzu Wind.

Gisbert schreckte auf, als mit einem lauten Knall die Tür zur Küche geöffnet wurde. Bente hatte gegen das zerschrammte Blech am unteren Ende der Tür getreten.

Er sah die junge Frau an. Das blonde Haar war zu einem kleinen Pferdeschwanz zusammengebunden, der keck über dem Kragen ihrer weißen Bluse wippte. Sie war hübsch – die blauen Augen, die Grübchen auf der Wange, die schmalen Schultern und die kleinen runden Bällchen, die sich unter der Bluse abzeichneten. Leider hatte Bente alle Annäherungsversuche Gisberts abgewiesen. Er verstand nicht, weshalb sie Momme, dem ungehobelten Fischerjungen, treu war. Gisbert konnte viel mehr vorweisen als der hochgewachsene junge Mann mit den strahlenden Augen.

»Einmal Scholle Finkenwerder Art, einmal Kapitänsteller und eine Seniorenportion Bratkartoffeln mit sauren Porren«, sagte Bente, stellte das schmutzige Geschirr, das sie auf dem Unterarm balancierte, auf den Wagen ab und verschwand wieder im Gastraum.

Das war Gisberts Leben. Im Sommer hockte er bis in den späten Abend in der Küche des Hotels »Zum Deichgrafen«, das zwischen Fuhlehörn und der Vogelkoje einsam hinterm Deich lag und von den Hotelgästen des Hauses besucht wurde. Im Restaurant fanden sich Touristen ein, die in einer der zahlreichen Ferienwohnungen untergekommen waren. Manchmal besuchten auch Einheimische den »Deichgrafen«. Gisbert erkannte stets an den bestellten Gerichten, welche Gäste im Restaurant saßen.

Noch einmal flog die Pendeltür auf. »Mach schnell«, rief Bente und war gleich wieder verschwunden.

»Du mich auch«, fluchte Gisbert, drückte die Zigarette im Ausguss aus und sprang von der Arbeitsfläche.

Er hatte eine schöne und behütete Kindheit gehabt. Großvater und Vater waren in dem kleinen Schwarzwaldtal geachtete Bürger gewesen. Beide waren Ärzte und kannten fast alle Bewohner der abgelegenen Gegend. Es war naheliegend, dass Gisbert die Familientradition fortsetzen sollte. Leider gab es einen Numerus clausus, dem die Vorfahren nicht unterlegen waren. So entschied sich Gisbert für eine Kochlehre im nahen Baiersbronn, der kulinarischen Hauptstadt Deutschlands. An die Gourmetköche im kleinen Ort waren mehr Sterne vergeben worden als im restlichen Deutschland zusammen, so schien es zumindest.

»Na, Gisbert«, hatten die Klassenkameraden bei der Abiturfeier gelästert, »Koch ist doch etwas Ähnliches wie Arzt. Dabei hätte es doch so schön gepasst: Dr. Gisbert Mezger, der Chirurg.«

Dank der Beziehungen seines Vaters hatte Gisbert eine Lehrstelle bei einem der Spitzenköche erhalten. Den Meister hatte er kaum gesehen. Der zog von Fernsehshow zu Fernsehshow, war gern gesehener Gast in Talkrunden, präsentierte sich bei Galaveranstaltungen, riet als Prominenter in Quizsendungen mit oder signierte *seine* Kochbücher, die ein gemieteter Autor geschrieben hatte.

Franz, der tatsächlich die Küche leitete, war ein strenger Lehrmeister. Gisbert lernte, wie man große Kessel und Töpfe mustergültig reinigte, Kartoffeln schälte, Gemüse putzte, Messer schliff und die »selbst gemachte Gourmetsauce nach Art des Hauses« aus Tüten anrührte.

Mit diesen Fähigkeiten entließ man ihn, den künftigen Starkoch, mit guten Wünschen und dem Hinweis, dass sein Talent nicht ausreichen würde für die Ansprüche der Spitzengastronomie.

Aus Trotz zog er nordwärts, zunächst bis Heidelberg, wo er es in kurzer Zeit zu einer Führungsposition brachte. Er war Schichtleiter in einer großen Hamburger-Braterei. Von dort führte ihn der Weg zu einem Imbiss nach Gelsenkirchen mit den Spezialitäten »Pommes Schranke« und »Curry einfach«, bis er schließlich das Angebot erhielt, die Küchenleitung im Restaurant »Zum Deichgrafen« im Nordseeheilbad zu übernehmen.

Beim Aufzählen seiner beruflichen Stationen vergaß Gisbert geflissentlich die Bahnhofskneipe in der niedersächsischen Kleinstadt, den Job in einem griechischen Restaurant und die Aushilfstätigkeit als Spüler in der Krankenhauskantine. Vielleicht hätte er dort heute noch gearbeitet, wenn er nicht in der Vorratskammer für Kartoffeln und Gemüse inmitten der Säcke vom Küchenchef erwischt worden wäre. Es war ein unglückliches Zusammentreffen gewesen, dass ausgerechnet die Freundin des Chefs unter Gisbert lag. Der gute Mann war zwar verheiratet, das hinderte ihn aber nicht, Gisbert mit einem Nudelholz handfest die Küchengesetze zu erklären.

Nun saß er hier, nachdem er auf dem Lübecker Weihnachtsmarkt heiße Maroni bereitet und diese verkauft hatte und die Zeit nach dem Maronieinsatz bis zum Beginn seines Nordsee-Engagements mit Schneeschippen zugebracht hatte.

»Gisbert, du Pfeife, komm in die Gänge«, dröhnte es von der Tür. Gisbert musste nicht hinsehen. Die sonore Stimme gehörte Hinnerk Paulsen, dem Patron. In Gisberts Augen war Hinnerk der abscheulichste Widerling, den man sich vorstellen konnte. Das aufgeschwemmte Gesicht, die geröteten Wangen und die Knubbelnase mit den zerplatzten Äderchen sowie das Doppelkinn ließen den Chef des Hauses schon rein äußerlich ausgesprochen unsympathisch erscheinen. Wer auch noch das Wesen des Mannes kennenlernen oder gar erdulden musste, war nicht weit von der Schwelle des Hasses entfernt.

Paulsen schrie seine Mitarbeiter an, behandelte sie wie Leibeigene, erlaubte sich gegenüber dem Personal jede Gemeinheit und genierte sich nicht, seine schmierigen Pranken auf dem Gesäß und am Busen der weiblichen Mitarbeiterinnen zu platzieren, nicht einmal in Gegenwart von seiner Frau Trine scheute er davor zurück.

Schon zur Mittagszeit trank Paulsen das erste Gläschen Aquavit, dem im Laufe des Nachmittags weitere folgten. Bier und Wein, einen Weinbrand zum Kaffee und diesen oder jenen Krabbenschluck, Schimmelreiter oder Küstennebel ließ der Chef ebenfalls in seine Kehle rinnen, bis er sich am frühen Abend auf französische Art verabschiedete und in seine Räume wankte, während seine Frau sich um den Betrieb kümmern musste.

An irgendeinem dieser Abende hatte Trine ihren Ärger nicht mehr zurückhalten können und sich an Gisberts Schulter ausgeweint. Seitdem waren sie ein Paar.

»Warum brutzelt die Bestellung noch nicht?«, fauchte Hinnerk Paulsen.

»Ja, ja«, knurrte Gisbert und warf die tiefgekühlte Scholle in das braune Öl der Fritteuse.

»Der Kerl ist zu blöde für die einfachsten Dinge. Alles muss man selbst machen«, fluchte Paulsen, griff sich einen der Teller, den Bente kurz zuvor abgeräumt hatte, und schob mit der Fingerspitze die übrig gebliebenen Bratkartoffeln in die Pfanne zurück.

»So ein paar Schweine«, schimpfte Paulsen, als er sich den nicht verspeisten Rest Gurkensalat ansah und feststellte, dass auf zwei Scheibchen Bratensaft war. Er hob sie mit den Fingern aus dem Schälchen und schüttete den Rest in das große Gefäß mit den Vorräten.

Dann griff er einen Schöpflöffel, entnahm der brodelnden Fritteuse ein wenig ranziges Fett und schüttete es über die Pfanne mit den Bratkartoffeln.

»Die Leute mögen keine trockenen Bratkartoffeln«, schnauzte er Gisbert an. »Wer bei uns isst, erwartet einen gehobenen Standard.« Wütend funkelte er Gisbert an. »Wenn du dem anspruchsvollen Job nicht gewachsen bist, dann hau ab, du Knallkopf.«

Als Paulsen die Küche wieder verlassen hatte, streckte ihm Gisbert den Stinkefinger hinterher. »Dich wird der Blitz auf dem Lokus erwischen«, fluchte er halblaut. »Wenn du wüsstest, was ich mit deiner Trine mache, wenn du besoffen in der Koje hockst, dann …«

Er holte eine Portion saure Porren aus dem Kühlfach und warf sie auf einen Teller, den er zuvor mit dem Ärmel seiner Kochjacke von Fettspritzern gereinigt hatte. Er wollte zum Glas mit der frischen Petersilie greifen, um die Porren zu dekorieren, als sein Blick die schmutzigen Teller streifte. Der Gast hatte die Petersilie und das Tomatenviertel unberührt gelassen. Gisbert nahm die Dekoration und arrangierte sie auf dem neuen Teller neben den Porren. Dabei schüttelte er sich. Krabben wurden in Essigwasser gekocht, bis sie knallrot, fast violett waren, dann wurden sie in eine Form gegeben und mit Gelee aufgegossen. So etwas aß man hier als Delikatesse und nicht etwa »Lasagne von der Jakobsmuschel mit weißem Trüffel«, »Filet vom St. Petersfisch mit glasiertem Fenchel und Orangen« oder »Rehkitzrücken in der Brotkruste auf Wacholdersauce«.

Nein! Gisbert verschwendete hier sein Talent. Für einen Moment schloss er die Augen. Wenn er hier Patron wäre, dann würde er etwas aus dem »Deichgrafen« machen, die Gäste und die Einheimischen mit einer exquisiten Küche überraschen, den Menschen etwas anderes bieten als Bratkartoffeln mit sauren Porren, Sauerfleisch und Rübenmus mit Mettendchen, die sie hier Kochwurst nannten. Und wenn es draußen kalt wurde, kamen ganze Heerscharen und vertilgten Grünkohl, den man in Gisberts Heimat nur dem Vieh zum Fraß vorwarf. Dazu bergeweise fette Würstchen, Kassler und Schweinebauch. Viele bestellten als Beilage karamellisierte Bratkartoffeln. Gisbert schüttelte sich. Er würde den Menschen hinterm Deich Esskultur nahebringen. Doch zuvor musste Hinnerk Paulsen verschwinden. Und Trine, wäre sie endlich Witwe, würde mit Sicherheit seine Ideen zur Qualitätsverbesserung unterstützen. All jene, die an ihm und seinen Fähigkeiten gezweifelt hätten, würden staunen und sagen: »Wir haben uns getäuscht.« So wie der Küchenchef in der Krankenhauskantine sich geirrt hatte und an einer Pilzvergiftung gestorben war, kurz nachdem er Gisbert im Kartoffellager entdeckt und fristlos gefeuert hatte ...

Gisbert rümpfte die Nase. Das Essen im »Deichgraf« war niveaulos. Und es roch auch noch schlecht. Noch einmal schnupperte er, bis er hastig aufsprang.

Verdammt. Die Kartoffeln waren angebrannt, und die Scholle in der Fritteuse war schon lange überfällig.

Er fischte die Scholle aus dem heißen Fett und warf sie auf den Teller. In einer Ecke der Pfanne kratzte er schwarz gebrannten Speck zusammen und verteilte ihn auf der Scholle. Auch die Bratkartoffeln waren ziemlich dunkel geraten.

»Sie sind kross – nach Art des Hauses«, würde Gisbert bei einer Reklamation behaupten. Zu guter Letzt träufelte er noch etwas Öl aus der Fritteuse über den Fisch als Ersatz für die »gute Butter«, in der die Scholle laut Karte gebraten sein sollte.

Er schlug auf die Glocke, die dem Servicepersonal anzeigte, dass das Essen fertig war. Kurz darauf erschien Bente und wollte die bestellten Gerichte holen.

»Und?«, fragte sie, nachdem sie naserümpfend einen Blick auf die beiden Teller geworfen hatte. »Wo ist der Kapitänsteller?«

»Welcher?«, fragte Gisbert und versuchte, erstaunt auszusehen, nachdem ihm bewusst geworden war, dass er diesen Teil der Bestellung vergessen hatte.

Bente schüttelte den Kopf. »Du bist der größte Trottel, der jemals an dieser Küste aufgetaucht ist«, sagte sie in herablassender Tonart. »Das gibt Ärger.«

Sie hatte recht. Kurz darauf kam Hinnerk Paulsen in die Küche gestürmt. Ein wutschnaubender Stier der legendären Jagd durch Pamplona war harmlos dagegen.

»Du bist der größte Idiot, der auf Gottes Erdboden herumläuft«, schrie der Chef und schlug Gisbert heftig mit der flachen Hand gegen den Hinterkopf. »Nicht nur, dass du unfähig bist, einfachste Essen zuzubereiten. Nein! Du schaffst es auch, die simpelsten Gerichte anbrennen zu lassen. Und außerdem vergisst du Schussel die Hälfte der Bestellungen. So ein Subjekt wie du ruiniert mir meinen guten Ruf. Der ›Deichgraf‹ ist seit Generationen für seine gute Küche bekannt. Und da kommt so einer wie du daher. Dich haben sie zu Recht in Baiersbronn rausgeworfen. Wo du auftauchst, fährst du alles in die Grütze. Apropos Grütze.« Paulsen sah sich um. »Hast du die Rote Grütze schon fertig?«

»Wann denn? Ich komme zu nichts«, beschwerte sich Gisbert halbherzig.

»Du bist zusätzlich auch noch eine faule Sau«, brüllte Paulsen. Voller Zorn nahm der Chef zwei Töpfe und warf sie quer durch die Küche. »Du bist zu blöd zum Kacken. Nichts, absolut nichts bekommst du auf die Reihe. Glaube nur nicht, dass du in der nächsten Saison einen neuen Job bekommst. Wo du bist, vertreibst du die Gäste.« Hinnerk Paulsen sog hörbar die Luft ein, sodass sich sein mächtiger Brustkorb noch mehr spannte und es für einen Augenblick den Eindruck erweckte, als würden die Knöpfe vom Hemd abspringen. Dann schlug sich Paulsen mit der flachen Hand auf die Stirn. »Mach zu. Der Kapitänsteller!« Er schwenkte drohend seinen Zeigefinger vor Gisberts Nase hin und her. »Eins sag ich dir. Die Runde Schimmelreiter, die mich deine Schlafmützigkeit kostet, zieh ich dir vom Lohn ab. Also los, was ist?« Paulsen wedelte mit der Hand. »Der Kapitänsteller! Und dann einmal Sauerfleisch, einmal Rübenmus und einmal Labskaus.«

»Labskaus ist aus«, sagte Gisbert leise.

»Was?«, schrie Paulsen. »Sollen wir vorn im Restaurant jetzt auch noch sagen: Haben wir nicht?«

Gisbert schluckte heftig. »Labskaus ist für morgen vorgesehen, wenn die zwei Busse von der Kaffeefahrt kommen, die mit dem Rheumadeckenverkauf.«

»Mensch, was habe ich nur getan, dass mich das Schicksal mit solchen Trotteln umgeben hat«, fluchte Paulsen und verschwand in der Vorratskammer. Natürlich wusste Gisbert, dass der Chef hinter den großen Blechkanistern mit dem Rapsöl die Flasche mit dem Anisschnaps stehen hatte, von dem er mehrmals am Tag einen Schluck nahm.

Gisbert schwenkte Paulsen die geballte Faust hinterher. »Irgendwann wirst du daran ersticken«, schimpfte er. »Das wird dein letzter Schluck sein.« Nur mit Mühe konnte er sich auf die neuen Bestellungen konzentrieren, weil vor seinem geistigen Auge wieder das Bild erschien, wie er, in einem blütenweißen Kochanzug, im Restaurant von Tisch zu Tisch ging, die Honneurs machte und die Gäste nach ihren Wünschen fragte.

»Danke«, würden sie sagen und die Lippen spitzen. »Großartig, Maître Gisbert. Einfach köstlich. So etwas hat es bei Hinnerk Paulsen nicht gegeben.«

Vom Tresen würde ihm Trine zulächeln. Sie würde verstohlen mit der goldenen Kette spielen, die er ihr schenken und die sich so großartig auf ihrem kräftigen Busen machen würde.

Die Gäste würden mit der Zunge schnalzen, und einer, vornehm in einen dunklen Anzug gekleidet und wie die anderen Herren mit Krawatte geziert, würde sich zu Gisbert neigen und ihm zuraunen: »Man darf es nicht laut sagen, Maître, aber den vorherigen Chef vermisst niemand.«

Mit lautem Scheppern flog die Küchentür auf, und Bentes schrille Stimme ertönte. »Einmal Bratkartoffeln mit Spiegelei und Speck und einmal Pommes mit Fischstäbchen und Majo.«

Gisbert war früher aufgestanden. Er gähnte herzhaft. In der vergangenen Nacht hatte er kaum geschlafen. Seit dem frühen Morgen war er mit den Vorbereitungen für das Labskaus beschäftigt, das er für die zwei Busse voll Rentner herrichten musste. Trotz der

Müdigkeit ging ihm die Zubereitung gut von der Hand. Zum ersten Mal schüttelte er sich vor dem Anblick des undefinierbaren blutroten Breis, der aus großen Kübeln auf die Teller geklatscht wurde. Es war eine Geste des Erbarmens, dass die Pampe auf dem Teller mit zwei Spiegeleiern abgedeckt wurde. Dazu gab es einen Rollmops – einen zweiten gegen Aufpreis, so hatte es Hinnerk Paulsen angeordnet –, eine Gewürzgurke und rote Bete in einer Extraschale.

Labskaus!

Da schieden sich die Geister, und nur Hartgesottene konnten dem Mischmasch auf dem Teller etwas abgewinnen. Es hielt sich das Gerücht, dass in diesem Seemannsessen auch Fischreste mit verarbeitet wurden. Gisbert wusste es besser. Paulsen hatte ihn gelehrt, welche Zutaten zu verwenden waren. Seitdem aß Gisbert Labskaus, das er selbst zubereitet hatte. Nur heute blickte er widerwillig, fast schon mit einem Hauch Ekel, auf den großen Topf, aus dem es blubberte und die Blasen aufstiegen.

»Bist du endlich so weit?«, fragte Bente mit ihrer keifenden Stimme von der Tür her. »Der Saal ist voll. Die Leute werden unruhig.«

»Dafür werden sie mit dem besten Labskaus entschädigt, das sie je gegessen haben«, antwortete Gisbert.

»Nur weil der Chef nicht da ist, solltest du dir keinen ruhigen Lenz machen«, sagte Bente keck und verschwand wieder.

Kurz darauf erschien Trine. Ihr hübsches Gesicht war vor Aufregung gerötet. Sie eilte auf den großen Bottich zu, nahm einen Probierlöffel, stieß ihn in den Brei und führte den Löffel zum Mund.

»Hmh«, sagte sie und verdrehte genießerisch die Augen. »So gut ist dir das Labskaus noch nie gelungen.«

Gisbert lächelte zufrieden. Er versuchte, Trine sanft den Po zu streicheln, aber sie wich aus.

»Nicht jetzt«, sagte sie. »Ich muss mich um die Gäste kümmern. Ich verstehe nicht, dass Hinnerk seit heute Morgen verschwunden ist. Ich habe ihn gestern Abend zuletzt gesehen. Dann ist er abgetaucht. Das ist doch sonst nicht seine Art, insbesondere wenn wir eine große Gesellschaft haben. Bei solchen Gelegenheiten merkt man, wie sehr er fehlt.«

»Meinst du, dass du dich nicht daran gewöhnen könntest, ohne ihn auszukommen?«, fragte Gisbert.

»Ich weiß nicht«, erwiderte Trine und wich ihm geschickt aus, als er sie fassen wollte. »Die Gäste warten«, sagte sie in einem abweisenden Ton, den er nie zuvor bei ihr gehört hatte, bevor sie in den Gastraum zurückkehrte.

»Ihr werdet euch noch wundern. Alle«, murmelte Gisbert und rührte erneut den roten Brei mit den feinen Fleischfasern um.

Es war ein strahlend blauer Himmel, der über der grünen Marschinsel stand. Es schien, als würden die weißen Wolken einen Bogen um die Insel machen und es den Regenwolken gleichtun, die fast immer erst auf dem Festland abregneten.

Peter Petersen sah zum Fenster hinaus. Dann nickte er bedächtig, nippte an seinem Pharisäer und sagte: »Gibt es einen schöneren Platz auf Erden als hier bei uns auf Nordstrand? Nicht umsonst kommen die Gäste jedes Jahr wieder, manche seit Jahrzehnten und einige in zweiter Generation. Wer die Ruhe und die Natur liebt, der weiß unsere Heimat zu schätzen. Das Tor zum Weltnaturerbe Wattenmeer.«

»Meinst du, das ist der einzige Grund?«, fragte sein Gegenüber.

Petersen zog die Stirn kraus. Er lebte von den Gästen. Er bot ein paar Hotelzimmer an, hatte mehrere Ferienwohnungen auf der Insel und ein in der Saison gut besuchtes Lokal.

»Sicher sind es nicht nur die Ruhe und die Natur, sondern auch die Freundlichkeit der Einheimischen, die jedem Gast das Gefühl vermitteln, hier willkommen zu sein.«

»Das sind viele Dinge, die da zusammenkommen«, meinte sein Gegenüber. »Es ist nicht nur die Kombination aus dem, was du aufgezählt hast, sondern auch das Besondere unserer Landschaft. Bestimmt gehört auch unsere regionale Küche dazu. Die Leute, ich meine die normalen, mögen eben nicht immer irgendetwas, das in der Karte mit ›an sowieso‹ angeboten wird. Sie lieben die rustikale norddeutsche Küche, das Ehrliche und Ursprüngliche. Frischer Fisch, Schalen- und Krustentiere, Gemüse, Kartoffeln, Salzwiesenlamm und andere handfeste Spezialitäten. Und Labskaus ...«, fügte er versonnen hinzu.

Hinnerk Paulsen hatte seinen Freund Petersen, der gleich ihm Gastronom war, in aller Frühe aufgesucht und ihm sein Herz ausgeschüttet.

»Mein Koch Gisbert, das ist der größte Trottel aller Zeiten«, hatte Paulsen sich beklagt. »Und der Depp hat sich auch noch an meine Trine rangemacht. Wenn der wüsste, dass er bald Gonorrhö bekommt, weil Trine es mit vielen anderen treibt, dann … Fast tut mir Gisbert leid. Dann ist er seinen Job als Koch für lange Zeit los. Nein«, Paulsen schüttelte den Kopf, »da lobe ich mir doch meine Bente. Ein blitzsauberes anschmiegsames Mädchen. Aber bevor Gisbert gefeuert wird, muss ich noch von seinem Labskaus probieren. Das bereitet er unnachahmlich gut zu. Nur gestampfte Kartoffeln, Zwiebel, Gurke, Corned Beef und Rote Bete, die dem Ganzen das rötliche Aussehen gibt. Alles gut gewürzt und abgeschmeckt. Sonst ist garantiert nichts drin im Labskaus. Hmh. Lecker.«

Pfefferminztee

Friedobert hatte Glück. Und das in jeder Hinsicht. Hätte er Freunde gehabt, hätten sie ihn bestimmt Felix genannt. So musste er sein Glück allein auskosten und konnte es mit niemandem teilen. Und wenn einem keine ehrlichen Freunde zur Seite stehen, ist es Neid, was andere empfinden, wenn sie auf das Glück des Nachbarn schauen. So erging es Friedobert.

Gibt es Schöneres, als an der Weinstraße leben zu dürfen? Dort, wo der Frühling stets zuerst Einzug hielt? Wo fortwährend die Sonne lachte, ein mildes Klima herrschte und das Land genauso viel Glück zu haben schien wie Friedobert? Zwischen Pfungstadt und Weinheim hätten alle Menschen den Zweitnamen Felix tragen dürfen, zumindest die männlichen. Und Friedobert? Der hätte dann Felix-Felix heißen müssen, weil ihm doppeltes Glück beschert war.

Schon in der Schule hatte er sich durchgemogelt. Auch die Lehre hatte Friedobert ohne Mühe überstanden. Und danach fragte niemand mehr nach dem Inhalt von Zeugnissen. Es galt nur das »Bestanden«.

Alle meinten es gut mit Friedobert – auch die Natur. Sein dichtes schwarzes Haar, die dunklen Augen, die geheimnisvoll leuchten konnten, das stets gebräunte Gesicht und der muskulöse Körperbau zogen die Blicke der Frauen an. Und im Bad und am Strand, in der körperbetonten Badehose, grollten ihm viele Männer, weil die Aufmerksamkeit ihrer Begleiterinnen nur noch Friedobert galt.

Er verstand es, die ihm mitgegebenen Vorzüge vorteilhaft mit seinem Beruf als Hotelangestellter zu verknüpfen. Obwohl seine männlichen Vorgesetzten ihn misstrauisch beäugten, wurde er zum Wohle des Hauses an der Rezeption eingesetzt. Fortwährend wurde der Schalter, wenn er Dienst hatte, von Frauen umlagert. Zu Friedoberts Leidwesen waren die Damen meistens allerdings viele Jahre älter als er, und statt auf ein aufreizendes Dekolleté fiel sein Auge auf stattliche Mittelgebirge, die dafür von schweren Goldketten, Brillantanhängern oder Perlengehängen verschönt wurden. Friedobert hatte es aufgegeben, die Gläser Champagner zu zählen, die er nach Dienstschluss in luxuriösen Hotelsuiten mit reifen Damen getrunken hatte. Er wusste, wie viele verschiedene Arten von Häkchen und Ösen es gab, wenn es galt, sehr teure Miederwaren zu öffnen. So wie andere im Laufe der Zeit lernten, edle Weine am Geruch zu erkennen, lernte Friedobert, schwere und süße Parfüms herauszuschnuppern. Wie wohltuend empfand er die Erholungspausen bei jungen Kolleginnen zwischendurch, und den Hauch von Kernseife bei diesen Gelegenheiten lernte er zu schätzen.

Irgendwann tauchte Theodora Himmelreich an seiner Rezeption auf. Sie war über dreißig Jahre älter als er, und für jedes Lebensjahr, das sie trennte, hatte sie sich ein zusätzliches Kilo Körpergewicht angefuttert. Sicher wog Theodora noch mehr, wenn sie auf der Waage den schweren Goldschmuck nicht ablegte, den sie trug. Es war nicht Theodoras Anmut, die ihn am zweiten Abend in ihre Seniorsuite führte.

Friedobert schüttelte sich, wenn ihn die Erinnerung überkam. Es war ein schweres Stück Arbeit gewesen – das großzügige Trinkgeld hatte er sich an diesem Abend hart verdient.

Theodora lächelte über diesen Aufwand. Sie war einmal jung gewesen, hatte weniger Jahre und Kilogramm aufzuweisen gehabt und diese Vorzüge früherer Jahre erfolgreich in bare Münze umzuwandeln verstanden. Dreimal war sie verheiratet gewesen. Und jede Ehe endete mit einem üppigen Vermächtnis der viele Jahre älteren Dahingeschiedenen. Gern hätte sie ein viertes Mal geheiratet, aber die in Aussicht genommenen Kandidaten wollten ihr Erbe gern an mittlerweile jüngere und attraktivere Frauen abtreten. So wechselte Theodora die Fronten und begann ihrerseits, nach einem jüngeren Mann Ausschau zu halten. Bei Friedobert hatte sie Erfolg.

So wechselte auch er die Seiten. An der Rezeption. Fortan stand er nicht mehr hinterm Tresen, sondern davor. Er fragte nicht mehr nach den Wünschen der Gäste, sondern tat seine kund. Statt des dunklen Anzugs trug er nun Brioni-Anzüge. Und das alles kostete ihn nichts. Er musste nur die hämischen Blicke ertragen, die man ihm zuwarf, wenn er mit seiner fülligen Gemahlin im Arm im Foyer erschien und um einen bevorzugten Platz im Restaurant bat, wenn Theodora schnaufend beim Herrenausstatter thronte und ihn in einer Art Modeschau Kleidung vorführen ließ, die zu seiner neuen Garderobe werden sollte. Die Beflissenheit des Personals täuschte nicht darüber hinweg, dass hinter dem Rücken des Paares unverhohlen gelacht wurde.

Und wenn sie sich nicht in der Öffentlichkeit bewegten, sondern das junge Glück im trauten Heim teilten, nahm sie ihm die Luft, wenn sie sich bei ihm anzukuscheln versuchte und er in der Sofaecke von ihr nahezu erdrückt wurde. Friedobert mochte schon gar nicht an die Nacht denken. Wenn sich am Horizont der erste Schatten des hereinbrechenden Abends abzeichnete, näherte sich für ihn die Stunde des Leidens. Und wer sprach von einem Schäferstündchen? Stündchen? Von wegen. Theodora hatte gespart. Nicht nur Geld.

Wie erfrischend waren die Augenblicke, in denen sie beim Coiffeur, im Schönheitssalon, bei der Fußpflege oder beim Schneider weilte. Dann hatte Friedobert frei. In den ersten Wochen nutzte er die Zeit zur Erholung, ließ es sich auf der Terrasse gut gehen, klingelte nach dem Dienstmädchen und bestellte eisgekühlte Getränke, die das Mädchen in immer kunstvoller gestalteten Garnierungen servierte. Die Dekorationen waren eine Augenweide. Und das Dienstmädchen auch.

Es war Theodoras Schuld, dass sie ein bildhübsches junges Mädchen aus Afrika engagiert hatte. Nawiri hatte eine zarte dunkelbraune Haut, eine atemberaubende Figur und war ungemein wissbegierig, auch jene Teile der europäischen Kultur zu erlernen, die in keinem Lehrbuch standen. Zumindest nicht in jugendfreien. Es waren wunderbare Wochen, bis sich bei Nawiri die Strapazen ihrer Nebenbeschäftigung bemerkbar machten.

Friedobert lobte Theodoras wunderbaren Besitz, dankte ihr mit seiner gespielten Zuneigung für ihre Großzügigkeit und das Glück, sein Leben nicht nur mit ihr teilen, sondern auch auf diesem Anwesen wohnen zu dürfen. Er spiegelte ihr ein schlechtes Gewissen vor, da seine Gegenwart zusätzliche Arbeit für das Personal bedeutete und Nawiri dringend Unterstützung benötigte.

In der folgenden Woche nahm Marites ihren Dienst in der Villa auf. Die zartgliedrige Philippinin war in den ersten Tagen zurückhaltend und schüchtern, bis Friedobert sie in die besonderen Geheimnisse des Hauses einführte.

Das rief Nawiris Missgunst hervor, und auch die sprachlichen Barrieren zwischen den beiden Hausmädchen verhinderten nicht, dass es zu verbalen Auseinandersetzungen kam, die sich zu tätlichen steigerten.

Afrika besiegte Asien.

Theodora war über die Entwicklung in ihrem Haus entsetzt. Sie liebte das ruhige und friedliche Ambiente. Friedobert hatte seine Gattin noch nie so zornig gesehen wie in dem Moment, als sie den beiden Hausmädchen eine Standpauke hielt. Theodora saß auf dem Sessel mit dem Seidenbezug, stampfte mit ihren kräftigen Beinen auf den Boden und schüttelte die Faust. Ihr Doppelkinn schwabbelte hin und her, aber aus ihren Augen sprühten die Funken.

Nawiri nahm sich das Recht heraus, ihre Ansprüche an den Hausherrn einzufordern. Schließlich war sie schon länger in den Diensten der gnädigen Frau als die Neue.

Theodora wurde hellhörig. Sie ließ sich Nawiris Forderung in allen Einzelheiten begründen, fragte nach, nickte zwischendurch und spielte während der ganzen Zeit mit ihrer diamantbesetzten Kette.

Als Nawiri fertig war, schloss Theodora die Augen, als müsse sie nachdenken.

Friedobert hatte still dabeigesessen. Er gab keinen Ton von sich, als würde er hoffen, dass seine Anwesenheit unbemerkt blieb. Im Stillen zählte er mit, als sich die hängenden Lider über den Glupschaugen seiner Gemahlin gesenkt hatten.

Theodoras Entscheidung verhieß nichts Gutes, schwante ihm. Schon nach drei Sekunden öffnete sie wieder die Augen und suchte den Blickkontakt zu ihm.

»Raus!« Das war alles, was sie sagte.

»Aber …«, versuchte Friedobert aufzubegehren, doch Theodora hatte sich den beiden Dienstmädchen zugewandt. Sie teilten Friedoberts Schicksal. Ihre Zeit in der Villa hatte abrupt ein Ende gefunden.

Er schlich wie ein geprügelter Hund die breite Treppe empor. Sollte er wirklich seine persönlichen Sachen packen? Was wollte oder durfte er mitnehmen? Oder hatte Theodora, die Anschmiegsame, ihre Entscheidung nur im ersten Zorn getroffen? Sicher würde sie es bereuen. Was wäre sie ohne ihn? Auch wenn er sich manchmal wie ein Schoßhündchen vorkam, das bei Bedarf aus dem Körbchen geholt wurde. Dass dieser *Bedarf* sich jede Nacht einstellte, erfüllte ihn mit einem Hoffnungsschimmer.

Er wollte einen Versuch unternehmen, Theodora umzustimmen. Sollte er sie demütig um Verzeihung bitten? Oder ihr lieber selbstbewusst gegenübertreten und ihr stolz verkünden, jemand wie er, mit einem solchen Superkörper, dürfe nicht nur an eine Frau verschwendet werden? Während Friedobert noch mit sich rang, hörte er die Stimme seiner Frau aus dem Erdgeschoss durchs ganze Haus hallen. Sie telefonierte mit dem Reisebüro, über das sie stets ihre Ausflüge buchte. Nach Kuba wollte sie reisen. Sofort. Ja – sicher. Gleich morgen. Natürlich! Erster Klasse. Und es sollte ein Superhotel werden, mit allem Komfort. Nur das erste, nein! Das *allererste* Haus sollte es sein. Theodora mahnte noch einmal ausdrücklich an, dass alle ihre Forderungen zu erfüllen seien.

Friedobert hatte auf halber Treppe gehockt und ihrem Gespräch gelauscht. Sein Täubchen … Ach was. Eine fette Henne war sie. Man mochte es ihr nicht zutrauen, wenn man nur ihr Äußeres betrachtete. Aber ihre Entschlusskraft war legendär. Ihm brach der Schweiß aus. Sein Hinauswurf war unabänderlich. Nie würde Theodora ihre Entscheidung zurücknehmen. Und wie sollte es mit ihm weitergehen? Sollte er wieder auf die andere Seite des Tresens an der Rezeption zurückkehren? Man kannte ihn mittlerweile als Gast. Kein gutes Hotel würde ihn aufnehmen. Er würde zum Gespött der Gäste werden.

Friedobert sah sich im Geiste als Nachtportier eines heruntergekommenen Etablissements in irgendeinem Schmuddelviertel einer Großstadt. So konnte es nicht weitergehen.

Er richtete sich auf und wollte ins Wohnzimmer gehen, als er hörte, wie Theodora das nächste Telefonat mit ihrer intimsten Freundin Pauline Freifrau von Schmidt führte.

»Hallo, Paulinchen«, säuselte Theodora. »Stell dir vor, meine Liebe, ich fliege morgen in die Karibik. Süper, sage ich dir.« Friedobert schüttelte sich. Das »Süper« hatte er nie ertragen können. »Mein geliebter Engel? Nein, der ist hier unabkömmlich. Er ist ja sooo fürsorglich, meine Liebe. Du glaubst es nicht. Er lässt mich nur ungern fliegen.« Friedobert hörte Theodoras gurrendes Lachen. »Ganz im Vertrauen. Ich gönne mir da etwas Besonderes. Ich fliege erster Klasse und habe das erste Hotel am Platz gebucht. Ach, meine Liebe, für uns ist das Beste gerade gut genug.« Ihre Stimme wurde ein wenig leiser. »Und für ein paar Dollar kann man sich von den knackigen Kubanern so richtig verwöhnen lassen. – Ob ich ein schlechtes Gewissen habe? Wo denkst du hin, liebe Pauline. Mein Friedobert ist ein so rasanter Liebhaber. Aber irgendwann erschöpft sich auch die Kraft des ausdauerndsten Mannes. So hat er sich ein paar Tage Erholung verdient. Damit er wieder fit ist, wenn ich aus dem Trainingslager zurückkomme.« Erneut ertönte dieses gurrende Lachen. »Nein, keine Sorge. Bei mir ist alles in Ordnung. So ein jüngerer Ehemann ist ein wahrer Jungbrunnen. Ich fühle mich um Jahrzehnte jünger. Ach, meine Liebe, du solltest dir auch etwas Jüngeres zulegen. Ciao, meine Liebe. Küsschen.« Zum Ende des Gesprächs hatte Theodoras Stimme einen fast affektierten Klang angenommen. Dafür war das »Blöde Ziege«, nachdem sie aufgelegt hatte, weniger freundlich.

Friedobert atmete tief durch. Theodora hatte ihn gegenüber der angeblich besten Freundin in höchsten Tönen gelobt und mit keinem Wort das Zerwürfnis, schon gar nicht den Rauswurf erwähnt. Konnte er das als gutes Zeichen werten?

Er fuhr sich mit gespreizten Fingern durch das Haar, schlich sich wieder ins Obergeschoss, ließ die Schlafzimmertür laut ins Schloss fallen und versuchte, betont lässig die Treppe hinabzugehen. Im Wohnzimmer trat er von hinten an Theodora heran, legte ihr beide Hände auf die Schultern und drückte sie sanft. Seine Frau zog kurz den Hals ein, dann brüllte sie ihn in einer ungewohnten Lautstärke an.

»Nimm deine dreckigen Pfoten von mir. Ich werde dich in die Gosse jagen, wo streunende Hunde wie du hingehören. Ich trete morgen eine Geschäftsreise an. Wenn ich zurückkomme, will ich nichts mehr von dir sehen. Hast du mich verstanden? Du sollst dich in Luft auflösen. Für immer verschwinden.«

Friedobert zuckte zusammen. Das konnte nicht wahr sein. Theodora musste sich geirrt haben.

»Mein Täubchen«, versuchte er zu säuseln und wollte ihr in das herabhängende Ohrläppchen beißen, eine Geste, die sie alles vergessen ließ.

»Du widerst mich an. Morgen bist du weg. Oder es wird dir schlecht ergehen«, drohte sie.

»Mir schlecht ergehen?«, schrie er. »Das sagt du, du alte fette Henne? Wer wird sich in Luft auflösen? Für immer verschwinden? Du oder ich?«

Wie von Sinnen umklammerten seine Finger ihren Hals. Er hatte Mühe, um den Stiernacken und das wabbelige Doppelkinn herumzukommen. Theodora wehrte sich. Sie versuchte, seine Hände fortzudrücken, sie kratzte und kniff, strampelte mit den Beinen und warf ihr beachtliches Gewicht in die Waagschale. Aber Friedobert hatte jegliche Kontrolle über sich verloren. Ihm wuchsen nahezu übermenschliche Kräfte, so fest drückte er zu.

Theodoras Gegenwehr war heftig, doch schon nach kurzer Zeit erlahmten ihre Kräfte. Sie röchelte und rang nach Luft. Ihr massiger Oberkörper dehnte sich, als könne sie damit Sauerstoff in die Lungen pumpen. Aber Friedobert drückte ihr weiter den Hals zu. Mit einem letzten Seufzer erstarb Theodoras Kampf. Und mit ihm ihr Leben.

Erschöpft ließ Friedobert von ihr ab. Mit dem Hemdsärmel wischte er sich die Schweißperlen von der Stirn. Dann begann er zu zittern, als ihm bewusst wurde, was er getan hatte. Er umrundete das Sofa, kniete sich vor Theodora nieder, umarmte ihre Oberschenkel und rief: »Mein Täubchen. Das war doch nicht so gemeint.«

Seine Frau saß auf dem Sofa. Der Kopf war zur Seite gefallen, der Mund geöffnet. Aus großen Augen starrte sie ihn an.

»Guck nicht so, du fette Henne«, schrie er wütend, aber sie rührte es nicht. Es war der starre Blick, der ihn sich fürchten ließ. »Mein Gott«, jammerte er. »Mein Gott, wie kann ich das ungeschehen machen?«

Es dauerte zwei Stunden, bis ihm bewusst wurde, dass es Dinge im Leben gab, die endgültig waren, die sich nicht umkehren ließen.

Friedobert setzte sich auf den Sessel gegenüber und betrachtete seine Frau. Exfrau, fiel ihm voll Bitternis ein. Lauter absurde Gedanken schossen ihm durch den Kopf. Jetzt war er Witwer. Was für ein Wort für einen jungen Mann. Du bist ein Witwer. Ein reicher Witwer, ergänzte er. Und das musste so bleiben. Er wollte lieber ein reicher Witwer als ein armer Mörder sein.

Friedobert musste nicht lange überlegen, dann griff er zum Telefon.

»Mein Kleiner«, hörte er die Stimme seiner Mutter, die eine ähnliche Statur wie seine Exfrau hatte. »Wie geht es dir?«

»Danke, Mama. Ich bin sehr fleißig und beruflich erfolgreich.«

»Das höre ich gern, mein Muckelchen.« Seine Mutter konnte es sich nicht abgewöhnen, ihn so zu nennen.

»Mama«, sagte er und räusperte sich. »Sei mir nicht böse, aber ich habe wenig Zeit. Du weißt, in einem großen Hotel gibt es für den Empfangschef jede Menge Arbeit. Deshalb fasse ich mich kurz. Wir haben eine sehr wichtige Persönlichkeit im Hause, eine Dame der besten Gesellschaft. Die wollte morgen nach Kuba in die Sonne fliegen. Nun ist ihr eine ganz wichtige Aufsichtsratssitzung dazwischengekommen, die ich organisiert habe.«

»Mein Muckelchen, ich bin so stolz auf dich.«

»Danke, Mama. Die Dame hat sich als ausgesprochen dankbar erwiesen. Diese Reise lässt sich leider nicht mehr stornieren. Und da habe ich sofort an dich gedacht. Du packst jetzt deine Koffer, und morgen früh hole ich dich ab, bringe dir die Tickets, Reisegeld und erkläre dir alles. Eine einzige Bedingung ist dabei zu beachten. Du musst unter dem Namen Theodora reisen.«

»Ja, aber ...«

»Nichts aber, Mama. So. Nun kommt mein Chef. Also! Morgen früh. Sei pünktlich.« Friedobert legte auf, ohne eine Antwort abzuwarten. Natürlich durfte seine Mutter nicht die Rückreise antreten. Sie müsste von Kuba aus weiter nach … er überlegte einen Moment. Genau. Nach Mexiko reisen. Von dort würde sie unter ihrem richtigen Namen nach Deutschland zurückkehren. Das zu organisieren würde ihm nicht schwerfallen. So etwas gehörte früher zu seinen Aufgaben an der Hotelrezeption. Auf diese Weise würde Theodora ihre Reise antreten, von der sie ihrer Freundin Pauline Freifrau von Schmidt erzählt hatte. Und sie hatte von der unerschöpflichen Liebe ihres Gatten Friedobert berichtet, der seiner auf Kuba verschwundenen Frau hinterhertrauern würde.

»Ich wünsche dir eine schöne Reise, fette Henne«, sagte er und nickte Theodora zu.

Die nächste Stunde verbrachte er damit, zwei Louis-Vuitton-Koffer zu packen, in denen er aus Theodoras Kleiderschrank das verstaute, von dem er annahm, dass es eine Frau in ihrem Alter mit auf die Reise nehmen würde. Er vergaß nicht, einen Teil des Schmucks auszusortieren, dachte an die Kosmetik und Medikamente, Reisepapiere und andere Utensilien, die auf einer Reise benötigt wurden.

Nach Einbruch der Dunkelheit besorgte er sich im Keller ein paar Arbeitshandschuhe, holte aus dem Schuppen einen Spaten und vergrub Theodora und die Koffer, natürlich ohne Schmuck und Bargeld, in einer nicht einsehbaren Ecke des Grundstücks.

»Ein letzter Liebesdienst«, sagte er erschöpft, als er die letzte Erde des Aushubs sauber auf dem Grab verteilte. »Du hast diesen Platz zwischen den Rhododendren und unter den alten Eichen immer geliebt.«

Dann kehrte er ein wenig ruhiger ins Haus zurück.

Am nächsten Morgen holte er mit einem Taxi seine Mutter ab, fuhr mit ihr zum Frankfurter Flughafen, half ihr beim Check-in und winkte der Maschine nach, als sie sich in den blauen Himmel über der Mainmetropole erhob.

»Bye-bye, Theodora«, sagte er leise.

Seine erste Aktion war, Nawiri und Marites wieder einzustellen. Neid und Unfrieden wollte er allerdings nicht wieder in *sein* Haus tragen. So knüpfte er an die Rückkehr der beiden Mädchen die

Bedingung, dass sie seine wechselnden Gunstbezeugungen akzeptierten. Schließlich gab es gerade und ungerade Tage. Und in Monaten mit einunddreißig Tagen würde er sich zu Ultimo eine Auszeit gönnen.

Richtig konnte er sich nicht an den beiden willigen jungen Damen erfreuen. Zu sehr waren seine Gedanken abgelenkt. Immerzu musste er an Theodora denken. Je näher der Tag ihrer angeblichen Rückkehr kam, umso nervöser wurde er. Früh am Morgen setzte er sich ins Auto und fuhr zum Frankfurter Flughafen. Als die Maschine eintraf, stand er mit einer langstieligen Rose am Gate.

Theodora erschien nicht. Und seine Mutter hatte er für die nächste Woche gebucht. Die alte Dame saß jetzt irgendwo in Acapulco am Strand und ließ es sich gut gehen.

Als sich die letzten Passagiere des Flugs verlaufen hatten, eilte Friedobert zum Schalter der Fluggesellschaft, wedelte auffallend mit seiner Rose herum und fragte nach dem Verbleib seiner Gattin. Die attraktive Angestellte bedauerte. Theodora war zwar für den Flug gebucht, hatte aber nicht eingecheckt. Sie könne ihm zu ihrem großen Bedauern nicht weiterhelfen. Galant reichte Friedobert der Angestellten die Rose, nannte noch einmal seinen Namen und fuhr heim.

Am Folgetag telefonierte er mit dem Reisebüro, versuchte, das Konsulat und das Hotel zu erreichen, aber seine Ehefrau blieb verschwunden. Man bestätigte ihm, dass die gnädige Frau bis vor zwei Tagen im Haus Gast gewesen sei. Sie hatte ihre Kreditkarte zur Sicherheit hinterlegt, sodass dem Hotel durch die überraschende Abreise kein Schaden entstanden war. War es recht, fragte das Hotel, dass auch die anderen Rechnungen wie der Limousinenservice, der Schneider und Juwelier sowie die Agentur, die den männlichen Begleitservice gestellt hatte, darüber bezahlt würden?

Friedobert stimmte zu. Er wollte jedes Aufsehen vermeiden.

Dann besann er sich.

Schneider? Juwelier? Begleitservice?

Mama!

Er würde mit seiner Mutter ein ernstes Wort wechseln müssen.

Friedobert wartete drei Tage, dann rief er Pauline Freifrau von Schmidt an.

»Mein Süßer«, flötete Theodoras Freundin. »Wie geht es meinem Schätzchen? Ist sie wohlbehalten aus Kuba zurück?«

Friedobert erklärte ihr, dass er seine Frau vermissen würde.

»Soso«, flötete Pauline. »Die Gute wird doch nicht bei einem der braunen Jungs schwach geworden sein? Wenn Sie möchten, mein Bester, dann besuchen Sie mich doch, damit wir in Ruhe darüber reden können. Heute Nachmittag? Nein. Warten Sie. Morgen ist besser. Da ist mein Mann auf Geschäftsreise.«

Friedobert verzichtete darauf. Stattdessen suchte er die nächste Polizeidienststelle auf und erstattete Anzeige.

Am folgenden Tag erhielt er den Besuch eines älteren Mannes, der sich als Oberkommissar Wurster vorstellte.

Der Polizeibeamte fragte nach den Umständen von Theodoras Verschwinden, ließ sich die Abrechnung des Reisebüros zeigen, warf einen Blick auf die Kontoauszüge und Kreditkartenabrechnung und in die Kleiderschränke.

Friedobert unterstützte ihn bereitwillig. »Wenn ich nur meine Frau wieder bei mir hätte«, jammerte er. Manchmal glaubte er selbst an diese Aussage.

Oberkommissar Wurster hatte sich alles gewissenhaft notiert.

»Hat Ihre Frau eine Lebensversicherung?«

»Sicher«, erwiderte Friedobert. »Aber was soll das heißen? Sie lebt doch. Niemand interessiert sich für die Lebensversicherung.«

»Erben Sie das Vermögen?«

»Das ist beträchtlich«, bestätigte Friedobert. »Aber wieso erben? Niemand spricht von Erbschaft.«

»Wovon bestreiten Sie Ihren Lebensunterhalt?«

»Ich habe Zugriff auf unser gemeinsames laufendes Konto«, erklärte Friedobert und zeigte dem Polizisten auch diese Unterlagen. Tatsächlich flossen diesem »Alltagskonto« jeden Monat so viele Mittel zu, dass selbst Friedobert Mühe hatte, das Geld auszugeben. Außerdem vermied er jede Auffälligkeit. Er war mit seinem Leben zufrieden. Man sollte nichts übertreiben. Seine Lebensführung würde keinen Anlass für intensivere Nachforschungen geben.

Das sah auch Oberkommissar Wurster ein. Lediglich als der Polizist sich noch einmal im Haus und auf dem Grundstück umsah und mit dem Fuß auf dem Mutterboden unter den alten Eichen scharrte, wurde es Friedobert ein wenig mulmig. Er zeigte auf die Rhododendren.

»Meine Frau hatte den Gärtner beauftragt, den Boden zu verbessern«, erklärte er.

Oberkommissar Wurster notierte sich den Namen des Gärtners.

Friedobert verbrachte ein paar Tage voller Ungewissheit, bis sich der Polizist bei ihm meldete. Er habe Friedoberts Angaben geprüft, erklärte der Beamte. Sie trafen zu. Auch Pauline Freifrau von Schmidt bestätigte, dass Theodora mit ihr vor der Abreise gesprochen hatte. Sie hatte auch erwähnt, wie verliebt sich Theodora noch gezeigt hätte.

Am nächsten Tag meldete sich Theodoras Freundin bei Friedobert.

»Ein Inspektor hat mich besucht und mir merkwürdige Fragen gestellt. Ist etwas nicht in Ordnung, mein Süßer? Wir sollten vertraulich miteinander reden. Am besten, wir treffen uns am Wochenende in dem netten kleinen Hotel in Zwingenberg.«

Friedobert bedauerte, aber der Schmerz über das Verschwinden seiner geliebten Ehefrau sei noch so groß, dass er sich außerstande sehe, auch nur kurzfristig das Haus zu verlassen.

Tatsächlich war eine Wandlung bei ihm eingetreten. Die Nächte verbrachte er häufig allein. Nawiri und Marites schenkten ihm kaum noch Lebensfreude. Allmählich begannen die beiden Mädchen, sich zu langweilen. Mit der Pflege des Haushalts waren sie nicht ausgelastet. Irgendwann glaubte Friedobert sogar, aus Nawiris Zimmer verdächtige Geräusche zu hören, so als würde Afrika dabei sein, Asien zu entdecken. Oder umgekehrt? Es kümmerte ihn nicht.

Friedobert wurde immer nervöser. Er schlief schlecht, versuchte, die Schlafstörungen zunächst mit Rotwein, dann mit Tabletten zu bekämpfen. Selbst die Kombination aus beidem half ihm nicht. Das Essen rührte er kaum noch an. Und auch das Haus verließ er nicht.

Nach zwei Monaten meldete sich Oberkommissar Wurster und berichtete, dass es keine neuen Lebenszeichen von Theodora geben würde. Es sei schwierig, etwas von der kubanischen Polizei zu erfahren. Die dortigen Behörden würden sich nicht als kooperativ erweisen. In einem Nebensatz merkte Wurster an, dass er auch Kontakt zur Lebensversicherung und zu den Banken halte und beobachte, ob Friedobert dort Ansprüche geltend machen würde.

War das eine versteckte Drohung? Hatte die Polizei doch Verdacht geschöpft? Stand er unter Beobachtung?

Friedobert überlegte, welchen Fehler er begangen hatte. Er fand keinen. Es gab keine Zeugen, und er hatte niemandem in einer schwachen Stunde von seiner Tat erzählt, weder seiner Mutter noch den beiden Mädchen, die er gern losgeworden wäre. Sie störten ihn, vernachlässigten den Haushalt und beschäftigten sich nur noch miteinander, ohne ihm Beachtung zu schenken. Sie scheuten sich nicht einmal, ihre gegenseitige Zuneigung in seiner Gegenwart zu zeigen und … zu praktizieren. Friedobert traute sich nicht, die beiden zurechtzuweisen. Was wäre, wenn sie doch etwas mitbekommen hätten und sein Geheimnis verrieten? Ob er … Nein! Noch zwei Morde, das würde er nicht überleben.

Was machte das alles noch für einen Sinn? Das Haus, die finanzielle Unabhängigkeit, all das bereitete ihm keine Freude. Er hatte keine Freunde, ging nicht aus, nahm in keiner Weise mehr am Leben teil. Stattdessen hockte er in diesem dunklen Kasten, den manch andere als wunderbares altes Haus bezeichneten, und wartete darauf, dass das Telefon klingelte oder die Türglocke erklang. Er stellte fest, dass seine Stimme vibrierte, er unsicher und fahrig wurde, als Oberkommissar Wurster anrief und ihm lapidar mitteilte, dass man Theodora noch nicht gefunden hätte, sich die Spuren aber verdichteten.

»In welcher Weise?«, fragte Friedobert.

»Bedaure, aber zu laufenden Ermittlungsverfahren können wir keine Auskünfte erteilen«, erklärte der Polizist.

Ich muss noch vorsichtiger werden, dachte Friedobert und begann, bei der Haushaltsführung zu sparen. Die Lieferungen des Feinkosthändlers wurden abbestellt, stattdessen mussten die Mädchen beim Discounter einkaufen. Um Kosten zu sparen, blieben die Autos in der Garage, und als Friedobert eines Morgens ein Loch in seiner Socke entdeckte, beschloss er, trotzdem keine neuen Strümpfe zu kaufen. Keine Woche später verzichtete er auch auf den abendlichen Rotwein aus dem immer noch stattlich gefüllten Weinkeller und begnügte sich mit Pfefferminztee aus dem Teebeutel.

Friedobert fühlte sich eingesperrt. Statt auf die Straße zu gehen, plierte er vorsichtig durch den Gardinenspalt, ob irgendjemand das Haus beobachtete. Seine Angst steigerte sich noch, als er eines Tages im Wintergarten saß und auf die Eichen starrte, unter denen Theodora ihre letzte Ruhe gefunden hatte. Plötzlich bemerkte er einen Hund, der durch den Garten lief, die Schnauze gerade eben über der Grasnarbe hielt und offenbar einer Spur folgte. Das Tier verhielt sich ausgesprochen geschickt, dachte Friedobert. Es tat so, als würde es mal hier, mal dort schnuppern, sich für diesen oder jenen Flecken interessieren, bis es – ganz beiläufig – in Theodoras Ecke lief, seine Duftmarke an einer der Eichen absetzte und daneben mit den Füßen im Erdboden zu scharren begann.

Friedobert sprang wie von Furien gehetzt auf, raste in den Garten und verjagte den Hund, der sich in großen Sätzen davonmachte.

Das war kein Zufall. Friedobert war sich sicher. Es war ein Polizeihund, so wie das Tier sich verhalten hatte. Dadurch, dass es zunächst an anderen Stellen gerochen hatte, wollte es Friedobert täuschen. Nicht mit ihm. Er hatte die List der Polizei durchschaut. Da Oberkommissar Wurster nicht direkt im Garten graben durfte, hatten die Beamten eine List angewandt und den Leichenspürhund vorgeschickt.

So dumm war Friedobert nicht. Er hatte das durchsichtige Manöver erkannt. Aber wie sollte er darauf reagieren? Theodora umbetten? Er malte sich aus, wie seine Frau nach fast einem Vierteljahr im Erdreich wohl aussehen mochte. Das ging nicht. Lieber würde Friedobert ein paar Jahre ins Gefängnis gehen. Vielleicht war das keine schlechte Lösung. Sicher gab es dort eine abwechslungsreichere Ernährung als jeden Tag Pfefferminztee.

Nur zwei Tage später überraschte ihn die nächste schlechte Nachricht. Nawiri hatte deutlich mehr Zeit für den Einkauf benötigt.

»Wo warst du?«, schrie er sie an. »Hast du mit jemandem gesprochen? Wollte jemand etwas von dir wissen?«

Sie schüttelte eingeschüchtert den Kopf. Sie war ein Stück weiter oben in der Siedlung stehen geblieben und hatte Arbeitern zugesehen, die das Wasser aus dem kleinen Teich abpumpten. Friedobert war einer Ohnmacht nahe. Natürlich. Die Polizei suchte Theodora. Sie waren ihm auf die Spur gekommen. Sie wussten, dass er seine Frau ermordet hatte. Nun suchten sie die Leiche. Nachdem der Versuch mit dem Leichenspürhund gescheitert war, hatten sie den Verdacht, er hätte sein Opfer im See versenkt.

In der folgenden Nacht war keine Sekunde an Schlaf zu denken. Immer wieder lauschte Friedobert, ob sich nicht das Mobile Einsatzkommando an das Haus heranschleichen, die Tür sprengen und ihn verhaften würde. Welche Schmach, wenn alle Nachbarn am Gartenzaun stehen und auf ihn zeigen würden.

»Das konnte ja nicht gut gehen. Bei dem Altersunterschied«, würden sie ihm hinterherrufen. Und sein Konterfei würde auf der Titelseite der Zeitung erscheinen. Alle, die ihm schon einmal begegnet waren, würden erfahren, dass er ein niederträchtiger Mörder war.

Wie sollte es nur weitergehen? Wann würden seine Verfolger endlich Ruhe geben?

Schon am nächsten Tag ging die Hetzjagd weiter. Zwei Kriminalbeamte hatten sich als Arbeiter getarnt. Sie trugen nicht nur blaue verschmutzte Overalls, sondern hatten auch eine Schaufel und einen Lageplan von Haus und Garten dabei.

»Dürfen wir uns einmal in Ihrem Haus und im Keller umsehen?«, fragte der größere.

Für wie naiv hielten sie Friedobert? Er hatte sie durchschaut. *Das* waren keine Arbeiter.

»Nein! Nie und nimmer. Scheren Sie sich zum Teufel«, schrie er, knallte die Tür zu und verbarrikadierte sie. So leicht wollte er es den Häschern nicht machen.

Doch sie gaben nicht auf. Am Folgetag erschien eine ganze Truppe mit einem Minibagger und machte sich daran, das Areal vor seinem Grundstück aufzureißen. Dort begannen sie mit der

Suche. Er hatte ihre Taktik durchschaut. Sie würden allmählich alles umgraben, bis sie die Stelle in der Gartenecke fanden.

Nein! Das ließ er nicht zu. Das konnten sie nicht mit Friedobert machen.

Mit schweren Schritten stieg er die Treppe zum Dachboden empor.

Der Arbeiter schob die Mütze ins Genick und stützte sich auf den Stiel seiner Schaufel auf. Dann zeigte er auf die große Villa.

»Möchtest du in so einem Kasten wohnen?«, fragte er seinen Kollegen.

»Ach, wenn man mir das schenken würde.« Er winkte ab. »Aber von unserem Lohn können wir nicht mal die Stromrechnung bezahlen.«

Der erste Arbeiter schüttelte den Kopf, klopfte eine Zigarette aus der zerknitterten Packung, zündete sich den Glimmstängel an und inhalierte den Rauch, bevor er weitersprach.

»Bringt nicht immer Glück, ich mein   so 'n Haus. Da wohnte ein Ehepaar. Stinkreich. Sie ist auf einer Reise nach Kuba verschwunden und nicht wieder zurückgekehrt. Einfach weg.«

»Wundert mich nicht«, antwortete der Kollege. »Da ist doch dieser Dingsbums, wie heißt der noch gleich. Irgendwas mit 'ner Fiedel.«

»Quatsch. Das soll ein Urlaubsparadies sein. Und ein Geheimtipp für alleinreisende Frauen. Das war aber hier«, dabei zeigte er auf das Haus, »nicht der Fall. Die beiden haben sich echt geliebt, obwohl er wohl ein paar Jahre jünger war.«

Der Kollege sah ihn an. »Woher weißt du das denn?«

Der Erste zuckte mit den Schultern. »Sagt man. Jedenfalls hat der Mann seine Frau so geliebt, dass er sich aus Kummer über ihr Verschwinden auf dem Dachboden aufgeknüpft hat.« Dabei machte er die Geste des Halsabschneidens, um seine Worte zu unterstreichen. »Nicht gut, was?«

»Wirklich nicht«, erwiderte der Kollege. »Dann wollen wir nicht reich sein und nicht in so einem Haus wohnen. Komm, wir arbeiten lieber.«

Sie warfen noch einen letzten Blick auf das friedlich daliegende Anwesen, bevor sie weiter am Graben für die neue DSL-Leitung buddelten, nachdem zuvor die Kollegen der Stadtwerke die Straße aufgerissen hatten für die Erneuerung des Kanalnetzes.

Verschwunden

Der gelbe Renault Kangoo bog von der Hauptstraße ab und rumpelte über den Pfad durch den Wald. Schmückle kannte den Weg. Seit vielen Jahren war er als Briefzusteller in diesem Teil des Schwarzwalds tätig. Im Unterschied zu seinen Kollegen in den Großstädten waren auch seine Postkunden über Jahrzehnte die gleichen geblieben. Man kannte sich, wusste um dieses oder jenes Persönliche der Menschen, die in den kleinen Orten lebten, noch mehr von denen, die auf einem Einödhof oder in der Abgeschiedenheit des Waldes ihr Zuhause hatten.

Hubert Sindlinger war einer von ihnen. Gemeinsam mit seinem Vater Eugen hatte der kräftige junge Mann aus einem Sägewerk ein gesundes mittelständisches Unternehmen geschmiedet. Hier, im Nordschwarzwald zwischen Hengstett und Hirsau, war der Waldbestand nicht so dicht wie im Süden des Höhenzuges, trotzdem hatte es für die Sindlingers seit Generationen gereicht.

Der alte Sindlinger hatte über Jahre gute Kontakte gepflegt, vielleicht auch hier und da ein wenig nachgeholfen, indem er einem Kommunalpolitiker ein wenig Holz hatte zukommen lassen, dafür sorgte, dass ein Fraktionsvorsitzender sich eine rustikale Holzhütte im Wald errichten oder in manchem Kamin einflussreicher Leute aus der Region unbekümmert Holz verfeuert werden konnte, weil sich der Hauseigentümer nicht um die Beschaffung kümmern musste.

Niemand hatte der Familie nachweisen können, dass es nicht mit rechten Dingen zugegangen war, als sie eines Tages die Genehmigung erhielt, mitten im Wald eine große Erweiterung des Sägewerks vornehmen zu dürfen. Wie so oft zählte nach außen das Argument »Schaffung von Arbeitsplätzen« und »Verbesserung der örtlichen Wirtschaftskraft«. Und nicht nur die örtliche Wirtschaftskraft hatte sich verbessert, in viel größerem Maße auch die der Familie Sindlinger.

Das hatte viele Neider hervorgerufen. Man suchte das Haar in der Suppe, dichtete den beiden Sindlingers allerhand an, von der

Bestechung über Steuerhinterziehung bis zu Umweltstraftaten. Nichts blieb unversucht, um der Familie das Leben schwer zu machen. Und da Gerüchte schnelle Beine haben, es viel aufregender ist, von krummen Geschäften zu erzählen als von auf Fleiß beruhendem Erfolg, begannen die Einheimischen bald, die Familie und ihren Betrieb zu meiden. Die Kinder litten in der Schule und wurden gehänselt. Die junge Frau Sindlinger nahm es auf sich, weitere Strecken zurückzulegen, um für den täglichen Bedarf einzukaufen, nachdem die Einheimischen sogar daran Gefallen gefunden hatten, sich über den Inhalt des Sindlinger'schen Einkaufswagens auszulassen. Aus einer harmlosen Flasche Obstler wurde ein »Saufgelage«, die Flasche Sekt zur »Orgie« und der Sonntagsbraten zur »Völlerei«. Selbst die Vorratspackung Toilettenpapier veranlasste die Gerüchteköche zu kolportieren, der alte Sindlinger sei an Darmkrebs erkrankt.

Wenn die Familie von diesen Ereignissen erzählte, mochte das kaum jemand glauben, so unwahrscheinlich klang es. Leider entsprach es aber den Tatsachen.

Insgeheim freuten sich die Leute, als das hiesige Holz nicht mehr gefragt war. Immer mehr Kunden sprangen ab und verlangten eine andere Qualität, die diese Ecke des Schwarzwalds nicht hergab. Holz wurde aus Skandinavien importiert, aus Kanada und aus den endlosen Wäldern Rumäniens.

»Vater, wir müssen umstellen, uns etwas einfallen lassen«, hatte Hubert gemahnt. Aber Eugen war stur geblieben.

»Wir betreiben seit hundert Jahren und länger ein Sägewerk. Dabei bleibt es. Solange ich lebe«, hatte der Alte entschieden.

Hubert war machtlos. Noch hielt sein Vater die Zügel in der Hand, entschied, wo investiert wurde und Neuerungen eingeführt wurden.

Zum Zerwürfnis kam es, als Hubert doch modernisierte. Er benötigte viel Zeit und Energie, um die Hausbank davon zu überzeugen, dass er den Betrieb erweitern musste. Das Holz, das keine Käufer mehr fand, sollte in einem neu anzuschaffenden Schnitzelwerk zermahlen und zu Spanplatten verarbeitet werden. Hierfür, so glaubte Hubert, würde ein besserer Preis zu erzielen sein als für das zersägte rohe Holz. Tatsächlich bewilligte man ihm die Mittel für diese Investition, und fortan stand auf dem Werksgelände das unheimlich anmutende Mahlwerk, das alles zu kleinen Häckseln verarbeitete, was ihm zum Fraß vorgeworfen wurde.

Erst als Huberts Mutter starb, bekam der junge Sindlinger etwas mehr Freiheiten, nachdem sich Eugen in seinem Schmerz vom Tagesgeschäft zurückgezogen hatte. Es reichte aber nur, um den Niedergang abzubremsen, nicht um ihn zu stoppen. Es musste Grundlegendes geschehen. Doch es half nichts. Die Wirtschaftskrise hinterließ auch im Schwarzwald ihre Spuren. Die Geschäfte liefen nach anfänglicher Euphorie immer schlechter. Die Nachfrage nach Spanplatten sank rapide.

Der alte Sindlinger schien allmählich kapitulieren zu wollen. Er verfiel in Agonie, vernachlässigte seine Arbeit und zog sich immer mehr zurück, bis er eines Tages überhaupt nicht mehr im Sägewerk erschien.

Das blieb den Leuten im Dorf ebenso wenig verborgen wie den Banken, die Hubert dringend anmahnten, der drohenden Katastrophe etwas entgegenzusetzen. Der junge Sindlinger war verzweifelt. Noch hielt sein Vater die Zügel in der Hand, zumindest offiziell, während faktisch die ganze Verantwortung auf Huberts Schultern lastete. So konnte es nicht weitergehen. Hubert mochte nicht sehenden Auges den alteingesessenen Familienbetrieb in den Ruin führen. So fasste er sich ein Herz und suchte seinen Vater auf, der immer noch der Mutter nachtrauerte. Nie würde Hubert diesen Tag vergessen. Es war ein nasskalter Montag im November. Es regnete, die Wege waren aufgeweicht, und ein eiskalter Wind fegte um das Haus, als er an der Tür des alten Gebäudes klopfte.

Das war vor vier Jahren gewesen. Danach war es wieder aufwärts gegangen. Langsam, aber stetig. Die ernsten Probleme waren überwunden, der Betrieb erweitert, und wo früher Holz lagerte, standen jetzt moderne Fabrikationsanlagen. Arbeiter liefen über den Hof, Gabelstapler kurvten dazwischen herum und transportierten ihre schwere Last, Lkws kamen von weit her und fuhren mit den Produkten des Unternehmens wieder in die Ferne. Binnen kürzester Zeit hatte sich die Firma einen exzellenten Ruf in der Branche erworben.

Damit war der Neid der Einheimischen nicht schwächer geworden. Ganz im Gegenteil. Es wurden noch bösartigere Gerüchte gestreut, die ständig neue Nahrung erhielten. Und Gründe dafür gab es viele.

Hubert Sindlinger stand auf dem Platz und wies einen Lkw-Fahrer ein, als der gelbe Post-Kangoo auf den Hof rollte und neben Hubert stehen blieb. Briefträger Schmückle drehte die Fensterscheibe herab.

»Grüß Gott, Sindlinger.«

Hubert gab nur einen unwilligen Knurrlaut von sich. Er mochte Schmückle nicht und vermutete, dass der es mit dem Briefgeheimnis nicht allzu genau nahm und diese oder jene vertrauliche Information streute. So sprach man im Dorf von Problemen mit dem Finanzamt, wenn amtliche Post der Steuerverwaltung bei Sindlinger angeliefert wurde. Niemand fragte Hubert, ob in den Schreiben nicht eventuell eine Benachrichtigung über die Vergütung von Steuern enthalten sei. Es wurde grundsätzlich immer nur das Schlimmste angenommen.

»Ich habe dir wieder einen Stapel Post mitgebracht. Wie schaffst du das eigentlich. Der ganze Laden hier …« Schmückle ließ seinen Kopf kreisen. »Und dann auch noch die anderen Sachen, die du dir aufgebürdet hast.«

»Halt's Maul, Schmückle. Was geht es dich an? Mach du deine Arbeit. Was interessiert es dich, wie ich meine Dinge richte? Irgendwann wirst du die Post im Rock austragen, weil das die einzige angemessene Kleidung für ein altes Klatschwcib wie dich ist.«

»Spuck nur so große Töne, Sindlinger. Eines Tages wird's dich erwischen. Glaubst du, die Leute wissen nicht, was hier vorgeht? Jeder zwischen Hengstett und Hirsau, ach, was sag ich, bis nach Calw runter, weiß, auf welchem Fundament du das alles aufgebaut hast. Das kann nicht gut gehen. Er da oben«, dabei zeigte Schmückle mit der Hand, in der er immer noch den Briefstapel hielt, zum Himmel, »wird dich eines Tages zur Rechenschaft ziehen. Und deinem irdischen Richter wirst du auch nicht entgehen. Nein, Sindlinger. Die sind dir schon lange auf den Fersen.«

»Du bekommst gleich was aufs Maul«, schimpfte Hubert und deutete eine Drohgebärde an.

»Ja, so ist es recht. Immer mit Gewalt. Das kennen wir ja. Selbst deine Familie …«

Hubert stürzte sich auf das Postfahrzeug und rüttelte an der Tür, die Schmückle jedoch in weiser Voraussicht verschlossen hatte. Mit einem Schwung warf der Briefzusteller den Poststapel aus dem Fenster auf den Boden und drückte im gleichen Moment das Gaspedal durch, sodass der Kangoo einen Satz nach vorn machte, dass die Kiesel aufspritzten, und davonfuhr.

Hubert ballte die Faust hinter dem Postfahrzeug her.

»Du elender Hund«, fluchte er. »Dich erwische ich noch.« Er bückte sich und sammelte die Briefe auf. Dann ließ er sie durch seine Hand gleiten und besah sich die Absender. Bei einem Brief in einem grünen Umschlag stutzte er. Deshalb hatte sich Schmückle die Frechheit herausgenommen. Die Post stammte von der Polizei aus der Kreisstadt. Hubert riss den Umschlag mit dem Fingernagel auf. »Was wollen die schon wieder«, brummte er vor sich hin, obwohl er die Antwort kannte. Natürlich. Oberkommissar Waidelich bat ihn zu einem neuen Termin, übermorgen um neun Uhr dreißig in der Polizeidirektion Calw.

»Der sitzt mir im Pelz wie eine Laus«, schimpfte Hubert. »Seit über drei Jahren verfolgt mich dieser Mann. Kann der nicht endlich Ruhe geben? Ein typischer Schwabe. Bedächtig, aber er lässt sich nicht abwimmeln.«

»Ist was, Chef?«

Hubert sah auf. Er hatte Sigurd Langele nicht bemerkt. Der Mann gehörte schon fast zum Inventar. Als Hubert noch ein kleiner Junge war, hatte Sigurd sich seiner angenommen und war mit ihm zur großen Säge gegangen. Damals hatte Langele sich auch nicht gescheut, mit Hubert durch den Berg Sägespäne zu toben, um darin Versteck zu spielen. Heute war Sigurd behäbiger geworden. Das schüttere Haar war schon lange ergraut, die Bartstoppeln am Doppelkinn ebenfalls. Und die Latzhose spannte sich über den mächtigen Bauch.

»Ach, Siggi, nee nichts. Das Übliche. Wenn diese Bürokratie nicht wäre, dann hätten wir alle mehr Zeit, um uns um das Geschäft zu kümmern.«

»Komisch.« Sigurd kratzte sich den Bart, dass das schabende Geräusch deutlich vernehmbar war. »Dein Vater … der hat nie über den Papierkram geklagt. Hat er was anders gemacht?«

»Die Zeiten waren andere, Siggi. Und der Betrieb hat auch anders ausgesehen.«

Sigurd hakte seine Daumen hinter die Träger der Latzhose und zog daran.

»Vielleicht waren die Zeiten damals anders, aber bestimmt nicht schlechter. Damals haben wir ehrliche Arbeit geleistet.«

Hubert sah Langele an. »Was willst du damit sagen?«

»Nichts.« Sigurd zuckte zusammen. »Nichts, Chef. Aber damals haben wir andere Sachen gemacht. Holz gesägt.« Er bekam einen schwärmerischen Ausdruck in den Augen. »Da konnte ich am Geruch erkennen, ob das Holz gut war oder zu feucht. Wir haben Bretter gehobelt und Balken für die Zimmerleute. Mensch, wenn ich daran zurückdenke.«

»Das wollte niemand mehr haben, Siggi. Mit dem da«, Hubert zeigte auf die neue Produktionshalle, »damit haben wir überlebt.«

»Ist schon recht, Chef. Ich finde das unglaublich, wie du zuerst die Spanplattenproduktion aufgebaut hast. Ich erinnere mich noch an das Mahlwerk. Ratsch – krrrh. Ich kannte ja die Gefährlichkeit der Sägen. Wenn du nicht aufpasst, ist der Finger oder die ganze Hand ab. Aber das Mahlwerk? Wer da hineinfällt, ist für immer verschwunden. Nee.« Sigurd schüttelte sich und klopfte Hubert auf die Schulter. »Ich bin dir dankbar dafür, dass du mich zur Materialausgabe abgestellt hast. Am Mahlwerk möchte ich nicht arbeiten.«

»Das ist nur ein kleiner Teil dessen, was wir heute produzieren.« Sigurd nickte versonnen. »Wenn das dein Vater miterlebt hätte, Junge, Junge. Vom Sägewerk zur Produktion ganzer Fertighäuser. Das macht dir keiner nach. Und nicht nur die Technik, nein, wir alle fragen uns, wie du die Investitionen tätigen konntest.«

»Jetzt reicht es«, beschied ihn Hubert. »Sieh zu, dass du wieder in deine Materialausgabe kommst und überlasse mir das Geschäftliche.«

»Ist schon gut«, knurrte Siggi und schlich sich davon.

»Selbst der hat sich schon auf die Seite der anderen geschlagen«, murmelte Hubert und ging zum Büro hinüber.

Die Altstadt von Calw musste sich das enge Tal mit der Nagold teilen. Am nördlichen Ende der romantischen Innenstadt lag der Schlossberg, an dem auch die Polizeidirektion ihren Sitz hatte. Oberkommissar Waidelich sah eher wie ein zufriedener Frühpensionär denn wie ein Kriminalbeamter aus. Ein grau melierter Haarkranz säumte den kahlen Kopf, lediglich oberhalb der Stirn sprossen noch ein paar vereinzelte Haare, so als wäre vergessen worden, sie beim Haareraufen mit auszureißen. Waidelich hatte Pausbacken, die rosa schimmerten und von dünnen blauen Äderchen durchzogen waren. Die vollen Lippen, die fleischigen Ohrläppchen und der Ansatz eines Doppelkinns verliehen ihm ein weiches Aussehen. Dazu passte auch die etwas zu hohe Stimme und der unverkennbare regionale Dialekt. Hubert glaubte, dass der Oberkommissar um diese Eigenschaften wusste und sie als Vorteil bei Verhören ins Feld führte, weil sein Gegenüber ihn aufgrund der Äußerlichkeiten falsch einschätzte.

Hubert Sindlinger saß dem Polizisten nicht das erste Mal gegenüber. Die erste Begegnung lag etwa dreieinhalb Jahre zurück, ein halbes Jahr, nachdem Hubert seinen Vater aufgesucht hatte. Es war an einem sonnigen und warmen Tag im Mai gewesen, als Waidelich auf dem Familienanwesen aufgetaucht war und nach dem Verbleib des Vaters gefragt hatte.

»Wir haben Hinweise aus der Bevölkerung erhalten, dass Ihr alter Herr lange nicht mehr gesehen wurde«, hatte Waidelich den Grund seines Besuchs genannt.

»Der ist verreist«, hatte Hubert geantwortet.

»So lange?«

»Ja.«

»Können Sie das näher erläutern?«

»Könnte, will aber nicht.«

»Es würde mich aber interessieren.« Waidelich hatte sich nicht so leicht abschütteln lassen.

»Haben Sie einen triftigen Grund für Ihre Frage?«

Den hatte der Oberkommissar nicht. Außer dem Verweis auf ein allgemeines Interesse konnte er keine Gründe anführen.

»Dann ist unser Gespräch hiermit beendet«, hatte Hubert den Polizisten abgewiesen.

Seitdem klebte Waidelich an ihm wie ein Schatten. Der Kriminalbeamte hatte sich zwar nie zu einer Bemerkung wie »Sie bekomme ich« oder »Irgendwann geben Sie auf« hinreißen lassen, aber er hatte es sich zur Aufgabe gemacht, Huberts Geheimnis zu lüften. Still und fast unauffällig klebte Waidelich an Huberts Fersen, manchmal gab er etwas mehr Leine frei, dann zog er die Zügel wieder ein wenig an. So kam es Hubert zumindest vor. Es wäre aber falsch gewesen zu behaupten, Hubert hätte sich daran gewöhnt. Er hasste es, wenn Waidelich unverhofft auftauchte, um ihn erneut zu befragen oder misstrauisch über das Fabrikgelände zu gehen.

»Warum wollen Sie mir nicht sagen, wo Ihr Vater ist?«, bohrte der Oberkommissar nach.

Hubert Sindlinger antwortete schon lange nicht mehr. Er schüttelte nur stumm den Kopf. Er wusste, dass Waidelich keine Handhabe gegen ihn hatte, nichts vorzuweisen hatte außer seinem Misstrauen. Immer wieder schlich der Oberkommissar über das Gelände. Einmal hatte Hubert ihn überrascht, wie er mit einer Metallstange das Grundstück umkreiste und diese an weichen Stellen in den Boden stieß. Ein anderes Mal war der Polizist mit einem Hundeführer und dessen Personenspürhund aufgetaucht. Doch stets war seine Suche vergeblich gewesen.

Waidelich hatte sich für den Betriebsablauf interessiert. Hubert konnte es ihm nicht versagen, weil es den Polizisten noch misstrauischer gemacht hätte. Versteckt hatte der Oberkommissar gedroht, er würde sich einen Durchsuchungsbeschluss besorgen, falls Hubert nicht kooperieren würde. Das hätte den Einheimischen, die seit dem Verschwinden des alten Sindlingers noch mehr zu tratschen hatten, zu weiteren Spekulationen Anlass gegeben. Seit Langem konnte Hubert nur noch Geschäfte mit Kunden betreiben, die weit genug entfernt wohnten und nicht vom Gerede um die Familie und den verschwundenen Vater beeinflusst waren.

Jetzt saß er dem Oberkommissar erneut gegenüber.

»Was soll das? Warum verfolgen Sie mich?«, fragte Hubert aufgebracht.

Waidelich klopfte mit der Spitze seines Kugelschreibers auf die Schreibtischplatte. Er musterte Hubert aus zusammengekniffenen

Augen. Dann nahm er seine altmodische Brille in die Hand und schwenkte sie am Bügel.

»Sie müssen mir nur sagen, wo Ihr Vater abgeblieben ist. Seit vier Jahren wird er vermisst.«

»Liegt Ihnen eine Vermisstenanzeige vor?«

Waidelich schwieg. Das war der wunde Punkt.

»Sehen Sie«, fuhr Hubert fort. »Die Familie hat keine Anzeige erstattet. Nicht einmal meine Tante, von der Sie behaupten, sie würde mich verdächtigen. Die ist doch nur scharf auf den Erbanteil, wenn mein Vater für tot erklärt wird. Dann kann sie ihren Teil abräumen.«

»Es gibt andere Gründe, die die Polizei veranlassen, den Verdächtigungen nachzugehen.«

»Welche?«

Waidelich blieb die Antwort schuldig.

»Niemand vermisst meinen Vater. Keiner hat Ansprüche an seine Lebensversicherung geltend gemacht.«

Der Oberkommissar lächelte versonnen. »Es ist doch viel lukrativer, sich monatlich die Rente auszahlen zu lassen, anstatt den Betrag in einer Summe einzufordern. Es ist schon bedenklich, dass die monatliche Zahlung der Lebensversicherung ebenso wie die Altersrente Ihres Vaters auf ein Konto in der Schweiz überwiesen wird.«

»Mögen Sie unserem Staat noch vertrauen?«

Waidelich schwieg.

»Ist das verboten, Geld in die Schweiz überweisen zu lassen?«

Waidelich schwieg.

»Was wollen Sie von mir? Warum haben Sie mich erneut vorgeladen?«

»Ich bin ein fürsorglicher Mensch. Ich mache mir Sorgen um den alten Herrn.«

»Dazu gibt es keinen Anlass.« Hubert wollte aufstehen, doch der Oberkommissar zeigte mit der Spitze des Kugelschreibers stumm auf den Sitzplatz.

»Ich frage mich nicht nur, wie es Ihrem Vater geht, sondern wie Sie in den letzten Jahren das Unternehmen neu aufgebaut haben, nachdem Sie kurz vor dem Ruin standen.«

»Sie haben in meinen Angelegenheiten herumgeschnüffelt?«, fragte Hubert aufgebracht.

»Sagen wir einmal, mich haben manche Dinge interessiert. Da ist die Lebensversicherung Ihrer Mutter. Die ist im vollen Umfang in den Betrieb geflossen. Merkwürdig, dass Ihr Vater nicht einen Cent davon beansprucht hat. Schließlich waren Ihre Eltern Jahrzehnte verheiratet.«

»Haben Sie Zweifel am natürlichen Tod meiner Mutter?«

»Das nicht, aber sie starb gerade zur rechten Zeit. Kurz darauf ist Ihr Vater verschwunden. Auch das war ein günstiger Umstand für Sie. Niemand hat Ihren Expansionsplänen widersprochen. Und der Kredit für die Betriebserweiterung? Der stammt aus der Schweiz. Und dorthin fließt die Rente Ihres Vaters. Sind das nicht merkwürdige Zufälle?«

»Was immer Ihnen merkwürdig erscheint, ist noch lange nicht strafbar.«

Waidelich schüttelte den Kopf. »Vermisst Ihre Frau den Schwiegervater nicht? Die Kinder den Großvater?«

»Das sind Familieninterna.«

»Fragt Ihre Frau nicht manchmal, was aus Ihrem Vater geworden ist?«

Hubert wich Waidelichs durchdringendem Blick aus. Sicher hatte Marlene anfangs Fragen gestellt. Nachdem Hubert ihr aber versichert hatte, dass alles in Ordnung sei, hatte sie irgendwann das Nachfragen eingestellt.

»Ich fand es interessant, was Sie sich dort geschaffen haben«, riss ihn der Oberkommissar aus seinen Überlegungen. »Für einen technischen Laien ist es beeindruckend, ja fast ein wenig furchteinflößend.« Waidelich schüttelte sich, als würde ihm allein bei dem Gedanken grausen. »Es hört sich nicht nur schrecklich an, wenn die Walzen das Holz erfassen und hineinziehen. Was dazwischengerät, kann nicht mehr entfliehen.«

»Wieso kann Holz *entfliehen*?«, warf Hubert ein.

Waidelich winkte ab. »Ach, das war nur eine Redewendung. Das Holz wird hineingezogen und im Mahlwerk —«

»In mehreren Schritten wird es zerkleinert«, unterbrach Hubert ihn.

»Noch schlimmer. Die fein gemahlenen Späne werden dann in einem großen Bottich mit Leim vermischt, zu einem Brei verrührt und anschließend durch Walzen zu Platten gepresst.«

»Das war eine sehr laienhafte Beschreibung«, spottete Hubert.

»Mir reicht es«, erwiderte der Oberkommissar. »Aus den Spanplatten werden Möbel gebaut. Oder ganze Häuser, wie Sie es jetzt machen. Ihr Fertighauswerk scheint wirklich gut zu laufen. Sagen Sie ...« Waidelich beugte sich über den Schreibtisch in Huberts Richtung. »Wissen die Kunden eigentlich, was alles in ihren Wänden verborgen ist, wenn das Haus aufgerichtet ist?«

Hubert schrak zusammen. »Wie soll ich das verstehen?«

»Nun ja. Das Umweltbewusstsein hat enorm zugenommen in der letzten Zeit. Die Menschen möchten in ökologisch reinen Häusern leben. Es würde sie ungemein stören, wenn sich in ihren vier Wänden etwas verbergen würde, was dort nicht hingehört. Und das, wo Sie das Biosiegel haben, Sindlinger.«

Hubert sprang zornig auf.

»Ich habe es satt, mit Ihnen zu sprechen. Wenn Sie mir irgendetwas vorwerfen wollen, dann verhaften Sie mich doch.«

Waidelich lächelte in sich hinein. Er schwieg.

Den Rest des Tages hatte Hubert Probleme, sich zu konzentrieren. Nichts wollte ihm gelingen. Am Computer gab er falsche Daten ein, am Telefon verhaspelte er sich, und die ihm vorgelegten Briefe vergaß er zu unterschreiben. Das Gespräch mit Waidelich hatte ihn nervös gemacht. Was wusste der unscheinbare Polizist?

Quatsch, dachte Hubert. Er kann nichts wissen. Woher auch. Alles war so sorgfältig geplant und ausgeführt worden, dass ihm niemand auf die Schliche kommen konnte. Die Verdächtigungen waren zu vage, und beweisen würde der Oberkommissar überhaupt nichts können. Hubert hatte drauf geachtet, dass alle Spuren verwischt waren. Und Zeugen gab es auch keine. Wenn nur nicht die Gerüchte wären, die man sich im Dorf erzählte. Warum interessierte alle Welt, wo sein Vater abgeblieben war?

Die Stunden bis zum Abend wollten nicht vergehen. Endlos zog sich die Zeit dahin. War er sonst darauf bedacht, dass seine Angestellten pflichtbewusst ihre Arbeit verrichteten, die Pausen sich in Grenzen hielten und sie nicht vor Feierabend ihren Arbeitsplatz verließen, hätte er der Belegschaft heute gern früher freigegeben. Doch das wäre aufgefallen. Seine Geduld wurde auf eine harte Probe gestellt. Endlich erlosch das Licht im Nebenraum, und die Sekretärin steckte ihren Kopf zur Tür herein.

»Adele, Schefe, bis morgen.«

Hubert atmete tief durch. Es kostete ihn Überwindung, noch eine Viertelstunde zu warten, bevor er das Mobiltelefon aus der verschlossenen Schublade hervorkramte. Es war eine gute Idee gewesen, das Prepaidhandy von einem unbekannten jungen Mann, den er im Stuttgarter Schlossgarten angesprochen hatte, zu erwerben. Falls man Hubert überwachen würde, so käme die Polizei nicht auf die Idee, Gespräche dieses Geräts abzuhören.

Mit zittrigen Fingern rief er das interne Telefonbuch auf und wählte die einzige Nummer, die dort gespeichert war. Es schien ihm unendlich lange, bis sich am anderen Ende der Leitung eine sonore Stimme meldete: »Grüezi.«

»Grüß Gott«, sagte Hubert erleichtert. »Es gibt Probleme.«

»Wieder der Gendarm?«

»Ja, der Polizist. Ich war heute wieder vorgeladen.«

Der andere überlegte einen Moment.

»Du musst nur die Nerven behalten. Die Gendarmerie hat keine Beweise. Die stochern im Nebel herum.«

»Aber —«, wagte Hubert einzuwenden, wurde aber sofort unterbrochen.

»Nichts aber. Es gibt keinen Weg mehr zurück. Wie willst du erklären, wo das Geld herkommt, das du als angebliches Darlehen aus der Schweiz erhalten und mit dem du das neue Werk aufgebaut hast?«

Hubert stöhnte auf. »Das ist mir klar, aber …«

»Hör endlich mit dem Gejammer auf. Du hast ein erfolgreiches Unternehmen. Deine Fertighäuser vermarkten sich hervorragend.«

»Trotzdem. Dieser Polizist ist hartnäckig. Ständig fragte er nach meinem Vater.«

»Du musst einfach schweigen, hörst du? Niemand kann dich zwingen, etwas zu sagen. Die Polizei muss dir etwas nachweisen.

Und das wird ihnen nicht gelingen. Sonst hätten Sie dich schon lange verhaftet. Die haben keine Ahnung.«

»Das sagst du.«

»Willst du alles verlieren? Eventuell lange Jahre im Gefängnis sitzen? Bist du dir sicher, dass deine Familie eine so lange Zeit zu dir hält? Überlege es dir, Hubert.«

»Ich weiß nicht recht.« Sindlinger ließ für einen Moment mutlos das Telefon herabsinken, bis er es schließlich erneut ans Ohr hielt. »Außerdem sind Ende des Quartals die nächsten Raten für die Maschinenhalle fällig. Wenn ich bis dahin meine Außenstände nicht hereinholen kann, wird es eng. Das hat mir gerade noch gefehlt in dieser Situation.«

»Ich wollte es eigentlich nicht«, sagte die Stimme, »aber dann müssen wir noch einmal an die Quelle, die bisher so üppig geflossen ist.«

Hubert schwankte zwischen Mutlosigkeit und neuer Hoffnung. Sein Gesprächspartner hatte recht. Es gab keinen anderen Ausweg.

»Gut, obwohl ich gehofft habe, es nie wieder tun zu müssen.« Er gab einen tiefen Seufzer von sich.

»Keine Sorge. Die Polizei hat keine Ahnung. Das versichere ich dir. Ich weiß auch schon, wie wir es machen. Ich habe eine nette kleine Landsparkasse in einem beschaulichen Ort zwischen Zürich und der deutschen Grenze gefunden. Die haben ganz bestimmt keine modernen Sicherheitssysteme. Die nehmen wir aus. Wie die anderen zuvor auch.«

Hubert Sindlinger stöhnte auf. »Ist gut, Vater. Aber das ist bestimmt das letzte Mal.«

Ohne Tante Susanne

Müde schleppe ich mich über das Pflaster. Mühsam setze ich einen Fuß vor den anderen und komme trotzdem nur langsam voran. Den Beinen erscheint es als unendlich beschwerlicher Aufstieg, obwohl die Füße nur über das ebene Pflaster der Großstadt schlurfen.

Gegenüber dem unscheinbaren, für diesen Stadtbezirk so typischen Haus halte ich automatisch.

Das Gebäude mit der freundlichen hellen Fassade ist eigentlich gar kein Haus, sondern eine Residenz. Nicht die Architektur hat diesem Gebäude dieses Prädikat verliehen, sondern allein die Tatsache, dass Tante Susanne dort gelebt, nein, eben residiert hat.

Versonnen lasse ich meinen Blick über die Hausfront gleiten.

In meiner Phantasie erwarte ich, dass sich die Tür öffnet und Tante Susanne heraustritt. Ich sehe sie vor mir, groß, majestätisch, mit ihrem wallenden weiten Sommerkleid, stets in fröhlichen bunten Farben gehalten mit großflächigen Blumen und Blüten als Motiv. Das rundliche Gesicht mit den großen ausdrucksstarken Augen im Schatten des breitkrempigen Hutes, von uns Kindern früher respektlos Wagenrad genannt, ohne den Tante Susanne sich anscheinend nie außerhalb ihres Refugiums bewegen konnte.

Wie lange Tante Susanne hier schon gelebt hat, kann niemand genau beantworten. Es hat den Anschein, dass sie schon immer hier war und man vor Jahrzehnten das Haus einfach um sie herum gebaut hat. Auch wenn sie nicht als Eigentümerin im Grundbuch steht, so ist es dennoch *ihr* Haus.

Wie würde ich mir doch wünschen, dass die alte schwere Haustür sich jetzt öffnete und Tante Susanne auf die Straße träte. Ich bin mir sicher, dass sich der grau verhangene Himmel, der seine Traurigkeit über die nicht vorhandene Präsenz von Tante Susanne durch leichten Nieselregen offenbart, dann sofort in ein strahlendes, sonnenüberflutetes Blau wandeln würde.

Wünsche werden aber nur selten erfüllt. Und mein Verstand sagt mir, dass Tante Susanne nicht durch diese oder durch irgendeine andere Tür herauskommen kann, trotz der ihr eigenen Strenge immer von herzlicher Freundlichkeit umseelt, die sofort die ihr zugetane Umgebung einzunehmen wusste. Wenn sie irgendwo auftrat, wurde selbst der mit düstersten Prognosen aufwartende Wetterbericht ad absurdum geführt.

Mit ganz schweren Schritten löse ich mich von der Haustür, misstrauisch beäugt von einer träge im Fenster des Nachbarhauses liegenden Katze, die meine Zögerlichkeit vor eben diesem besonderen Haus nicht verstehen kann, schon gar nicht die liebevolle Erinnerung an die doch so schönen Tage zu erahnen vermag, an denen man ungezwungen, ja, fast stürmisch durch diesen wohlvertrauten Eingang die Treppen hinaufstürmen konnte, um dann in Tante Susannes kleine Wohnung zu laufen, die sie schon vor ewigen Zeiten zu ihrer Burg gemacht hatte.

Was habe ich für schöne Zeiten in Tante Susannes Wohnung zugebracht! Wie geborgen habe ich mich gefühlt, wenn sie mich in den Arm genommen hat. Mit welcher Wonne habe ich gegessen, was sie mit Liebe und Geschick in ihrer kleinen Küche zubereitet hatte.

Und heute sind das alles Erinnerungen, liebe und schöne Erinnerungen, die mir niemand rauben kann.

Während ich mich nun wirklich von diesem Haus, von *ihrem* Haus, entferne, durchströmt mich ein warmes Gefühl großer Dankbarkeit für die unglaublich schönen Augenblicke, die ich in meinem Leben mit Tante Susanne verbringen durfte.

Langsam gehe ich die stille, von hohen Häusern gesäumte Straße entlang. Vom Rand dieser ruhigen Welt brandet der Lärm der Hauptstraße, der pulsierenden Ader der hastigen Großstadt, die sich mit der Geschwindigkeit des Lebens stetig selbst zu überholen scheint.

Wie oft sind wir gemeinsam diesen Weg gegangen, ich an ihrer Seite. Ich habe hochgeschaut zu ihr und dann ihr feines und von liebevoller Zuneigung gezeichnetes Gesicht im Schatten des Hutes entdeckt. Das zarte Lächeln war die schönste unausgesprochene Antwort auf meine stumm formulierte Frage.

Ihre Hand ergriff dann die meinige. Die Wärme ihrer zarten Hand übertrug sich zuerst auf meine Finger, um dann von dort wohlig meinen ganzen Körper zu durchströmen. Ihre feinnervigen Finger pulsierten gleich meinem Blutdruck, ja, es erschien mir so, als würden sich die Frequenzen ihres und meines Herzschlages angleichen.

Wir mussten dann keine Worte wechseln, denn in denen hätte man ohnehin nicht einen Bruchteil des gegenseitigen Verständnisses ausdrücken können, das über unsere Fingerspitzen hin- und herfloss.

Tante Susanne, meine liebe Tante Susanne.

Doch nicht nur die stillen Momente fielen mir wieder ein. Es gab auch die Heiterkeit, die Ausgelassenheit. Zu den Hauseingängen führen häufig einige wenige Treppenstufen hinauf. Diese habe ich mir dann mit kurzen schnellen Sprüngen erschlossen, um mit etwas Glück ihre Augenhöhe erreicht zu haben, um ihr direkt in diese leuchtenden Sterne von tiefgründigem Grün blicken zu können, ja, um mit meinen kurzen Ärmchen ihren schlanken Hals umschließen zu können.

Und nun gehört mir diese Straße allein, ohne Tante Susanne.

Eine alte Frau kommt mir entgegen, schwer mit der Beute ihres Marktbesuches beladen und in der Mimik schwankend zwischen der Vorfreude auf den zu erwartenden Genuss der erworbenen Lebensmittel und der Erschöpfung, die ein Einkauf bei älteren Menschen auslöst.

Der etwas trübe Blick aus ihrem vom Leben gezeichneten Gesicht übermittelt keine Botschaft, ihr Kopf neigt sich nicht in meine Richtung zu einem flüchtigen, angedeuteten Gruß. Meine leise gemurmelte Erwiderung auf den nicht vorgebrachten Gruß geht im schlurfenden Geräusch ihrer Schritte unter. Mit Tante Susanne an meiner Seite hätten wir jetzt ein kleines Schwätzchen abgehalten. Man hätte sich gegenseitig nach dem eigenen Wohlbefinden und dem der Lieben erkundigt, Neuigkeiten ausgetauscht und wäre dann, zusätzlich zum Einkauf mit den ehrlich gemeinten und herzlich überbrachten Wünschen für eine glückliche Zeit beladen, seines Weges gegangen.

Jeder kennt Tante Susanne in diesem Stadtbezirk. Jeder mag Tante Susanne. Auch der träge vor seiner Tür stehende Kaufmann mit seinem kleinen Ladengeschäft, der mich nur oberflächlich interessiert mustert und dann mit der Erfahrung seines langen Lebens zu der Überzeugung gelangt, dass ich eines Grußes, geschweige denn eines Gespräches, nun wirklich nicht würdig bin. Ja, er lässt sich nicht einmal herab, mit mir über Tante Susanne zu sprechen.

Zwischen den Götzen unserer Zeit hindurch, die mit viel Lärm und einer unbeschreiblichen Emsigkeit die Mitte der Straße für sich beanspruchen, erkenne ich auf der anderen Seite der Hauptstraße jenen unscheinbaren Durchgang zum begrünten Hinterhof, den sie mir einst gezeigt hatte. Sie kannte sich aus in diesem Bezirk. Es ist der ihrige. Nicht nur die Oberflächlichkeit der Hauptverbindungswege, sondern auch die Gediegenheit der ruhigen und verschwiegenen Ecken.

Und sie kannte die Menschen. Wie den Weinhändler, der mich höflich begrüßt und an meinem Auftreten und Erscheinungsbild schon die zu erwartende Umsatzhöhe zu taxieren scheint. Mein interessierter Blick streichelt die überwältigende Fülle bunter Etiketten, die außer dem normal ausgeprägten ästhetischen Empfinden in mir keine Reaktion auslöst. Tante Susanne könnte jetzt zu jedem Wein eine Geschichte erzählen. Dabei würde ihre Zunge sanft die Lippen liebkosen und die Augen würden sich in Spiegel wandeln, in denen man die Erinnerung an diesen oder jenen genossenen Trunk des Bacchus lesen könnte. Mit jedem Schluck des edlen Rebensaftes hat sie Lebensfreude pur getankt. Und selbst dem, der still diesem Genuss beiwohnte, hat es allein durch die Wahrnehmung ihrer Wonne eine ungemeine Freude bereitet.

Unentschlossen verlasse ich das Geschäft. Das wäre Tante Susanne nie passiert. Eine derartige Missachtung des Weines wäre mit ihr nicht möglich gewesen. Gottlob hat sie mein heutiges Verhalten nicht miterlebt.

Am Ende der Straße öffnet sich die Schlucht, durch die sich der Verkehrsstrom windet, zu einem kleinen Platz, auf dem einige Verkaufsstände sich zwischen schattigen Bäumen drängen.

Von freudiger Erinnerung durchströmt eile ich auf einen mir bekannten Marktstand zu. Hier hat Tante Susanne den vorzüglichen Käse erworben, den ich so geliebt habe.

Ich frage nach diesem und erhalte als Antwort nur eine von oben wie ein Ambossschlag herabfallende Abweisung. Nein, dieses Produkt würde doch heute nicht angeboten werden. Dabei ernte ich über den oberen Rand der Verkäuferbrille hinweg einen vernichtenden Blick, der mich erkennen lässt, dass auch nur einem wie mir eine solche Frage einfallen kann. Wie komme ich überhaupt dazu, nach Tante Susannes Käse zu fragen?

Schnell entferne ich mich.

Es ist schon richtig. Dieses ist ihr Stadtbezirk. Jedes Haus, jede Straße, jeder Baum und auch die Bewohner sind mit ihr verbunden. Ohne sie ist alles leblos, unbeseelt. Es fehlt die Unbefangenheit, die Fröhlichkeit, es fehlt ... Nein, auch noch so viele Vokabeln könnten es nicht beschreiben. Sie fehlt.

Ich lehne mich mit dem Rücken gegen einen Baum und schließe die Augen.

Tief atme ich durch.

Morgen! Morgen werde ich etwas früher aufstehen. Ich werde mich sorgfältiger als sonst im Bad herrichten.

Ich werde das frisch gebügelte weiße Hemd mit dem gestärkten Kragen anziehen, einen dunklen Anzug dazu sowie die sorgfältiger als sonst gebundene gedeckte Krawatte tragen.

Mit frisch gewaschenem Wagen werde ich dann sehr zeitig aufbrechen, um ja nicht zu spät dort zu sein.

Dort!

Dort! Dort!

Dieses Wort hämmert in meinem Kopf.

Dort, wo ...

Dort ... wird mein Herz rasen, ich werde schweißnasse Finger haben, verstohlen werde ich versuchen, die Tränen zu unterdrücken oder zumindest nicht zu zeigen.

Und dann ...

... dann werde ich sie sehen ...

... wie sie mit ihrem typischen bunten Blümchenkleid, dem wagenradgroßen Hut und ihrer majestätischen Erscheinung vieles überragend und strahlend durch die Ankunftspforte des Flughafens direkt auf mich zukommt, mich fest in ihre Arme nimmt und mein Gesicht mit zärtlichen Küssen bedeckt.

Dann ist Tante Susanne wieder zurück von ihrer langen Reise auf einen fernen Kontinent.

»Ist Ihnen nicht gut?«, fragt mich eine fürsorgliche Stimme. Ich öffne die Augen und blicke in das freundliche Gesicht eines älteren Mannes.

»O doch«, antworte ich, »mir ist es selten besser gegangen als jetzt.«

Dann hüpfe ich von einem Bein auf das andere den Weg zurück. Der Straßenlärm klingt wie ein großes Symphonieorchester, die Häuser sind anheimelnd, die Ladenbesitzer nicken mir freundlich zu, die Menschen verweilen kurz bei meinem Anblick, und ich spüre auf der Haut einen warmen Sonnenstrahl durch die nun geöffnete Wolkendecke.

Und ich bin mir sicher, den kann nur sie gesandt haben: Tante Susanne.

Reuter hatte schlechte Laune. Missmutig schaute er aus seinen kleinen Schweinsäuglein in den Spiegel. Sein Blick traf auf ein rundes Gesicht mit dicken Hamsterbacken, einer etwas zu fleischigen Nase, wulstigen Lippen und dunklen Bartstoppeln, die von grauen Flecken durchsetzt waren.

Die Haare hingen dort, wo sie noch vorhanden waren, in fettigen Strähnen seitlich über die Ohren herab.

Reuter roch. Aus dem Mund, unter den Achseln, eigentlich überall.

Das, was er dort im Spiegel sah, wirkte sehr ungepflegt, fast schmierig. Das störte ihn aber wenig. Im Laufe der Jahre war in Reuter die Überzeugung gewachsen, dass sein Erscheinungsbild als herb maskulin zu bezeichnen war.

So etwas mochten die Frauen – meinte er. Sein behaarter Körper hatte rundherum Fett angesetzt und gab ihm eher die Figur eines kleinen Mastschweinchens denn die eines durch Bodybuilding gestählten Musterathleten.

Er hatte Kopfschmerzen. Das kam vom übermäßigen Alkoholgenuss und den zahlreichen filterlosen Zigaretten, die er im Laufe des gestrigen Abends geraucht hatte.

Schuld daran waren nur die Weiber. Eigentlich war er nach Feierabend losgezogen, um eine der herumstreunenden Katzen anzubaggern, aber irgendwie war es ihm nicht gelungen. Trotz seiner nach eigenem Dafürhalten männlichen und direkten Art hatte er keine Frau davon überzeugen können, dass er ihr nur etwas Gutes tun wollte, wenn er sich dazu herabließ, ihre geheimen Wünsche zu erfüllen.

So war sein Streifzug durch das nächtliche Schwabing kontinuierlich im Alkohol ertränkt worden.

Er verfluchte die Frauen, die sich nächtens in Kneipen produzierten, dann aber jedem seiner Abschleppversuche widerstanden, sah noch einmal in den Spiegel und fasste den mannhaften Entschluss, einmal mehr auf Dusche und Rasur zu verzichten. Ein wenig Wasser in die Achselhöhlen, etwas Spray über den affenartig behaarten Oberkörper verteilt und eine Handvoll Wasser durch das Gesicht gezogen – das musste reichen. Die Zähne – dabei zog er die Lippen auseinander und besah sich kritisch die gelben Reihen – konnten durch intensives Putzen farblich nicht mehr verändert werden. Also sparte er sich auch diese Mühe.

Er zog aus dem ungeordneten Wäschestapel in seinem Einraumappartement ein Hemd heraus, von dem er vermutete, dass er es bisher nur einmal getragen hatte, stülpte die Socken über, zog Hose und Jeansjacke an und schlüpfte in die ausgetretenen Joggingschuhe.

Als er durch die Haustür auf die Straße trat, kniff er die Augenbrauen zusammen. Jeder andere hätte sich über den herrlichen Frühsommertag gefreut, der ihn auf der lebhaften Straße im Herzen Schwabings empfing, in der er seit siebzehn Jahren wohnte. Reuter fluchte stattdessen. Das grelle Licht tat seinen Augen weh.

In Berlin war er groß geworden, hatte sich in den Hinterhöfen des Wedding herumgeprügelt, gelernt, sich durchzusetzen. Zäh und mit eiserner Energie hatte er die Schule überstanden und das Abitur gemacht.

Dann hatte er Germanistik studiert. Die Clique, in der er verkehrte, hatte sich nächtelang über die Zukunft der Gesellschaft die Köpfe heißdiskutiert, und wenn sie nicht irgendwann vom Alkohol oder Drogenkonsum, der einfach dazugehörte, umgefallen wären, hätten die unterschiedlichen Auffassungen sicher oft zu handfesten Auseinandersetzungen geführt.

So hatte er Jahr um Jahr mit dem Studium zugebracht, bis er eines Tages feststellte, dass alle seine Kommilitonen nach und nach erfolgreich die Universität verlassen hatten und sich einem überaus bürgerlich geprägten Leben zuwandten.

Es war niemand mehr da, der mit ihm revolutionäre Ideen diskutierte, neue Ziele konzipierte, der die studentische Streitkultur seiner frühen Jahre beherrschte.

Nach seinem Abschluss merkte er dann, dass er für einen erfolgreichen Start in eine berufliche Zukunft die falsche Universität besucht, zu lange studiert, das falsche Fach gewählt und sich mit der verkehrten Clique geschmückt hatte. Niemand wollte ihn haben.

So hatte er Berlin den Rücken gekehrt, alle Zelte hinter sich abgebrochen und war nach München gezogen. Hier arbeitete er jetzt als Journalist. Seit siebzehn Jahren.

Reuter lachte säuerlich in sich hinein.

Journalist!

Zweitklassiger Reporter für den Lokalteil eines berüchtigten Boulevardblattes war er.

Er rülpste kräftig und streckte einer älteren Frau, die ihm entgegenkam und ihm ob seines Verhaltens einen vorwurfsvollen Blick zuwarf, die Zunge heraus.

Ohne dem Verkehr besondere Beachtung zu schenken, überquerte er die Fahrbahn und schlängelte sich durch die träge vorwärtskriechende Fahrzeugkolonne hindurch auf die andere Straßenseite.

Auf seinem Weg in die Redaktion wollte er sich noch schnell eine Wurstsemmel besorgen, die ihm Frühstück und Mittag zugleich ersetzen sollte. Ihm wurde bewusst, dass er auf dem besten Wege dazu war zu degenerieren. Er nutzte jetzt auch schon die einheimischen Ausdrücke. Wurstsemmel statt Schrippe oder Brötchen. Der revolutionäre Drang studentischer Tage, mit dem er gegen alles und jeden protestiert hatte, war schon lange verflogen.

Die Straße strahlte eine besondere Urbanität aus. Zahlreiche kleine Geschäfte, dicht an dicht, lockten mit einem vielfältigen Angebot. Gleichzeitig waren sie von einer ausgeprägten Individualität, die sie wohltuend von der Gleichförmigkeit der Einkaufsstraßen in den Stadtzentren anderswo unterschied. Mittendrin präsentierte sich in einer hausbackenen Aufmachung die Metzgerei Hölzl, die seit mehr als einhundert Jahren in Familienbesitz war, wie ein Plakat stolz im Schaufenster verriet.

Das alles interessierte Reuter herzlich wenig. Griesgrämig strebte er dem Eingang zu und übersah dabei den kleinen grauen Mischlingshund mit dem ausgefransten Fell, der auf den Hinterbeinen vor der Eingangstür saß und, sehnsüchtig sich die Schnauze leckend, in das Ladeninnere hineinblickte.

Jaulend sprang das Tier auf und in einem hohen Bogen zur Seite.

»Blöde Töle«, entfuhr es Reuter, während er ungerührt die Tür zum Metzgerladen öffnete.

»Können Sie denn nicht aufpassen? Das arme Tier!« Eine hohe Fistelstimme giftete ihn an. Sie gehörte einer alten Frau, die mit einem eigenartigen Monstrum von Hut vor ihm auftauchte.

»Was sitzt der blöde Köter auch direkt vor der Tür«, geiferte Reuter zurück und versuchte, sich an ihr vorbei in Richtung des antiquiert wirkenden, hohen Tresens mit den nach oben gewölbten Glasscheiben zu schieben, hinter dem Meister Hölzl seine Produkte präsentierte.

»Frechheit«, keifte die Alte zurück. »Erst tritt dieser unverschämte Mensch meinen Hund, dann will er sich auch noch vordrängeln. Zu meiner Zeit besaßen die Leute noch Anstand. Die wussten, was sich gehört. Das scheint heute anders zu sein.« Dabei warf sie Reuter einen wütenden Blick zu. »Es wäre für die Menschheit kein Verlust, wenn wir auf solche Leute wie Sie verzichten könnten.«

Reuter ließ eine Art Grunzlaut hören, um dann zu ergänzen: »Gottlob ist die Wahrscheinlichkeit, dass Sie vor mir von diesem Erdenrund verschwinden, größer als umgekehrt. Darein lege ich meine ganze Hoffnung.«

Die alte Dame schnappte wie ein Fisch auf dem Trockenen nach Luft. »Sie … Sie …«, hechelte sie.

»Nun hört schon auf damit an einem solch herrlichen Sommertag«, mischte sich Metzgermeister Hölzl ein, der groß und rotgesichtig hinter seinem Verkaufstresen thronte. Der kräftig gebaute vierschrötige Mann wandte sich an die Frau.

»Was darf es denn heute sein?«

Sie griff noch einmal kampfeslustig an ihren Hut, warf Reuter einen todbringenden Blick zu und drehte sich abrupt zum Geschäftsinhaber um.

»Haben Sie etwas von Ihrem Hundefutter in Dosen? Mein Teddy liebt es über alles. Er ist ganz gierig danach. Leider bekomme ich es immer nur sehr selten bei Ihnen.«

Hölzl griff in ein Regal hinter seinem Rücken.

»Sie haben Glück. Wir haben gerade eine neue Charge fertig gemacht. Wie viel darf es denn sein?«

»Zwei Dosen, bitte.«

Der Metzgermeister entnahm dem Stapel aus dem Regal zwei runde goldfarbene Blechdosen ohne Aufschrift oder Etikett. Lediglich auf dem Deckel, der eine weiße Beschichtung aufwies, stand mit schwarzem Stift geschrieben: »Hölzl's Hundedelikatesse«.

»Das machen wir selbst«, erklärte der Meister voller Stolz. »Leider haben wir nicht immer die Zeit dazu, obwohl es bei unseren Stammkunden für ihre vierbeinigen Lieblinge sehr begehrt ist.«

»Wie ich schon sagte, mein kleiner Teddy ist ganz versessen darauf. Da können die in der Fernsehwerbung hoch gepriesenen Produkte nicht mithalten.«

»Soll das Vieh doch daran verrecken«, knurrte Reuter dazwischen.

»Was meinen Sie?«, keifte die alte Dame zurück. Gottlob hatte sie die Anmerkung nicht verstanden.

Reuter winkte, ohne einen weiteren Ton zu sagen, ab.

Endlich hatte die Frau ihren Einkauf abgeschlossen. Umständlich kramte sie in ihrer altmodischen Handtasche nach dem Portemonnaie, suchte geduldig das Kleingeld heraus und raffte schließlich ihren Einkauf zusammen. Mit einem letzten giftigen Blick auf Reuter verließ sie den Laden.

»Solch alte Weiber mit ihren blöden Kötern sollte man verbieten«, maulte Reuter und orderte schließlich zwei Semmeln mit Hackepeter und vielen Zwiebeln.

Meister Hölzl versuchte, ihn zu beschwichtigen: »Die ist doch harmlos. Da finde ich andere Dinge viel skandalöser. Haben Sie heute schon in die Zeitung gesehen?«

Reuter winkte ab. »Glauben Sie ja nicht an das, was dort steht. Das ist alles erstunken und erlogen.«

Hölzl holte tief Luft. »Da stehen Sie aber alleine mit Ihrer Meinung. Ich glaube schon, dass die Zeitungsmenschen sauber recherchieren. Die können es sich gar nicht leisten, Unwahrheiten in die Welt zu setzen. Was glauben Sie, was passiert, wenn die einen Artikel wie die heutige Schlagzeile veröffentlichen, ohne dass es wahr wäre?«

Reuter zog geräuschvoll die Nase hoch.

»So? Was steht denn dort?«

Der Metzgermeister griff hinter sich und las vor: »Autokönig auf der Flucht. Er hinterlässt Millionen Steuerschulden.« Er legte die Zeitung wieder fort. »Und uns Kleine jagen die vom Finanzamt bis zum Gehtnichtmehr. Das ist reine Schikane. Nehmen Sie mich zum Beispiel, einen kleinen Handwerksmeister, der sich nur mit Mühe gegen die Konkurrenz der Supermärkte und großen Ketten halten kann. Letztes Jahr hatte ich hier eine Betriebsprüfung. Ein ekelhafter Kerl vom Finanzamt. Eine ganze Woche hat der in meinen Büchern herumgeschnüffelt. Dann hat er mir unterstellt, ich hätte eine wesentlich höhere Gewinnspanne, als ich deklariert habe. Pure Schikane.«

Hölzl hatte sich jetzt in Rage geredet.

»Der hat einfach unterstellt, ich hätte zu wenige Einkünfte angegeben und mir mit einer willkürlichen Schätzung eines wesentlich höheren Gewinnes gedroht. So einfach geht das. Da kommt ein Bürokrat daher, der sich als Beamter auf Lebenszeit nicht dem täglichen Wettbewerb aussetzen muss, der nicht die Ungewissheit kennt, ob der Betrieb im nächsten Jahr von einem Großen gefressen wird oder ob die Ladenmiete nicht mehr zu bezahlen ist, weil eine Boutique dem Hausbesitzer ein attraktiveres Angebot unterbreitet hat.«

Dem Metzgermeister waren die Zornesadern angeschwollen. »Und Sie als kleiner Bürger sind machtlos dagegen. Sicher, Sie können gegen die Entscheidung des Finanzamtes klagen. Aber bis Ihr Prozess durch ist, sind Sie lange pleite. Aus ... vorbei ... Ende ... Da steht dann auf Ihrem Grabstein: Hier ruht im Recht. Und der Mensch vom Finanzamt kann diese Willkür ohne jedes persönliche Risiko betreiben. Aber Ihre Existenz ist unwiederbringlich verloren.«

Reuter war neugierig geworden. »Und, wie ist die Sache ausgegangen?«

Der große Mann hinter dem Tresen wischte sich den Schweiß von der Stirn.

»Das ist merkwürdig«, antwortete er schließlich. »Ich muss wohl einen Schutzengel gehabt haben. Plötzlich habe ich nichts mehr vom Finanzamt gehört. Nichts. Funkstille. Bis letzte Woche. Da ist ein anderer gekommen und hat mir erklärt, dass die ganze Geschichte von vorne beginnt. Die wollen noch einmal mit der Prüfung meiner Bücher beginnen.«

»Und weshalb das?«

Hölzl zuckte die Schultern. »Keine Ahnung.«

Inzwischen hatten weitere Kunden den Laden betreten, sodass sie ihr Gespräch abbrechen mussten.

Reuter war in die Redaktion seiner Zeitung gefahren. Der Lokalredakteur war mit einem wütenden Wortschwall über ihn hergefallen, hatte ihn beschimpft, einen desorganisierten Chaoten genannt, seinen verbalen Überfall kurz unterbrochen und die Nase schnuppernd in die Luft gehalten und dann geflucht: »Reuter, du stinkst wie ein tibetanischer Lastenesel.«

Der reagierte, indem er dem kleinen kahl geschorenen Mann den ausgestreckten Mittelfinger zeigte, sich wortlos umdrehte und zu seinem Schreibtisch marschierte.

Der Platz sah aus wie eine Müllhalde. Papierberge, angebrochene Zigarettenschachteln und leere Pappbecher lagen wild durcheinander, verziert mit losem Bonbonpapier.

Reuter verschaffte sich ein wenig freien Raum, indem er mit dem Ärmel die Ansammlung kurzerhand zur Seite schob. Tastend klopfte er über den Papierhaufen, zog ein mit einem Kaffeefleck verunziertes Blatt hervor, warf einen kurzen Blick darauf, drehte es um und machte sich einige Notizen auf der Rückseite.

Die Sache mit dem Finanzamt interessierte ihn. Ein Telefonat mit dem Kollegen, der schwerpunktmäßig den lokalen Wirtschaftsteil betreute, brachte keine neuen Erkenntnisse. Spontan rief er das zuständige Finanzamt direkt an, wurde dort aber ziemlich rüde abgewiesen.

So kam er nicht weiter. Er blickte noch einmal auf seine Notizen. Ein Artikel, der die Ohnmacht der kleinen Leute gegen die Allmacht des Staates und seines abscheulichsten Vertreters, der Finanzverwaltung, zum Inhalt hatte, kam immer gut an.

Vielleicht konnte Beppo weiterhelfen. Das kleine verhutzelte Männchen mit der altertümlichen Hornbrille und dem grauen Haarkranz war schon so lange dabei, dass niemand zu sagen wagte, ob er nicht bereits vor Gründung des Blattes dort tätig gewesen war. Beppo ersetzte in kritischen Situationen die gesamte Computeranlage und das Zentralarchiv gleichzeitig.

Wie gewohnt zog der kleine Mann die Nase kraus und klärte Reuter genussvoll auf, dass die jungen Leute – und damit meinte er den atemlos schnaufenden Reporter – einfach am Leben vorbeigingen und überhaupt nichts mehr von ihrer Umgebung mitbekämen. Dann, auch dieses entsprach seiner Gewohnheit, ließ er hören, dass heutzutage keiner mehr in der Lage sei, vernünftig eine Zeitung zu machen. Schließlich ließ er sich aber doch dazu herab, Reuter eine Erklärung zu geben.

»Da war einmal ein merkwürdiges Ding. Zu wenig, um eine Story daraus zu stricken. Aber über Nacht war ein Finanzbeamter verschwunden. Einfach weg. Wie vom Erdboden. Man hat nie wieder etwas von ihm gehört. Die Kameraden vom Finanzamt halten ja dicht wie die Eunuchen, die gemeinsam des Sultans Lieblingsfrau vergewaltigt haben. Trotzdem ist da nie etwas durchgedrungen von Unregelmäßigkeiten. Einfach unerklärlich. Auch die Vermisstenanzeige hat nichts gebracht. Der Typ hat sich in Luft aufgelöst.«

»Hast du eine Idee, was dahinterstecken könnte?«, wollte Reuter wissen.

Beppo ließ die schmalen Greisenschultern vibrieren. Das sollte eine Verneinung bedeuten.

»Ob der Kerl von irgendjemandem geschmiert worden ist? Der hat eine ordentliche Stange Geld in die Hand bekommen, damit er etwas übersieht, und dann – ab in die Sonne. Das könnte mir auch besser gefallen, irgendwo in der Karibik oder der Südsee hocken und die Weiber tanzen lassen. Das ist doch etwas anderes, als hier in München Metzgermeister zu prüfen.«

Beppo nahm seine Hornbrille ab, blies kurz den nicht vorhandenen Staub von den Gläsern, setzte das schwere Gestell wieder auf die spitze Nase und meinte trocken zu seinem Gegenüber: »Weißt du, Reuter, so wie du heute stinkst, da lässt dich noch nicht einmal eine Ziege ran, geschweige denn ein weibliches Wesen.«

Reuter machte eine wegwerfende Handbewegung. Im Weggehen begriffen warf er dem alten Mann über die Schulter zu: »Beppo, du kannst mich mal …«

»Nee«, gab dieser trocken zurück. »Dafür bist du mir zu dreckig.«

Jeder Reporter hatte seine eigenen Quellen, über die er nicht gerne sprach. Auf Umwegen und mit einiger Mühe gelang es Reuter schließlich, die Adresse des Finanzbeamten ausfindig zu machen.

Reuter hatte seinen Führerschein schon vor langer Zeit abgeben müssen. Das störte ihn aber nur wenig, denn in einer Stadt wie München, in der aus einem unerklärlichen Grund die Menschen zu jeder Tages- und Nachtzeit und auf allen Plätzen nur in Massen auftreten, kann man sich ohnehin nur mit dem Taxi oder mit öffentlichen Verkehrsmitteln vorwärtsbewegen.

Er hatte keine Parkplatzsorgen, konnte ungehindert Alkohol trinken, wann immer er es für richtig hielt, ohne an eine mögliche Heimfahrt hinter dem Steuer denken zu müssen, und preiswerter war es auch noch.

So hatte er den endgültigen Verlust seines Führerscheins nie als Belastung empfunden.

Mit der U-Bahn fuhr er in den Süden der Stadt und durchquerte nach dem Aussteigen rasch das kleine Einkaufszentrum in Neuperlach. Nur wenige Meter hinter einem kleinen Grüngürtel ging er auf eines der Hochhäuser zu, die das Gesicht dieses Stadtteils prägten.

Über die Gegensprechanlage hatte er sein Kommen angekündigt und wurde im sechsten Obergeschoss von einer Frau mittleren Alters erwartet. Sie war etwa Ende dreißig, schlicht, aber sauber gekleidet und wirkte wie eine graue Maus, eines jener weiblichen Wesen, denen man begegnet und bei denen man sofort wieder vergessen hat, wie sie aussehen.

Sie verschwand bei seinem Anblick fast vollständig hinter ihrer Wohnungstür, hielt diese nur einen winzigen Spalt geöffnet und fragte mit leiser Stimme: »Ja, bitte?«

Reuter erinnerte sie daran, dass sie miteinander telefoniert hatten. Er hielt ihr seinen abgegriffenen Presseausweis vor den schmalen Türspalt. Nur zögernd gab sie die Türöffnung frei und bat ihn herein.

Sie führte ihn in ein freundliches, aufgeräumtes Wohnzimmer. Die Wohnung, zumindest was Reuter davon mitbekam, war skandinavisch eingerichtet. Alle Möbel schienen aus einem beliebten Großmarkt zu stammen.

Unaufgefordert ließ sich Reuter in einen Sessel fallen. Die Frau sah aus, als würde sie viel lieber mit einem Desinfektionsmittel hinter dem ihr offensichtlich unsympathischen Besucher herjagen, dann nahm sie notgedrungen auf der am weitesten entfernten Sitzgelegenheit Platz.

Der Reporter kramte eine Zigarettenpackung hervor, doch bevor er umständlich einen der filterlosen Glimmstängel herausklopfen konnte, bat sie mit ihrer dünnen Stimme: »Bitte nicht rauchen!«

Die zerknüllte gelbe Packung verschwand mit einem begleitenden Brummlaut wieder in der Hosentasche.

Ohne lange Vorrede kam Reuter auf sein Anliegen zu sprechen. Er schob vor, eine Artikelserie über verschwundene Menschen schreiben zu wollen, und erklärte, er interessiere sich besonders für die Gefühle und das Leben der Angehörigen.

Die graue Maus schluckte schwer. Sie hatte sich offensichtlich immer noch nicht mit der Situation abgefunden. Zaghaft fing sie an zu erzählen: »Helmut, das ist mein Mann, hat sich an dem Tag, an dem er das letzte Mal unser Heim verließ, wie immer verhalten. Ich kann mich noch genau an diesen Morgen erinnern. Es war ein Tag wie jeder andere. Nichts unterschied sich von den Wochen und Monaten vorher. Wir hatten am Vorabend gemeinsam mit unserer Tochter gegessen, sie ist jetzt dreizehn Jahre«, schob sie ein. »Dann haben wir ein wenig ferngesehen. Wie jeden Tag.«

Sie zerknüllte nervös ein Taschentuch zwischen ihren Händen. »Am darauffolgenden Morgen ist Helmut wie immer aufgestanden, hat seine Morgentoilette erledigt, das Frühstück vorbereitet und seine Pausenbrote geschmiert. Sie müssen nämlich wissen, dass Helmut sehr korrekt war. Er ist oft zum Essen eingeladen worden, hat es aber immer dankend abgelehnt. Er war Finanzbeamter aus Überzeugung und unbestechlich.«

Dieses Stichwort raubte Reuter einen Teil seiner Illusionen. Nachdenklich sah er die graue Maus an. Bei der Frau und dem Mief, den dieses Leben hier ausstrahlte, wäre ich auch irgendwann geflüchtet, dachte er bei sich. Im nächsten Moment aber nahm er sich vor, bei passender Gelegenheit das unscheinbare weibliche Wesen anzugraben. Reuter lebte in dem Glauben, Frauen ohne offensichtliche feste Bindung wären dankbar, wenn sich gelegentlich ein Mann wie er ihrer Bedürfnisse annahm.

Er stellte noch eine Reihe ergänzender Fragen, konnte der Frau aber keine weiteren Informationen entlocken. Das Bild, das sich ihm vom verschwundenen Ehemann bot, war das eines korrekten, unbestechlichen Beamten, der seinen Ausgleich im beschaulichen Leben im Kreise seiner Familie fand, keine Laster hatte und nie den Versuch eines Ausbruchs unternommen hatte.

Der Mann musste das Denkmal eines Tugendboldes gewesen sein. Er rauchte nicht, er ging nie allein aus, er ließ sich von seinen Kunden nicht einmal zum Essen einladen. Mit Akribie war er seiner Arbeit nachgegangen, und das, so ergänzte seine Frau noch mit einem kleinen stolzen Glanz in ihren Augen, auch erfolgreich. Es war ihm wohl des Öfteren gelungen, Recht und Gesetz durchzusetzen.

Reuter dachte sich seinen Teil. Er stellte sich einen bürokratischen Schnüffler vor, der pedantisch Zeile um Zeile in den Buchhaltungsunterlagen der geprüften Bürger abhakte und die Dinge kleinlich zuungunsten des Steuerzahlers auslegte. Mit einer solchen Kleinkariertheit war natürlich der Unmut der von ihm heimgesuchten Selbstständigen wie dem Metzgermeister Hölzl vorprogrammiert. Es ging sicher nicht um große Beträge, um Steuerverschiebungen gewaltigen Ausmaßes, sondern um Posten in der Steuererklärung, die interpretationswürdig waren und die dieser Beamte allzu engstirnig zugunsten des Finanzamtes interpretierte.

Aber das alles konnte kein Grund dafür sein, plötzlich und ohne jede Vorankündigung ins Nirwana zu verschwinden, abzutauchen, ohne irgendein Lebenszeichen zu hinterlassen. Solche Kleingeister verschwanden nicht einfach, ohne ordnungsgemäß mit mehreren Durchschlägen die Nachwelt zu informieren, wohin und aus welchem Grund sie sich abgewandt hatten. Selbst wenn der außergewöhnliche Fall eingetreten wäre, dass dieser Mensch einer Bestechung erlegen war, so hätte er seiner Restfamilie ganz sicher einen Teil des Geldes zukommen lassen.

Die Frau war offensichtlich froh, als Reuter sich verabschiedete und ging.

Er fuhr in die Redaktion zurück.

Der Lokalredakteur empfing ihn mit einem Schwall wüster Beschimpfungen, die ihn aber ungerührt ließen. Reuter zitierte den Götz von Berlichingen und registrierte interessiert, dass ihn sein Gegenüber zwar ansah, mit ihm sprach, ihm aber überhaupt nicht zuhörte.

Es war kein Gespräch zwischen den beiden, sondern das Aufeinanderprallen zweier Monologe.

»... und dann sage ich dir, du sollst nicht so viel saufen«, fühlte sich Reuter beschimpft.

»Ich habe einen bayerischen Arzt«, entgegnete er dem Lokalredakteur. »Der lässt bei seinen Generaluntersuchungen grundsätzlich die Leber außen vor.«

Von einem Augenblick zum nächsten war der Mann aber die geballte Aufmerksamkeit, als Reuter von seinem Besuch bei der Frau des verschwundenen Finanzbeamten berichtete. In die Ausführungen hinein schüttelte er seinen unbehaarten Kopf und knurrte: »Das ist zu wenig für eine Story. Niemand interessiert es, wenn eine traurige kleine Gestalt aus dem Finanzamt über Nacht spurlos verschwindet. Wenn du darüber einen Artikel bringst, dann nur in der Spalte ›Kurioses und Vermischtes‹. Sicher bekommst du dann viele Leserbriefe, die dazu auffordern, auch noch den Rest der Truppe in der Versenkung verschwinden zu lassen. Außerdem ist das Thema öde, abgehakt, ausgelutscht. Hast du eine Ahnung, wie viele Menschen allein in München jährlich spurlos verschwinden, abtauchen und nach einiger Zeit, manchmal aber auch nie wieder in Erscheinung treten? Dafür interessiert sich heute keiner mehr. Nimm doch einfach einmal die Obdachlosenszene. Die sind einfach weg, verreist, ins Loch gefallen, und kein Schwein kümmert sich darum. Manchmal sind sie einfach nur verjagt, oder hast du schon einmal Bettler in deiner Straße in Schwabing gesehen?«

Damit drehte sich der Lokalredakteur um und wollte ohne weitere Anmerkungen entschwinden. Reuter hielt ihn am Ärmel fest.

»Was ist mit den Bettlern?«

Der Glatzköpfige winkte ab, bequemte sich aber doch zu einer kurzen Erklärung:»Wenn dort jemand auftaucht, wird er von den Geschäftsinhabern davongejagt, manchmal auch etwas handfester. Dein komischer Metzger hat sich da besonders hervorgetan. Gelegentlich hat er auch schon einmal eine Anzeige wegen Körperverletzung erhalten, weil er einen hartnäckigen Obdachlosen, der nicht schnurstracks diesen Teil der Stadt verlassen wollte, verprügelt hat. Aber alle Anzeigen sind im Sande verlaufen. Die Opfer, alles Penner, waren später nicht mehr da, sind aus Angst weitergezogen oder haben volltrunken unter der nächsten Brücke übernachtet, was weiß ich … Eine Adresse, unter der man sie später noch einmal für ihre Zeugenaussagen hätte besuchen können, hat diese Landplage ja nicht.«

Damit war für den Lokalredakteur das Gespräch endgültig abgeschlossen.

Reuter bohrte sich gedankenverloren im Ohr und betrachtete anschließend minutenlang das Ergebnis, das er vorsichtig zwischen Daumen und Zeigefinger zerrieb. Merkwürdig, dachte er, der joviale Herr Hölzl, immer freundlich, nett, hatte also noch eine ganz andere, dunkle Seite, wenn zutraf, was er eben gehört hatte. Der prügelte auf Menschen ein, die aus welchem Grunde auch immer außerhalb der bürgerlichen Gesellschaft lebten.

Reuter zuckte die Schultern. Ein soziales Gewissen war ihm fremd, Mitleid empfand er keines. Für ihn war es eventuell nur der Aufhänger für eine Story. Das war sicher ein interessanter Ansatz, um einen zumindest im Stadtbezirk bekannten Geschäftsmann bloßzustellen. Das lasen die Leute gern. Die Folgen wären zudem spannend zu beobachten. Mit etwas Glück würde sich ein solcher Artikel negativ auf das Geschäft des Mannes auswirken. Das würde Stoff für einen Fortsetzungsteil bieten.

Reuter empfand kein schlechtes Gewissen bei dem Gedanken, dass er womöglich an der Existenzgrundlage des Metzgermeisters kratzen würde. Ihm kam überhaupt nicht in den Sinn, dass er in diesem Punkt nicht einen Funken besser war als der kleingeistige Finanzbeamte, der ohne jedes Augenmaß zur vermeintlichen Durchsetzung seiner Auslegung von Steuergerechtigkeit die Lebensgrundlage eines Menschen angreift.

Unter dem Vorwand, dass ihn das Thema der ungerechtfertigten Steuerschätzung interessiere, vereinbarte Reuter einen Termin mit Metzgermeister Hölzl in den Abendstunden.

Er verfügte zwar über keinen besonders ausgeprägten Geruchssinn, aber die penetranten Ausdünstungen, die er verströmte, störten jetzt doch. Deshalb beschloss er, seine Wohnung aufzusuchen und die am Morgen unterlassenen hygienischen Maßnahmen nachzuholen.

Die Geschäfte hatten bereits geschlossen; auf den Straßen waren die letzten Passanten noch mit ihren Einkaufstüten auf dem Weg zum heimischen Herd, um dort die Beute ihrer Streifzüge durch die Supermärkte und Boutiquen zu sichern.

Reuter überwand rasch die kurze Distanz zwischen seiner Wohnung und dem Laden von Meister Hölzl. Er fand den Namen des Metzgers an der Klingelleiste des Hauseingangs direkt neben dem Geschäft. Kurz darauf sah er den massigen Mann durch den Laden kommen und die Tür öffnen.

Hölzl ließ ihn herein, verschloss sorgfältig die Tür der Metzgerei und schlurfte in die hinteren Räume. Reuter folgte ihm. Gleich hinter der Durchgangstür, die den Verkaufsbereich von den anderen Räumlichkeiten trennte, führte eine schmale steile Treppe nach oben.

»Ich wohne über dem Laden und habe eine direkte Verbindung von der Wohnung zum Geschäft«, erklärte Hölzl und erklomm schwer atmend die Stiege. Das altersschwache Holz knirschte kräftig unter dem Gewicht der beiden Männer. Sie erreichten einen mit Linoleum ausgelegten schummrigen Flur, in dem es muffig roch.

Hölzl steuerte eine Tür an, durch deren Milchglasscheibe ein schwacher Lichtschein in den Flur drang. Es war das Wohnzimmer, das mit Möbeln im Stil der dreißiger Jahre eingerichtet war. Reuter schien es, als würde jeden Moment Heinz Rühmann zu ihnen treten und behaupten, sein Name sei Pfeiffer mit drei »f«.

Reuter nahm an dem runden Tisch Platz, auf dem eine Spitzendecke lag. In der Mitte stand eine verzierte Vase mit einem Strauß Frühlingsblumen. Etwas fehlte, bis Reuter einfiel, was es war. Es fehlte die Frau mit der akkuraten weißen Schürze und dem im Nacken geknoteten Dutt. Folgerichtig fragte Reuter, noch bevor er Platz nahm: »Sie leben allein?«

Hölzl nickte. »Das Heiraten habe ich mir nie angetan. Wenn ich einmal das Bedürfnis nach einer Frau hatte, so wusste ich immer, was zu tun war.« Dabei lachte er breit, warb im Gespräch unter Männern für Verständnis.

Reuter ließ den Hinweis unbeantwortet im Raum stehen, nahm aber dankend Bier und Obstler an, die Hölzl zur Verbesserung der Atmosphäre auf den Tisch stellte.

Sie tranken den Schnaps und zogen anschließend einen großen Schluck Weißbier in sich hinein. Hölzl begann unaufgefordert über das Finanzamt zu schimpfen. Reuter ließ ihn gewähren. Der Metzgermeister hatte so viel Wut über die Willkür der Behörde im Bauch, dass sie bei der dritten Flasche Weißbier und einigen Obstlern angekommen waren, als Reuter das Thema vorsichtig auf das Verschwinden des Finanzbeamten lenkte.

Hölzl nahm noch einen kräftigen Zug aus seinem Bierglas, wischte sich mit dem Hemdsärmel den Mund ab und grinste Reuter an. »Der Typ ist einfach nicht wiedergekommen. Ich habe ein ganzes Jahr nichts, absolut nichts vom Finanzamt gehört. Natürlich bin ich nicht so bescheuert, selbst nachzufragen. Und jetzt ist ein anderer aufgetaucht und fängt ganz von vorne an.«

Das verstand Reuter nicht. »Selbst wenn der vorherige Prüfer spurlos verschwunden ist, so gibt es doch eine Steuerakte.«

Der Mann im weißen Kittel machte eine wegwerfende Handbewegung und lachte schadenfroh. »Die hatte er dabei, als er das letzte Mal hier war. Und dann hat ihn keiner mehr zu Gesicht bekommen. Inklusive der blöden Steuerakte …«, schob er grinsend hinterher.

Sie tranken noch eine Flasche Weißbier. Inzwischen wurde das Gespräch mit einer alkoholgeschwängerten Lockerheit geführt. Reuter leitete die Unterhaltung vorsichtig auf das Thema Bettler und Hausierer über.

Der Metzger redete sich in Rage. Er beschimpfte die Leute als geschäftsschädigendes asoziales Pack, das in seinen Augen jegliche Existenzberechtigung in dieser bürgerlichen Wohngegend verloren habe. Und da sich die Verantwortlichen nicht um die Belange der kleinen Leute kümmern würden, habe er die Sache selbst in die Hand genommen.

»Und wie?«, wollte Reuter wissen.

»Ich habe die Typen verjagt. Ich habe denen unmissverständlich klar gemacht, dass hier kein Platz für Schnorrer und Herumtreiber ist.« Er senkte die Stimme, als würde er zu einem Mitverschwörer reden. »Und wenn einer renitent war, habe ich schon einmal handfest nachgeholfen.«

»Verprügelt?«

Der kräftige Mann trank erneut einen großen Schluck, bevor er antwortete: »Da gehört nicht viel zu. Die Burschen haben keine Substanz. Die musst du nur leicht anpusten, dann fallen die von allein um.«

»Und das hat bei diesen Leuten solchen Eindruck hinterlassen, dass sie es nicht ein zweites Mal versucht haben?«

In Hölzls Augen funkelte es böse. »Natürlich gab es einige, die sich im Recht glaubten, die es erneut versucht haben. Wenn ich gemerkt habe, dass sie trotz meiner mahnenden Worte nicht begreifen wollten, habe ich es denen sehr konkret vermittelt.«

Bei Reuter stellte sich langsam eine schwere Zunge ein. »Und das war so nachhaltig, dass diese Männer dann nie wieder aufgetaucht sind?«

Trotz des nicht unerheblichen Alkohols, den beide mittlerweile genossen hatten, ging ein Ruck durch den massigen Körper des Metzgermeisters.

»Was soll das heißen?«, fragte er.

Reuter winkte scheinbar desinteressiert ab. »Nur so.«

»Ich habe nur für Recht und Ordnung gesorgt. Ich habe sauber gemacht.«

Jetzt wurde Reuter mutig. Er wollte konkreter auf sein eigentliches Thema hinaus.

»Es ist eigentümlich, dass der Name Hölzl häufiger im Zusammenhang mit Menschen steht, die ab einem bestimmten Zeitpunkt einfach von der Bildfläche verschwunden sind.«

Der Metzgermeister war aufgesprungen. Wütend fuhr er mit den Armen in der Luft herum. Er erweckte den Eindruck, als würde er sich im nächsten Moment auf Reuter stürzen wollen. »Niemand wagt es, solche bösartigen Anschuldigungen in den Raum zu stellen.«

»Ich spreche nur von Tatsachen, von Fakten, die es durch schlüssige Erklärungen zu untermauern gilt. Da gibt es zwei Lösungen: Entweder haben Sie mit dem Verschwinden dieser Menschen zu tun oder nicht. Und das möchte ich gerne herausfinden«, gab Reuter nahezu ungerührt als Erklärung ab.

Hölzl stand jetzt vor ihm, packte ihn am Revers, zog ihn aus dem Sessel hoch und schrie ihn an: »Komm einmal mit, ich werde dir etwas zeigen ...«

Es war wieder ein herrlicher Frühsommertag. Mit dem ersten zarten Lichtschimmer hatten die Vögel angefangen zu tirilieren, die Menschen bewegten sich leichtfüßiger als sonst durch die Straßen, der Himmel zeigte ein kräftiges Blau, keine Wolke war am Firmament zu sehen. Mit einem leuchtenden Farbfeuerwerk begrüßten die Sommerblumen den neuen Tag.

Nur der Lokalredakteur lief wie angestochen durch die Räume der Zeitung. Er brüllte wie ein Stier, tobte, schrie und stampfte jeden, der ihm auf Sichtweite zu nahe kam, in den Erdboden.

»Wo bleibt dieser verdammte Idiot von Reuter?«, blökte er eine junge Mitarbeiterin an, der es nicht gelungen war, rechtzeitig einen ausreichend großen Bogen um den explodierenden Choleriker zu machen.

Hilflos zuckte das eingeschüchterte Mädchen die Schultern. »Keine Ahnung. Wir haben ihn seit über einer Woche nicht mehr gesehen. Er ist für uns telefonisch weder zu Hause noch per Handy erreichbar. Wie vom Erdboden verschluckt. Einfach abgetaucht.«

Der Lokalredakteur stapfte zornbebend weiter. »Wenn ich den Kerl erwische, der ist gefeuert, der kann sehen, wo er bleibt, den jage ich dorthin, wo der Pfeffer wächst.«

Mehr bekam das junge Mädchen von der Schimpftirade des Lokalredakteurs nicht mehr mit, weil dieser um die nächste Flurecke entschwunden war.

Es war wirklich ein wunderschöner Frühsommertag. Metzgermeister Hölzl hielt mit einem freundlichen Lächeln der alten Dame die Tür auf, als diese das Geschäft verließ.

Ihr kleiner Mischling sprang ihr freudig mit dem Stummelschwänzchen wedelnd entgegen. Sie beugte sich zu ihm nieder, streichelte ihm über den Kopf und sagte mit zarter Stimme zu ihrem Hund: »Da wird sich mein Teddy aber freuen. Der nette Meister Hölzl hat wieder eine neue Partie deiner Lieblingsmahlzeit zubereitet. Ich habe dir auch zwei neue Dosen mitgebracht. Das wird ein Festmahl für meinen kleinen Liebling.«

Kuno Ritter war zufrieden. Das war nicht immer so gewesen. Aber heute … ja. Er konnte nicht klagen. Früher war alles anders. Da war es in seinem Leben turbulent zugegangen. Aber heute? Nein, das war in Ordnung.

Kuno war sich nicht sicher, ob es an seinem Namen lag. Kuno! Er hatte von seinen Eltern nie eine Antwort darauf erhalten, warum man ihm ausgerechnet den Namen Kuno gegeben hatte. Von seinen Eltern? Eigentlich war es seine Mutter. Der Vater war nur auf der Durchreise gewesen. Nicht einmal eine Beschreibung hatte seine Mutter abgeben können. Zu flüchtig waren die Erinnerungen.

Wie gut, dass Kuno Ritter nicht in Süddeutschland lebte, überlegte er. Dort nannte man häufig den Zunamen vorweg. Ritter Kuno. Das wäre noch schlimmer gewesen. Aber ausgerechnet Kuno?

Nun ja. Seiner Mutter war es irgendwann schwergefallen, dem Nachwuchs ausgefallene und vor allem passende Namen zu geben. Immerhin hatte sie elf Kindern das Leben geschenkt. Mancher mochte das als außergewöhnliche Lebensleistung ansehen. Aber für die elf Kinder hatte die Mutter auch vier Väter verschlissen. Die ersten beiden waren die fleißigsten gewesen, Kuno verfügte mit seinem »durchreisenden Vater« immerhin über eine gewisse Exklusivität, und vielleicht hätte Kuno noch mehr Geschwister bekommen, wenn der letzte Mann seiner Mutter sie nicht … Dafür hatte man ihn lebenslänglich hinter Gitter gesperrt.

Dort war Kuno seinem Stiefvater nie begegnet, obwohl er selbst zweimal in derselben Strafanstalt eingesessen hatte. Die anderen beiden Haftstrafen hatte er in anderen Gefängnissen verbracht.

Kuno konnte nicht behaupten, dass die Zeit hinter Gittern besonders freudvoll gewesen wäre. Andererseits war es aber auch nicht so schlimm, wie die Leute dachten, die nie inhaftiert gewesen waren. Man schloss Freundschaften im Gefängnis, manchmal auch Zweckbündnisse, man machte sich keine Sorgen um den Lebensunterhalt, bekam Unterkunft und Verpflegung. Manchmal hatte Kuno es vermisst, dass er am Abend nicht einfach irgendwo hingehen, sich mit ein paar Freunden zum Bier treffen oder vielleicht auch ein Kino besuchen konnte. Andererseits hatte er keine Freunde, mit denen er sich hätte treffen können. So hatte er nichts versäumt.

Ganz im Gegenteil. Nachdem er das letzte Mal entlassen worden war und sich sein alter Freund Franz mit einem kräftigen Händedruck von ihm verabschiedet hatte, fühlte sich Kuno zunächst einsam.

Der Verkehr brauste durch die Straßen, die Menschen hasteten an ihm vorbei, jeder Zweite hatte ein Telefon am Ohr und war in ein wichtig erscheinendes Gespräch vertieft. Überhaupt hatte sich die Welt verändert, seitdem er vor vielen Jahren seine Haftstrafe angetreten hatte. Alles war lauter und hektischer geworden, schriller und bunter. Nein, das war nicht mehr Kunos Welt. Zu gern hätte er kehrtgemacht und wäre wieder in die Geborgenheit des Gefängnisses zurückgekehrt, aber Franz, mit dem er einen großen Teil seines Lebens verbracht hatte, war einen Monat später pensioniert worden. Fünfundvierzig Jahre hinter Gittern, da hatte sich auch ein verdienstvoller Gefängniswärter den Ruhestand verdient. Und ohne Franz und seine Trude, die für Kuno Kuchen gebacken hatte, die er aber nur aus Erzählungen kannte und der er nie persönlich begegnet war, hätte das Gefängnis auch kein Vergnügen mehr bereitet.

»Ich werde dich so oft wie möglich besuchen«, hatte Kuno gesagt. Doch Franz hatte ihn das erste Mal in den vielen gemeinsamen Jahren enttäuscht.

»Och, lass man«, hatte Franz gesagt. »Ich habe stets Beruf und Privatleben getrennt. Das möchte ich auch als Pensionär beibehalten. Ich freue mich auf meine Enkel. Die haben nie erfahren, wo ihr Großvater gearbeitet hat. Sie haben immer gedacht, ich wäre im Finanzamt beschäftigt.«

»Glaubst du, Franz, dass diese Lüge dir eine bessere Reputation beschert?«

Der alte Gefängniswärter hatte statt einer Antwort nur gelacht.

Kuno hatte seinen Bewährungshelfer aufgesucht, einen forschen jüngeren Mann mit Nickelbrille und einem dünnen Bart. Sozialarbeiter nannten sich diese Leute jetzt. Kuno hatte sich die Hände angesehen und vergeblich nach Schwielen gesucht. Pah! Arbeiter. »Werden Sie so schlecht bezahlt, dass Sie sich nur noch Hosen mit Flicken leisten können?«, hatte Kuno den Mann gefragt.

»Das ist jetzt modern. Das ist Designerware. Dafür muss man viel Geld ausgeben.«

Wie verrückt war diese Welt geworden?, dachte Kuno. Als Kind hatte er sich geschämt, wenn er Kleidung mit Löchern hatte auftragen müssen. Heute kaufte man so etwas in den Boutiquen.

»Ich bin der Cord«, so hatte sich der Bewährungshelfer vorgestellt und ihm nach einer Übergangszeit im Männerwohnheim eine kleine Altbauwohnung beschafft. Auch für Möbel aus dem Sozialkaufhaus hatte Cord gesorgt.

Kuno war im August entlassen worden, und bereits im September war er in das ältere Mehrfamilienhaus eingezogen.

Langsam gewöhnte er sich an das Leben in Freiheit. Eine Behörde zahlte seine Miete, und ein gewisser Herr Hartz hatte dafür gesorgt, dass er eine monatliche Apanage bekam. Kuno hielt es für gerecht. Schließlich hatte ein gnadenloser Richter ihn für viele Jahre ins Gefängnis gesperrt. Und das im Namen des Volkes. Nun konnte das »Volk« auch für Kuno sorgen, selbst wenn es ihm hinter Gittern an nichts gemangelt hatte.

Die ersten Tage traute sich Kuno kaum vor die Haustür. Er war erschrocken über den Lärm auf der Straße, den unablässigen Strom der Autos, der Tag und Nacht unter seinem Fenster entlangfloss. Als er sich ein wenig von seiner Wohnung fort wagte, begegneten ihm Leute, die achtlos an ihm vorbeirannten, ihren Mitmenschen nicht einmal einen Seitenblick gönnten.

Kuno suchte einen nahen Supermarkt auf und hatte Mühe, sich dort zurechtzufinden. Wo früher eine Theke stand, hinter der freundliche Damen Wurst und Fleisch verkauften und nach den Wünschen der Kunden fragten, hatte man Kühlschränke eingebaut. Selbst Hackfleisch gab es dort abgepackt zu kaufen. Und es musste nicht am selben Tag verzehrt werden. Das waren merkwürdige Zeiten. Überhaupt – Lebkuchen gab es schon im August, im

Oktober begannen die ersten Geschäfte, ihre Auslagen weihnachtlich zu dekorieren, und ab Mitte November erstrahlte in den Straßen des Zentrums schon die festliche Weihnachtsbeleuchtung. Kuno hatte viel Freizeit, die er nutzte, um nach und nach die Welt neu zu entdecken. Handys kannte er zwar, aber heute konnte man damit fernsehen. Er hörte, dass die kleinen Telefone auch in der Lage sein sollten, den Weg zu erklären, Kochrezepte preiszugeben oder Fragen zu beantworten, für die man früher ein Lexikon befragen musste. Smartphone nannte man das. Unterwegs schnappte Kuno auf, dass sich die Leute über Geschirr unterhielten. Sie fragten einander, ob sie schon einen neuen »Eipott« hätten. Erst nach einer Weile verstand Kuno, dass damit ein elektronisches Gerät gemeint war.

Schließlich wagte sich Kuno in ein Elektronikkaufhaus. »Ich bin doch nicht blöd«, stand dort auf der Werbetafel. »Vermutlich bin ich es«, seufzte Kuno.

Er war mehrere Monate damit beschäftigt, die Welt »da draußen« neu zu entdecken. Dabei war er auf sich allein angewiesen. Niemand erklärte sie ihm. Und Cord hatte auch keine Zeit. »Du musst dich allein zurechtfinden«, hatte er ihm erklärt. »Ich habe einfach zu viele Fälle.«

Aha. Kuno war also ein »Fall«. Der verfügte aber über viel Freizeit, die er nutzte, um immer mehr neue und spannende Dinge zu finden, die ihm zunächst interessant, manche schließlich auch begehrenswert erschienen. Genau das war Kunos Problem in der Vergangenheit gewesen. Deshalb hatte er den größten Teil seines Lebens hinter Gittern zugebracht. Jetzt galt es, sich zu beherrschen. Dabei musste er schmunzeln. Ein Psychologe hatte sich Kunos Akte angesehen, ihn ernsthaft über den Rand der Halbbrille angeblinzelt und in vertraulichem Ton gesagt: »Sie haben eine schwere Kindheit gehabt. Ihr Vater ...«

Auf den Rest hatte Kuno nicht geachtet. Er selbst hatte seinen Vater nie kennengelernt. Woher wollte der Psychologe ihn kennen? Kuno war ehrlich zu sich selbst. An der Begehrlichkeit, unter der er gelitten hatte, war er allein schuld. Und nun musste er Stärke zeigen, wenn er nicht wieder ins Gefängnis zurückwollte. »Das nächste Mal erhalten Sie Sicherungsverwahrung«, hatte der gna denlose Richter gedroht. Das hätte Kuno nicht sehr erschreckt, wenn Franz nicht in Pension gegangen wäre. So gab er sich alle Mühe, charakterfest zu bleiben und allen Versuchungen zu widerstehen.

Mittlerweile war die Adventszeit hereingebrochen. Mit Begeisterung schlenderte Kuno über die Weihnachtsmärkte, schnupperte den herrlichen Duft von Glühwein, Mutzenmandeln und Reibekuchen, beobachtete die Kinder, die mit großen Augen beim Weihnachtsmann stehen blieben und sich am liebsten hinter ihren Müttern versteckt hätten. Kuno bewunderte die Aussteller, die in warme Winterkleidung gehüllt hinter ihren Ständen auf Kundschaft warteten und ihre handgeschnitzten Weihnachtsfiguren, selbst gezogenen Kerzen oder andere kunstgewerbliche Dinge anboten.

Allmählich wurde ihm bewusst, dass er doch etwas versäumt hatte in den langen Jahren im Gefängnis.

Weihnachten! Mochte sich der Gefängnisgeistliche noch so viel Mühe gegeben haben, der Tannenbaum auch mit vielen Lichtern geschmückt gewesen sein … Weihnachten in Freiheit konnte durch nichts ersetzt werden. Kuno atmete tief durch. Er würde dieses Christfest mit besonderem Bedacht begehen, die Weihnachtsstimmung bewusst in sein Herz lassen und jeden Augenblick der Adventzeit, aber auch des Festes selbst mit Freude in der Seele genießen. Und er würde es sich gemütlich machen und gut gehen lassen.

Kuno verstand seine Mitbewohner im Haus nicht. Das Lehrerehepaar Knoll, das seine Grüße im Treppenhaus nie erwiderte, schlich mit einem Gesicht durch die Welt, als würde diese untergehen. Warum freuten sich die beiden nicht ebenso auf das Fest? Mit Sicherheit konnten die Knolls sich viel mehr leisten als Kuno, der mit seinen bescheidenen Mitteln auskommen musste.

In der Etage über ihm wohnte ein Paar, bei dem sich Kuno fragte, warum die überhaupt noch zusammen waren. Sie mochten schon Ende fünfzig sein, die Frau vielleicht ein paar Jahre jünger. Die einzige Beschäftigung der beiden schien ein ewiger Streit zu sein. Kaum trafen sie in der Wohnung aufeinander, begann der

Streit. Und Kuno war notgedrungen eingebunden. Die Wände waren so hellhörig, dass er nahezu jedes Wort verstand. Ob er den Nachbarn erklären sollte, dass Weihnachten das Fest der Liebe ist? Das Ehepaar Wondrascheck schien das nicht wissen zu wollen. Ständig schrien sie sich an, die Türen wurden geknallt, Geschirr schepperte, und Kuno war sich nicht sicher, ob es nicht auch handfest zur Sache ging. Manchmal verschwand Wondrascheck in die Eckkneipe. Das waren erholsame Augenblicke, da nur noch der Fernseher zu hören war, den Frau Wondrascheck überlaut schaltete. Kuno konnte die Dialoge nahezu mitsprechen. Wenn die Frau Kummer hatte, legte sie ein Video ein. Sissi. Immer wieder Sissi. Ob das die Knolls nicht störte?, fragte sich Kuno. Die mussten den Streit doch auch mitbekommen. Aber vielleicht hatten Lehrer eine Fähigkeit entwickelt, Geräusche einfach nicht wahrzunehmen, durch andere Menschen hindurchzusehen und sie zu ignorieren. Bis sie es eines Tages perfektioniert hatten und auch durch den Ehepartner hindurchsehen konnten.

Wie gut, dass Kuno allein lebte. So war er keinerlei Stress ausgesetzt. Er wollte nur seine Ruhe haben. Und gemütlich sollte es sein. Kuno würde es sich schon einzurichten wissen. Er freute sich auf Weihnachten, seit vielen Jahren wieder in den eigenen vier Wänden, bei einem leckeren Essen, einer Flasche Rotwein und einem Tannenbaum.

An einem lauschigen Adventabend, Kuno verfolgte gerade die herzzerreißende Geschichte um den kleinen Lord, begann der Fernsehapparat zu flimmern. Zunächst wanderten nur hellgraue Zeilen über den Bildschirm, dann knackte und rauschte es, bis schließlich nichts mehr zu sehen war. Das Klopfen auf das Gerät, mehrfaches Ein- und Ausschalten und das Ziehen des Steckers halfen nichts. Der Apparat hatte sein Leben ausgehaucht. Am folgenden Werktag wurde Kuno bei der Behörde vorstellig und fragte nach Cord, doch dessen Kollege beschied ihm, dass der Bewährungshelfer bis über Neujahr hinaus Urlaub habe.

»Von wem bekomme ich einen neuen Fernseher?«, hatte Kuno die Vertretung gefragt.

Der Mann hatte schallend gelacht. »Mein Bester, ich habe ganz andere Sorgen. Ich muss mich um meine und um Cords Knackis kümmern. Da habe ich keine Zeit, mich um solch lapidare Nebensächlichkeiten wie einen Fernseher zu bemühen.«

Der Sozialarbeiter hatte wirklich »Knackis« gesagt. Hatte er nicht auch die Vokabel »kümmern« benutzt? Und warum tat er es nicht? Überhaupt. Ein Fernsehgerät war nicht »lapidar«, sondern Kunos Kontakt zur Welt.

Zwei Abende saß Kuno stumm am Fenster und beobachtete den Straßenverkehr und die vorbeihastenden Passanten. Doch immer wieder glitt sein Blick an den Fassaden der gegenüberliegenden Häuserzeile empor und blieb an den erleuchteten Fenstern haften, hintern denen die Bildschirme flimmerten. Es war zum Grausen. Wie ging es mit dem Fiesling weiter, der sich an die junge Künstlerin herangemacht hatte und dessen böses Tun Kuno an jedem Vorabend verfolgte? Und übermorgen war der letzte Spieltag der Bundesliga vor der Winterpause. Ach, der Krimi. Wie konnte Kuno überleben, ohne den zweiten Teil gesehen zu haben? So konnte es nicht weitergehen. Schließlich reifte in ihm ein Entschluss. Zwei Straßenzüge entfernt hatte er das Büro einer Partei entdeckt, an deren Fenstern Plakate mit dem Slogan »Wir sorgen für Gerechtigkeit und Wohlstand« klebten.

Kuno fand es nicht unnatürlich, dass die Parteifunktionäre sich stets für ihre Wähler aufrieben. Sicher waren sie im unermüdlichen Einsatz für das Wohl des Landes, als er durch die Hintertür in die Räume einstieg. Recht hatte diese Partei. Kuno wusste nicht, wie viele Wähler dem Slogan vertrauten. Er nahm es wörtlich und schleppte den großen Flachbildfernseher, den er im Versammlungsraum fand, mit zu sich nach Hause. Die Kaffeemaschine, einen Aktenvernichter und ein Ultraschallgerät für die Brillenreinigung trug er ebenso dorthin wie das Waffeleisen. Das Angebot »Wir sorgen für Wohlstand« war so großzügig, dass Kuno zweimal gehen musste, bis er seine Beute in der Wohnung verstaut hatte. Diese Partei musste man sich merken, dachte Kuno. Die hielten Wort.

Es wurde ein langer Abend, bis er die Funktionen der Fernbedienung des neuen Geräts verstanden hatte.

Am folgenden Tag verließ Kuno die Wohnung nicht, da ihn immer noch der neue Fernsehapparat beschäftigte. Die anderen Gegenstände lagen unbeachtet in der Küche. Kuno hätte im Augenblick nicht gewusst, wie er sie sinnvoll hätte verwenden können.

Nach vielen Stunden vor dem Bildschirm wurde ihm aber bewusst, dass Pfefferminztee nicht der ideale Begleiter für einen langen, anstrengenden Tag war, insbesondere schmeckte ihm der jeweils zweite Aufguss nicht sonderlich. Und am nächsten Tag wartete die Sportschau auf Kuno. Wer hatte je davon gehört, dass man in einem Fußballstadion Pfefferminztee trank?

Die Idee des Herrn Hartz fand er ja löblich. Leider hatte der gute Mann, als er die Höhe des monatlichen Unterhalts festgelegt hatte, nicht auf den Kalender geguckt. Ein Monat bestand aus zwei Hälften. So musste Kuno sich das wohlverdiente Feierabendbier auf andere Weise besorgen. Die Welt hatte sich während seines letzten Gefängnisaufenthalts doch sehr verändert, dachte Kuno, als er sich vom Hof des Supermarkts drei Kisten mit Leergut nahm, sie um das Gebäude zum Flaschenautomaten trug und durch den Tunnel des Geräts verschwinden sah. Wenig später würden sie wieder an ihrem ursprünglichen Platz stehen.

Der Flaschenautomat hinterfragte nicht, woher Kuno das Leergut hatte. Und mit dem Pfandbon bekam er eine gefüllte Kiste mit Bier. Es blieb sogar noch etwas für einen Schokoladenriegel übrig.

Es war ein erfülltes Wochenende, und das regnerische Wetter, das gar nicht zum Advent passte, störte Kuno in keiner Weise. Zum Wochenende waren die Weihnachtsmärkte ohnehin überfüllt. So verbrachte er die Zeit vor dem neuen Fernseher und freute sich, in welcher Brillanz und Farbtreue ihm Bilder aus der ganzen Welt ins Haus flimmerten. Und in der kommenden Woche war Weihnachten.

Leider hatte der gutherzige Herr Hartz, der auf so sympathische Weise für einen monatlichen Geldsegen sorgte, auch nicht bedacht, dass einmal im Jahr Weihnachten ist und ein Gesamtbetrag von etwas über zwei Euro für eine Tagesverpflegung nicht ausreicht, um davon einen Weihnachtsbraten kaufen zu können.

Kunos Augen ähnelten den von Kindern, wenn er durch die Straßen schlenderte und vor den bunt geschmückten Schaufenstern verweilte, in den Einkaufszentren die Tannenbäume bestaunte, die mit bunten Lichterketten über mehrere Etagen reichten. Was war Heiligabend ohne einen Tannenbaum, einen eigenen wohlgemerkt? Überall an den Straßenecken gab es mobile Verkaufsstände, die Christbäume anboten, aber als er eine Weile dem Geschehen zusah und erfuhr, dass »ein Meter Tannenbaum« so viel kosten würde, wie er für eine ganze Woche an Lebensmitteln einplante, wurde er traurig. Und zwei Meter sollte *sein* Tannenbaum schon haben. Kuno schloss die Augen und stellte sich vor, wie der Baum in der Ecke seines kleinen Wohnzimmers stehen und einen Teil des Raums ausfüllen würde. Ob genügend Platz für den Baum vorhanden wäre?, überlegte Kuno und begann, sein Zimmer umzuräumen, bis er so viel freie Fläche geschaffen hatte, dass dort der schönste Baum, der je einen Raum geschmückt hatte, hätte untergebracht werden können.

Trotz des neuen Fernsehgeräts wanderte Kunos Blick im Laufe des Abends immer wieder zu der leer geräumten Zimmerecke. Nein, war er sich sicher, diesen Zustand würde er nicht übers Fest ertragen. Nicht einmal im Gefängnis hatten die Insassen auf den Baum verzichten müssen.

Die Uhr der nahen Kirche hatte Mitternacht geschlagen, als sich Kuno in seinen Wintermantel hüllte und das Haus verließ. So verlockend die Bäume auch ausgesehen hatten, die er bei seinen Erkundungsgängen gesichtet hatte, so unzufrieden war er mit dem Angebot, nachdem er sich in mehrere Verkaufsstände eingeschlichen hatte, um die Bäume einer kritischen Würdigung zu unterziehen. Ein Baum war zu klein, ein anderer nicht gerade genug. Beim dritten standen die Äste zu weit auseinander, und der vierte ähnelte mehr einem Busch als einem Baum. Ein wirklich schön gewachsenes Exemplar hatte gleich zwei Spitzen. Kuno wollte seine Suche schon aufgeben, als er schließlich doch fündig wurde. Fast liebevoll umrundete er die Tanne mit den blau schimmernden Nadeln, die so ebenmäßig gewachsen war, als hätte sie der liebe Gott selbst geformt.

»Dich nehme ich mit«, flüsterte Kuno und streichelte das Bäumchen fast zärtlich.

Eine Stunde später hatte er es geschafft. *Sein* Tannenbaum war eine Maßanfertigung für die Zimmerecke.

Kuno saß vor dem Baum und konnte sich nicht genug daran sattsehen. Seine Wohnung. Sein Zimmer. Sein Tannenbaum. Und sein Weihnachtsfest. Schöner konnte es nicht sein.

Nur die Wondraschecks schienen das nicht verstanden zu haben. Fast die ganze Nacht drang der lautstarke Streit der beiden zu ihm herunter. Weihnachten, das Fest der Liebe, und Frau Wondrascheck wünschte ihrem ungeliebten Gatten für alle hörbar, dass er doch verrecken möge. Sein Tod wäre eine Erlösung für die Menschheit, schrie sie.

Kuno erschauderte. Wenn diesen Menschen doch nur ein Licht aufginge.

Ein was? Kuno rieb sich die Augen. Ein Licht.

Ihm wurde bewusst, dass sein Tannenbaum im Lichterglanz erstrahlen musste. Voller Schreck registrierte Kuno, dass sich auf der Straße der morgendliche Verkehr regte. Die ersten Frühaufsteher strebten ihrem Arbeitsplatz entgegen. Jetzt war es zu spät. Er würde noch einen Tag warten müssen.

Es war eine Zeit voller Ungeduld. Trotz des nasskalten Wetters stromerte Kuno durch die Straßen seines Stadtviertels und hielt Ausschau. Zum Glück brach die Dunkelheit um diese Jahreszeit früh herein, und er hatte abends noch hineichend Gelegenheit, nicht nur die Beleuchtung in den Fenstern zu bewundern, sondern auch die mit Lichterketten behangenen Bäume in den Vorgärten. Eine besonders dekorativ aussehende hatte seine Aufmerksamkeit gefunden, und es fiel ihm schwer, bis nach Mitternacht zu warten, um das Objekt seiner Begierde zu holen. Dafür leuchteten die Kerzen umso heller, als er die Kette um seinen Baum gelegt hatte.

Jetzt konnte Weihnachten kommen. Alles war perfekt, wenn nur nicht die Wondraschecks immer verbissener streiten würden, je näher das Fest rückte.

Entnervt verließ Kuno am Tag vor Heiligabend seine Wohnung und begegnete auf der Treppe der Lehrersfrau.

»Guten Abend, Frau Knoll«, grüßte er freundlich, während sie ihm einen verächtlichen Blick zuwarf und die Nase hochzog. Kuno verstand den Hochmut des Ehepaars nicht. Warum waren die Leute nicht fähig, einen höflichen Gruß zu erwidern?

Er hörte, wie Frau Knoll die Haustür aufschloss und ihren Mann anwies, er möge die Tasche mit Einkäufen in die Wohnung tragen, die sie am Fuß der Treppe hatte stehen lassen.

»Das ist deine Aufgabe«, erklärte Frau Knoll unfreundlich.

»In der Pause«, hörte Kuno den Lehrer antworten, ohne zu wissen, welcher wichtigen Beschäftigung sich der Mann hingab.

Tatsächlich standen unten im Treppenhaus zwei prall gefüllte Einkaufstaschen. Die Lehrersfrau hatte sich nicht einmal der Mühe unterzogen, sie an die Seite zu stellen. Wie leicht konnte jemand darüber stolpern. Kuno packte die Griffe und hob die Taschen auf. Dabei fiel sein Blick ins Innere. Dänische Butter, leicht gesalzen, Schalentiersalat, geräucherte Gänsebrust, ungarische Salami, Rinderfilet, Fonduesoßen und viele andere Leckereien. Für einen Moment schloss Kuno die Augen. Das wäre etwas für das Weihnachtsfest. Noch einmal sah er in die Einkaufstaschen. Dann packte er sie kurz entschlossen und trug sie in den Fahrradkeller, bevor er eilig das Haus verließ. Immerhin hatte er dem Lehrerehepaar noch eine Chance eingeräumt. Wenn sie die Taschen im Fahrradkeller entdeckten, hätten sie Glück gehabt. Sonst hätte er Frau Knoll einen Gefallen erwiesen. Ihr Mann müsste die Frau am Heiligabend begleiten und ihr beim Tragen behilflich sein, wenn sie ihre Einkäufe noch einmal tätigen würde. Ein schlechtes Gewissen hatte Kuno nicht. Wie lautete das Parteiprogramm? Wohlstand für alle.

Erneut wartete er bis nach Mitternacht, als er sich heimlich in den Keller schlich, um nach den Einkaufstaschen zu sehen. Er fand sie unberührt. Dann war es ein Gottesentscheid, dachte Kuno und trug die Lebensmittel in seine Wohnung.

Weihnachten. Dieses Fest würde unvergesslich bleiben. So ein schönes hatte er noch nie erlebt.

Kuno lief das Wasser im Mund zusammen, als er die Delikatessen auspackte, genussvoll daran schnupperte und sie behutsam, als könnten sie zerbrechen, in seinen altersschwachen Kühlschrank legte. Was würde das für ein Fest geben. Diese Spezialitäten und dazu ein kühles Bier. Bier?

Kuno schrak zusammen. Natürlich trank er gern Bier, aber zu diesen auserlesenen Speisen musste ein edleres Getränk her. Im selben Moment erschallte aus der oben liegenden Wohnung wieder ein heftiger Wortwechsel. Wondraschecks stritten erneut.

Das war es. Bei seinen Streifzügen durch die Keller hatte Kuno im Drahtverschlag der Wondraschecks eine in weihnachtliches Papier gehüllte Flasche entdeckt. Da hatte einer der beiden sein Geschenk deponiert. Wollten die beiden bei dem ständigen Streit wirklich Gaben austauschen? Das konnte sich Kuno nicht vorstellen. So schlich er sich in den Keller und holte die Flasche, deren Inhalt sich nach dem Auswickeln als Rotwein entpuppte. Das war genau das Getränk, das Kuno für sein perfektes Weihnachtsmenü noch fehlte.

Der nächste Tag war Heiligabend. Vom Fest der Stille war allerdings nichts zu merken. In der Wohnung über ihm wurden die Türen geknallt, und man schrie sich gegenseitig an. Kuno hatte auch hinter der Tür gelauscht, als das Lehrerehepaar die Treppe hinabstieg und sich gegenseitig Vorwürfe machte, dass die Weihnachtseinkäufe verschwunden waren. Voller Ungeduld wartete Kuno auf das Hereinbrechen der Dunkelheit. Dann würde er Weihnachten feiern.

Mit großer Freude bemerkte er bei einem Spaziergang, dass die Lichterkette, die jetzt seinen Baum schmückte, durch eine andere ersetzt worden war. Und das Personal am Stand mit den Tannenbäumen würde das Fehlen eines Christbaums bestimmt noch gar nicht bemerkt haben. Fast unmerklich wurde es ruhiger auf den Straßen. Der Tag zog sich zurück, und der vielleicht schönste Abend des Jahres hielt Einzug. Kuno lächelte, als er einem Weihnachtsmann begegnete, der vor einer Haustür stand und sich auf seinem Smartphone noch schnell über die Namen der zu beschenkenden Kinder und ihre Missetaten informierte. Wie die Zeiten sich gewandelt hatten. Kein Weihnachtsmann erschien mehr mit dem dicken Buch, aus dem er vorlas.

Fast andächtig erklomm Kuno die Treppe zu seiner Wohnung. Seine ersten Schritte führten ihn ins Wohnzimmer. Er schaltete die Tannenbaumbeleuchtung an und blieb vor dem Lichterglanz stehen, bevor er seinen Wintermantel ablegte. So hatte er sich Weihnachten gewünscht. Auf diese Weise wollte er den Heiligabend auch in den nächsten Jahren verbringen. Um nichts in der Welt würde er wieder in ein Gefängnis zurückkehren, zumal Franz auch nicht mehr da war.

Mit spitzen Fingern öffnete Kuno den Kühlschrank und holte einzeln die vielen Köstlichkeiten hervor. Jedes einzelne Teil besah er sich, schnupperte daran und legte es behutsam auf die Arbeitsfläche neben seinem Herd. Er schnitt sich von der ungarischen Salami und von der geräucherten Gänsebrust ab, häufte etwas vom Schalentiersalat auf den Teller und zog sich ins Wohnzimmer zurück. Kuno nahm gegenüber vom Tannenbaum Platz und ließ alles langsam auf der Zunge zergehen. Das war Weihnachten.

Anschließend kehrte Kuno in die Küche zurück, entkorkte den Wein und roch daran. Dieser edle Tropfen wäre für die streitenden Wondraschecks wirklich viel zu schade gewesen.

Kuno brachte die Samsökartoffeln zum Kochen und gab einen großen Klacks dänischer Butter in die Pfanne. Als die Kartoffeln gar waren, legte er die beiden Stück Filetsteak in das heiße Fett und vergaß beim Anblick des dunkelroten Fleisches fast, die Kartoffeln zu pellen. Mit einem Achselzucken opferte er noch ein weiteres großes Stück Butter. Die würde er über die wohlschmeckenden Kartoffeln gießen.

Nach drei Minuten wendete er die Fleischstücke. Eigentlich musste er gar nicht mehr essen, so verlockend war der Duft, der aus der Pfanne emporstieg.

Vorsichtig probierte er eine Kartoffel. Die waren so köstlich, dass es fast schade war, sie in der flüssigen Butter zu ertränken. Doch heute war Weihnachten. Da gab es etwas ganz Besonderes, dachte er und verschwendete einen Gedanken an das Lehrerehepaar. Ob die so ein Festmahl zu würdigen wussten? Kuno kümmerte es nicht.

Nachdem er das Fleisch aus der Pfanne gefischt hatte, trug er sein Festmenü ins Wohnzimmer, nahm mit Blick auf den Tannenbaum am wackligen Tisch Platz und genoss die ersten Bissen. Halleluja. So schön konnte der Heiligabend sein. Was konnte Kunos Herz mehr begehren. Er schenkte sich Wein ein, hielt das Glas gegen die Lichter des Baums und bestaunte das tiefe Rubinrot. Dann roch er am Wein. So etwas gönnte man sich nur zu besonderen Anlässen. Und die ewig streitenden Wondraschecks hatten es nicht verdient. Kuno hielt sein Glas gegen die Zimmerdecke. »Prost. Auf euch.« Er lächelte leise und nahm einen herzhaften Schluck.

War das ein Getränk. Ein völlig anderer Geschmack als das Bier, das er sonst trank. Ich sollte überlegen, auf Rotwein umzusteigen, dachte Kuno und nahm einen weiteren Schluck dieses himmlischen Getränks. Er spürte ein Rauschen im Ohr, sah den Weihnachtsstern vor seinen Augen tanzen, und dann erklang Engelsgesang. So lieblich und rein, das mussten wirklich Engel sein. Es war ein himmlischer Wein, ein himmlisches Getränk, himmlische Chöre. Und sie trugen Kuno fort zu den weißen Wolken, die ihn umgaben, zu dem Licht, das noch viel heller und wunderbarer war als die Lichterkette an seinem Tannenbaum. Ja, das war Weihnachten. Kuno war angekommen.

Er hörte nicht mehr, wie der Streit in der Wohnung über ihm erneut begann.

»Was soll ich mit so einer blöden, bescheuerten bunten Krawatte?«, schrie Herr Wondrascheck. »Das soll ein Weihnachtsgeschenk sein?«

»Und du?«, keifte Frau Wondrascheck zurück. »Du hast nichts für mich. Nichts!«

»Was kann ich dafür, dass mein Geschenk für dich aus dem Keller geklaut wurde«, brüllte Herr Wondrascheck. »Es war eine ganz besondere Flasche Wein.«

Nur Kuno hätte sagen können, dass das Nichtgeschenk am Fest der Liebe vielleicht das schönste Geschenk gewesen wäre, das Frau Wondrascheck je erhalten hatte. Doch Kuno sagte nichts mehr. Nie wieder.

Hannes Nygaard
TOD IN DER MARSCH
Broschur, 240 Seiten
ISBN 978-3-89705-353-3

»*Ein tolles Ermittlerteam, bei dem man auf eine Fortsetzung hofft.*« Der Nordschleswiger

»*Bis der Täter feststeht, rollt Hannes Nygaard in seinem atmosphärischen Krimi viele unterschiedliche Spiel-Stränge auf, verknüpft sie sehr unterhaltsam, lässt uns teilhaben an friesischer Landschaft und knochenharter Ermittlungsarbeit.*« Rheinische Post

Hannes Nygaard
VOM HIMMEL HOCH
Broschur, 240 Seiten
ISBN 978-3-89705-379-3

»*Nygaard gelingt es, den typisch nordfriesischen Charakter herauszustellen und seinem Buch dadurch ein hohes Maß an Authentizität zu verleihen.*« Husumer Nachrichten

»*Hannes Nygaards Krimi führt die Leser kaum in lästige Nebenhandlungsstränge, sondern bleibt Ermittlern und Verdächtigen stets dicht auf den Fersen, führt Figuren vor, die plastisch und plausibel sind, so dass aus der klar strukturierten Handlung Spannung entsteht.*« Westfälische Nachrichten

www.emons-verlag.de

Hannes Nygaard
MORDLICHT
Broschur, 240 Seiten
ISBN 978-3-89705-418-9

»Wer skurrile Typen, eine raue, aber dennoch pittoreske Landschaft und dazu noch einen kniffligen Fall mag, der wird an ›Mordlicht‹ seinen Spaß haben.« NDR

»Ohne den kriminalistischen Handlungsstrang aus den Augen zu verlieren, beweist Autor Hannes Nygaard bei den meist liebevollen, teilweise aber auch kritischen Schilderungen hiesiger Verhältnisse wieder einmal großen Kenntnisreichtum, Sensibilität und eine starke Beobachtungsgabe.« Kieler Nachrichten

Hannes Nygaard
TOD AN DER FÖRDE
Broschur, 256 Seiten
ISBN 978-3-89705-468-4

»Dass die Spannung bis zum letzten Augenblick bewahrt wird, garantieren nicht zuletzt die Sachkenntnis des Autors und die verblüffenden Wendungen der intelligenten Handlung.« Friesenanzeiger

»Ein weiterer scharfsinniger Thriller von Hannes Nygaard.« Förde Kurier

Charles Brauer liest
TOD AN DER FÖRDE
4 Cds
ISBN 978-3-89705-645-9

www.emons-verlag.de

Hannes Nygaard
TODESHAUS AM DEICH
Broschur, 240 Seiten
ISBN 978-3-89705-485-1

»*Ein ruhiger Krimi, wenn man so möchte, der aber mit seinen plastischen Charakteren und seiner authentischen Atmosphäre überaus sympathisch ist.*« www.büchertreff.de

»*Dieser Roman, mit viel liebevollem Lokalkolorit ausgestattet, überzeugt mit seinem fesselnden Plot und der gut erzählten Geschichte.*«
Wir Insulaner – Das Föhrer Blat

Hannes Nygaard
KÜSTENFILZ
Broschur, 272 Seiten
ISBN 978-3-89705-509-4

»*Mit ›Küstenfilz‹ hat Nygaard der Schleiregion ein Denkmal in Buchform gesetzt.*«
Schleswiger Nachrichten

»*Nygaard, der so stimmungsvoll zwischen Nord- und Ostsee ermitteln lässt, variiert geschickt das Personal seiner Romane.*«
Westfälische Nachrichten

Hannes Nygaard
TODESKÜSTE
Broschur, 288 Seiten
ISBN 978-3-89705-560-5

»Seit fünf Jahren erobern die Hinterm Deich Krimis von Hannes Nygaard den norddeutschen Raum.« Palette Nordfriesland

»Der Autor Hannes Nygaard hat mit ›Todesküste‹ den siebten seiner Krimis ›hinterm Deich‹ vorgelegt – und gewiss einen seiner besten.«
Westfälische Nachrichten

Hannes Nygaard
TOD AM KANAL
Broschur, 256 Seiten
ISBN 978-3-89705-585-8

»Spannung und jede Menge Lokalkolorit.«
Süd-/Nord-Anzeiger

»Der beste Roman der Serie.« Flensborg Avis

www.emons-verlag.de

Hannes Nygaard
DER TOTE VOM KLIFF
Broschur, 272 Seiten
ISBN 978-3-89705-623-7

»Mit seinem neuen Roman hat Nygaard einen spannenden wie humorigen Krimi abgeliefert.« Lübecker Nachrichten

»Ein spannender und die Stimmung hervorragend einfangender Roman.« Oldenburger Kurier

Hannes Nygaard
DER INSELKÖNIG
Broschur, 256 Seiten
ISBN 978-3-89705-672-5

»Die Leser sind immer mitten im Geschehen, und wenn man erst einmal mit dem Buch angefangen hat, dann ist es nicht leicht, es wieder aus der Hand zu legen.« Radio ZuSa

Hannes Nygaard
STURMTIEF
Broschur, 256 Seiten
ISBN 978-3-89705-720-3

»Ein fesselnder Roman, brillant recherchiert und spannend!«
www.musenblaetter.de

Hannes Nygaard
SCHWELBRAND
Broschur, 272 Seiten
ISBN 978-3-89705-795-1

»Sehr zu empfehlen.« Forum Magazin

»Spannend bis zur letzten Seite.« Der Nordschleswiger

www.emons-verlag.de

Hannes Nygaard
TOD IM KOOG
Broschur, 240 Seiten
ISBN 978-3-89705-855-2

»*Ein gelungener Roman, der gerade durch sein scheinbar einfaches Ende einen realistischen Blick auf die oft banalen Gründe für sexuell motivierte Verbrechen erlaubt.*« Radio ZuSa

Hannes Nygaard
SCHWERE WETTER
Broschur, 256 Seiten
ISBN 978-3-89705-920-7

Ein amerikanischer Informatikstudent wird tot aus dem Nord-Ostsee-Kanal geborgen, ein deutscher Datenschützer stirbt in seinem Dienstwagen. Die Ermittlungen führen Lüder Lüders vom LKA Kiel in die Welt des Cyberspace, und er muss feststellen, dass dort nicht nur virtuelle Verbrechen begangen werden. Mit Computertechnologie lässt sich viel Geld verdienen – und vor allem Macht ausüben. Das ruft skrupellose Verbrecher, aber auch Vertreter anderer Staaten auf den Plan. Schon bald sieht sich Lüder in ein Netz von kriminellen Machenschaften verstrickt. Doch unbeirrt verfolgt er die Schuldigen, selbst wenn er dabei sein Leben aufs Spiel setzen muss ...

Erscheint im März 2012

www.emons-verlag.de

Hannes Nygaard
MORD AN DER LEINE
Broschur, 256 Seiten
ISBN 978-3-89705-625-1

»›Mord an der Leine‹ bringt neben Lokalkolorit aus der niedersächsischen Landeshauptstadt auch eine sympathische Heldin in Spiel, die man noch häufiger erleben möchte.« NDR 1

Hannes Nygaard
NIEDERSACHSEN MAFIA
Broschur, 256 Seiten
ISBN 978-3-89705-751-7

»Einmal mehr erzählt Hannes Nygaard spannend, humorvoll und kenntnisreich vom organisierten Verbrechen.« NDR

»Nygaard lebt auf der Insel Nordstrand – dort an der Küste ist er der Krimi-Star schlechthin.« Neue Presse

www.emons-verlag.de

Hannes Nygaard
DAS FINALE
Broschur, 240 Seiten
ISBN 978-3-89705-860-6

»*Wäre das Buch nicht so lebendig geschrieben und knüpfte es nicht geschickt an reale* Begebenheiten an, man würde ›Das Finale‹ wohl aus Mangel an Glaubwürdigkeit schnell beiseitelegen. So aber hat Nygaard im letzten Teil seiner niedersächsischen Krimi-Trilogie eine spannende Verbrecherjagd beschrieben.*«   Hannoversche Allgemeine Zeitung

www.emons-verlag.de